손녀에게 들려주는
할아버지 회고록

손녀에게 들려주는

할아버지 회고록

— 신한옥 —

가정의 위기는 가족들 간의 소통부재에 있다. 화목한 가정을 이루기 위해 첫째, 사랑이 넘치는 가정을 만들어야 한다. 가족은 서로 양보하고 배려하며, 헌신할 줄 알아야 한다. 둘째, 대화가 넘치는 가정을 위해 서로가 상의하며 쌓인 매듭을 풀어 나가야 한다. 셋째, 웃음이 넘치는 가정은 가족 구성원 모두의 행복을 부르는 신호탄이 될 수 있다.

좋은땅

할아버지 회고록을 읽고, 우리 자매는 할아버지와 같은 우주에 살고 있다는 것을 큰 영광으로 생각합니다. 그리고 무엇보다 우리가 할아버지 가족이라는 것에 대한 무한한 자부심을 느끼고 있습니다.

Reading Grandpa's memoirs, our sisters are feeling a great number of honors to live with him in this universe. Also, we are incredibly proud to be a part of his family.

-손녀 신유리나, 신유지나

비록 왜소한 체격이지만 겸손한 한 남자의 일생을 그린 놀라운 이야기! 남이 흉내 낼 수 없는 독특한, 도전정신, 강력한 힘을 가진 이야기.

How wonderful the story is about a small and humble man! Unparalleled! Challengeable! Powerful!

-비즈니스맨 도미닉 워싱턴

어떤 것과도 비교할 수 없는 그의 독창적인 회고록은 문화적 갈등으로 가득 채워져 있다. 하지만 이들은 그가 모든 역경을 극복해 가는 데 그의 용기에 불을 지펴 주는 촉매 역할을 하게 된다는 걸 알게 될 것이다.

His incomparable memoirs is filled with the tension of cultural conflicts in every corner, which in turn fuels his courage to overcome every kind of adversity.

-비즈니스 신문 에디터 폴 스멜리

신한옥은 우리 사무실에 하나의 주춧돌 같은 존재다. 그는 언제나 우리 모두에게 웃음과 즐거움을 선사할 줄 아는 인간미를 듬뿍 가지고 있다. 그가 어느 날 하루 나에게 은퇴를 하고, 두 아들에게 그동안 쌓아 놓은 모든 걸 넘겨 주겠다 했지만, 그렇게 되질 않을 것이라 장담을 했다. 왜냐하면, 그가 한국과 뉴질랜드를 오가는 동안 자신의 역사를 쓰게 된 터전을 이곳에서 쌓았기 때문이다. 오늘 비로소 자신의 영어로 된 번역본을 통해 그 진가를 맛보게 되었다. 그의 원더풀 스토리는 누구에게나 감동을 줄 것이라고 확신한다.

-산드라 프로스터, 바풋앤톰슨 시티 매니저

신한옥은 대한민국 경상남도 함안군 칠북면 영동리 385번지 동태에서, 1949년 7월 11일, 영산 신씨(靈山 辛氏)의 상장군공파 33세손으로 태어났다. 윗대로 할아버지는 31세손 신치갑. 아버지는 32세손 신유석. 창녕 조씨(昌寧 曺氏) 조모란과 1980년 3월 30일 혼인, 34세손 큰아들 신초록과 작은아들 신푸른솔을 두었다. 큰아들에서 손녀 신유린, 신유진을 두고, 작은아들에서 손녀 신밀리를 둘 순간이다. 이제 우리 부부는 이민 1세대로 뉴질랜드 땅에 뿌리 내리고 있다.

시조

영산 신씨의 시조 신경(辛鏡)은 중국에서 건너와 고려 17대 인종 16년(1187년) 문과에 급제, 다섯 재상 중의 하나인 문하시랑평장사를 지냈다. 본관을 지금의 경상남도 창녕군 영산면 영취산에 두고, 신경의 8대손에서 덕재공파·초당공파·상장군공파·부원군파·판서공파의 5파로 나뉘진다. 이들 중 덕재공파, 초당공파, 상장군공파는 영산에 분관했고, 나머지 부원군파와 판서공파의 후손들은 영월로 분관해 정착. 영산 신씨의 선조대는 조선시대에 와서 53명의 문과 급제자와 7명의 공신을 배출.

집성촌

경상남도 창녕군 영산, 경상남도 거제시 하청, 경상남도 함안군 칠북면 동태, 부산시 기장군 장안읍 효암, 강원도 영월군 영월읍 등지에 2015년을 기준, 약 17만 명의 영산. 영월 신씨가 흩어져 거주하고 있다.

알려진 인물

신경, 신돈, 신천, 신예, 신부, 신윤, 신인손, 신영희, 신유정, 신석정, 신격호, 신상우, 신춘호, 신준호, 신동빈, 신재기, 신기남, 신학용, 신경민, 신경림, 신정훈, 신애라 등이 알려져 있다.

- 2039년 생존 목표 연도(90살)
- 2025년 생전 장례식 예정
- 2025년 《길에서 핀 민들레》 출간 계획
- 2022년 《할아버지 회고록》 출간 예정
- 2020년 12월 8일 《생명현상》 첫 책 발행
- 2017년 3월 30일 잠시 은퇴 후 다시 회사에 복귀
- 2006년 4월 28일 커미션 법정 소송 중재
- 2004년 8월 20일 작은아들 독일로 축구 유학
- 2000년 8월 10일 Barfoot & Thompson 입사
- 1997년 9월 5일 Impression 부동산회사 창업
- 1994년 12월 Bayleys 부동산회사로 이동
- 1993년 11월 Vision Realty 부동산회사 입사
- 1993년 6~11월 Polytechnic 부동산 과정 이수
- 1993년 4월 27일 뉴질랜드 이민
- 1992년 세일정보통신(현 한전 KDN) 설립 참여
- 1991년 6월 종합조정실 발령
- 1988년 3월 25일 본사 조직개선반 발령
- 1986년 3월 29일 본사 신규사업추진처 발령
- 1985년 3월 26일 고리원자력 제1발전소 발령

- 1984년 8월 28일 영월화력발전소 발령
- 1981년 2월 부산대 대학원 행정학석사 취득
- 1981년 1월 5일 한국전력공사(고리원자력) 입사
- 1980년 부산에서 3월 30일 결혼
- 1979년 3월~80년 2월 새한자동차 근무
- 1979년 2월 행정학과 졸업 및 대학원 진학
- 1976년 3월 행정학과 2학년 복학
- 1972년 12월~75년 8월 군 복무
- 1972년 3월 5일 부산대 행정학과 입학
- 1971년 2월 20일 부산고등학교 졸업
- 1968년 2월 18일 배정중학교 졸업
- 1965년 2월 12일 운곡초등학교 졸업
- 1949년 7월 11일 함안 동태에서 출생

　내가 지구상에 태어날 확률은 얼마나 될까? 이것을 알면 생명의 위대함을 알 수 있다. (우주가 생성될 확률)×(지구가 생성될 확률)×(생명체가 발생할 확률)×(인간이 생겨날 기회)×(부모가 태어날 기회)×(부모가 만나게 될 기회)×(부모의 정자와 난자가 만날 기회)의 값을 차례대로 구해야 한다. 어떤 이가 계산해 본 결과 400조분의 1 확률이라 들은 적이 있다.

　이처럼 지극히 낮은 기회로 한국 전쟁이 일어나기 전 1949년 7월 11일 경상남도 함안군 동태 시골에서 3남 2녀 중 막내로 태어난다. 어린 시절을 농촌에서 가난과 배고픈 시절을 보내고, 중학교를 들어가면서 부산으로 이주해 중·고·대학 및 대학원을 보냈다. 그 덕에 한국전력공사에 입사할 수 있었다. 4만 5천 명의 직원을 거느린 거대한 공룡 회사에서 회사의 조직, 원전사업, 종합조정 업무 등 기획업무를 거치며 13년 열정을 쏟아 냈다.

　이것으로 성에 차지 않아 새로운 꿈을 좇아 1993년 4월 26일 가족과 함께 뉴질랜드행 비행기에 몸을 실었다. 이곳에서 또 다른 30년을 보내면서 로마에 가면 로마법을 따르라고 일러 준 암브로시우스 주교 말처럼 살았지만, 주류사회와 갈등 속에서 처절한 피눈물을 흘려야만 했다.

　비록 154㎝의 작은 체구지만, 정신력으로 그들과 맞서 왔던 내 삶의 역경을 여러분과 나누려고 한다. 세상에 누구인들 아쉽지 않고 아프지 않은 인생이 어디 있겠는가? 내 인생만 아쉬운 것 같지만 살다 보면 모두가 아프고 아쉬운 것도 사실이다. 그 아픔과 아쉬움을 극복하는 것 또한 나의 몫.

그동안 지나간 기억을 한번 뒤돌아보고 즐겁고 행복했던 일, 괴로웠던 일, 후회스러웠던 추억들을 회상해 보는 것은 중요한 의미를 가진다. 이러한 기억들은 내가 아니면 세상에서 누구도 남길 수 없는 나만의 귀중한 역사이다.

외지에서 다른 언어를 쓰다 보니 우리말 표현이 매끄럽지 못한 점 헤아려 주길 바란다. 이 회고록은 총 7장으로 구성된다. 책의 첫 장을 넘기면 나를 이 세상에 데려다 준 나의 뿌리를 간략하게 알아보고, 내 개인의 약력을 한 장으로 된 연대표에 담았다.

제1장 〈**성장기 회상**〉에서는 내가 경상남도 함안군 동태에서 태어나 초등학교를 마치고, 부산으로 이주하여 중학교, 고등학교, 대학 및 대학원을 다니면서 경제적으로 어려운 시기를 극복해 가는 과정을 그렸다.

제2장 〈**반짝이던 젊은 시절**〉은 학교를 마치고 장래 직업에 대한 어려운 고민을 여기에 담았다. 졸업 전 자동차회사에 판매원으로 잠시 입사. 그 후 대학교수를 할 것인지 아니면 한국전력공사로 갈 것인지 선택의 기로에서 후자를 선택하여 이민 오기 전 13년의 바쁜 회사 생활을 여기에 담았다.

제3장 〈**남십자성을 건너다**〉에서는 회고록의 중요한 내용이 될 한 가족이 이민사의 길목에 겪는 갈등에 대하여 몇 가지 사례를 들었다. 이 대목에서 이민자가 뉴질랜드의 주류문화를 어떻게 극복해 나가는가를 여러분들에게 보여 준다.

제4장 〈**사랑이 남긴 선물**〉에서는 저자가 세상에 태어나 유년기, 청소년기, 대학과 사회생활을 하면서 나누었던 가족 및 친구들에 대한 사랑 이야기를 총망라했다.

제5장 〈**시간을 되돌릴 수 있다면**〉은 한 인간으로 살아오면서 저자가 지금까지 후회하고 있는 몇 가지 일들: 고시 공부, 어머님의 효도, 사랑한다고 고백하지 못한 일, 아버지로서 부족했던 역할을 담았다.

제6장 〈**지금은 무얼 하고 있을까?**〉는 호모사피엔스의 마지막 낙원이라고 할 수 있는 뉴질랜드에서 우리 가족이 살고 있는 실상을 소개했다. 그리고 70년의 생을 사는 동안 터득한 행복을 찾아가는 길을 여러분들에게 안내하면서 나의 인생 후반기 설계를 담았다.

제7장 〈**아름다운 마무리**〉에서 저자가 살아오는 동안 인생의 동반자로서 일상을 같이했던 가까운 친구들과 가족을 초청해 생전 장례식을 치르고, 우리 부부가 죽음을 어떻게 받아들일 것인가를 여기에 실었다. 마지막으로 저자가 손녀들에게 인생의 귀감이 될 만한 삶의 덕목을 편지 형식으로 여기에 남긴다.

그동안 이 책이 완성되도록 도움을 준 분들께 고마움을 전한다. 언제나 먼 발치에서 생명의 소중함과 나에게 지식에 대한 열정을 응원해 주는 마삼선 박사. 수시로 책의 진행을 점검해 주고 있는 곽중송 장로. 누구나 자신의 회고록은 한 권 정도 꼭 쓰길 권장하고 있는 박성기 작가. 멀리서 책의 구성과 교정을 봐 주고 있는 이기영 씨. 이 책의 출판을 기꺼이 맡아 준 좋은땅 출판사 편집팀과 사장님에게 감사드린다.

그동안 책의 출간을 반대하던 아내가 무언으로 승낙한 것에 대해 고마움을 전한다. 그 이름을 일일이 들먹이지 못하지만 살아오는 동안 곁에서 많은 지도와 도움을 주었던 분들에게 이 지면을 통해 감사하다는 인사를 보낸다.

2022년 3월 29일
신한옥

목차

1장 | ## 성장기 회상

2장 | ## 반짝이던 젊은 시절

1장

성
장
기
회
상

나의 살던 고향은
꽃피는 산골
복숭아꽃 살구꽃 아기진달래
울긋불긋 꽃 대궐 차린 동네
그 속에서 놀던 때가 그립습니다.

꽃동네 새 동네
나의 옛 고향
파란들 남쪽에서 바람이 불면
냇가에 수양버들 춤추는 동네
그 속에서 놀던 때가 그립습니다.
그 속에서
놀던 때가 그립습니다.

- 이원수 작사, 홍난파 작곡 -

1.

유년시절

　생명의 역사는 모두 한 점에서 시작된다. 우리의 맥박을 뛰게 하는 헤모글로빈 속의 'Heme B' 철분 원자는 빅뱅 후 92억 년이 지난 뒤 슈퍼노바에서 탄생한 별들의 소멸을 통해 전 인류의 숨결로 연결되었다. 다시 시간이 흐르고, 35억 년 전에 기원한 단세포 생명은 시아노박테리아의 광합성을 통해 숨을 쉰다. 결국 20만 년 전 아프리카에서 출현한 호모사피엔스의 숨결이 나에게까지 연결된 한 생명의 이야기를 지금부터 공개하려 한다.

　그 시작을 신랑 신유석과 신부 주분생의 1930년 3월 5일 따스한 봄날 결혼식에서 출발해 보자. 혼례식 전통에 따라 신랑과 신부는 명주로 된 화려한 한복을 차려입고 주례의 지시에 따라 맞절과 함께 술잔을 받는다. 옆에서 혼례식을 거드는 신부 들러리가 술잔을 신부 입에 살짝 적신다. 신랑 신부는 식탁에 준비된 밤, 대추, 고기 중 하나를 골라 안주로 먹고 주변에 뿌렸다. 하객들로부터 "아들딸 주렁주렁 많이 낳아라!" 하고 박수로 축하를 받으며 만인이 보는 앞에 부부가 되었다.

당시 혼인은 대부분 중매를 통해 이뤄진다. 조선왕조 때부터 남녀칠세 부동석이라는 유교 전통에 따라 여자는 외부 출입이 제한돼 있었기 때문에 모르는 남자를 만나지 못했다. 혼례식을 마친 두 사람은 아들 넷과 딸 둘을 낳았지만 그중 둘째 아들(신한시)을 잃었다.

나는 1949년 7월 11일, 소띠로 영산 신씨 상장군공파 33세손으로 경상남도 함안군 칠북면 영동리 385번지 동태에서 신유석과 주분생의 3남 2녀 중 막내로 태어난다. 큰형 신한국, 큰누나 신한순, 작은형 신한필, 작은누나 신행자 그리고 나. 내가 태어났을 때는 6·25동란이 발생한 전시였기 때문에 우리 가족 모두 마을 뒷산 동굴 속에 피신을 했다고 어머님이 말씀하셨다.

우리 동네는 아래 지도 왼쪽 상단에 '칠원면'이라는 글자 바로 위 **동태**로 표기된 곳. 산세가 높지 않은 해발 568m 무릉산을 등 뒤로 하고 있다. 일대에 유일한 장춘사를 등지고 영산 신씨로 구성된 50여 가구가 옹기종기 살고 있었다. 다섯 집이 채 안 되는 다른 성을 가진 가족도 함께 살았다.

할아버지 신치갑은 아들 셋과 딸 셋을 두었다. 큰고모는 우리 동네에서 가까운 가동으로 시집을 가고, 둘째 고모는 창원으로 시집갔다. 막내 고모는 석전동에 살고 있다. 어릴 때 혼자 큰고모와 막내 고모 댁에 자주 간 기억이 난다. 내 결혼식 사진을 보면, 큰고모는 놀아가시고 안 계셔서 둘째와 셋째 고모만 참석했다.

나는 아버지와 삼촌 둘을 전혀 기억하지 못한다. 이게 내내 마음의 큰 상처로 남았다. 아버지는 내가 3살 때 돌아가셨다고 어머님이 말했다. 작은삼촌(신무석)은 내가 태어나기 이전에 일본으로 갔을 거로 추정한다.

일본이 1931년 만주 사변을 일으켰을 때 조선인 일본 이주자가 30만 명을 넘었다. 일본이 태평양 전쟁을 본격적으로 시작한 시기인 1941년경 조선인 이주자는 147만 명. 히로시마 폭탄으로 일본이 연합군에 항복할 1945년 8월경에 무려 235만 명의 조선인이 일본에 살고 있었다. 족보에 의하면 작은삼촌은 일본으로부터 우리나라가 해방되기 하루 전 1945년 8월 14일에 돌아가신 것으로 나온다.

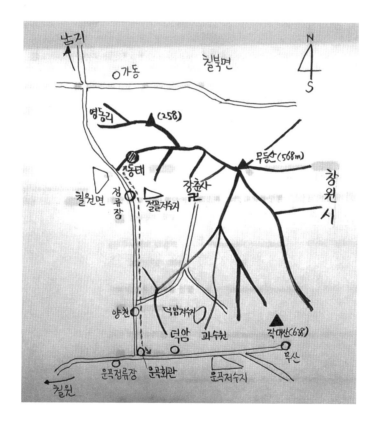

내가 다니던 초등학교에서 보면 양쪽에 두 산봉우리가 보인다. 오른쪽

은 작대산(서봉)이고, 왼쪽이 무릉산이다. 운동에서 걸어서 장춘사까지
는 약 2시간이 소요된다. 장춘사에서 밑으로 녹색으로 표시된 길을 따라
내려오다 보면 중간에 절골이 보인다. 여기서 여름이면 소를 산에다 두고
매일 수영을 했다.

운동에서 동네까지 먼지만 날리던 오솔길은 이제 양쪽으로 공장이 들
어서고, 차도로 변해 옛날의 마을 정취는 사라지고 말았다. 당시엔 책 보
따리를 어깨에 동여매고 우리 동네에서 양촌을 거쳐 학교까지 아침저녁
한 시간씩 이 길을 따라 학교를 오갔다.

내가 태어날 무렵 큰형은 청소년이었다. 관 사람들 눈에 띄게 되면 전쟁
에 동원돼야 하기 때문에 뒷산 굴에서 피신을 했다고 들었다. 이때 굴에
서 답답하니까 옹알거리게 되면 어머니는 내 입을 막으며 "야, 이놈아 제
발 뒤져라. 우리가 발각돼 너 형이 전쟁에 끌려가게 생겼다."라고 구박했
다.

이 시절엔 생계가 모두 어려웠던 시절이라 갓 태어난 애를 엎고 애문이
골에 내다 버렸다고 한다. 이름대로 아이를 산 채로 묻었다는 설화다. 이
설화는 부모에 대한 효를 강조하기 위한 것임을 알 수 있다. 가난한 집에
서 늙은 어버이와 어린 자식 간에 음식을 놓고 다툼이 벌어지면 중간에서
고심하던 부모가 어린 자식을 산 채로 묻는다는 이야기다. 하지만 실제로
있었던 일인지는 확인된 바 없다.

이 설화와는 다르지만, 기원전 9세기 고대 스파르타에서는 강건한 아이
를 키워 내기 위해 나약한 애가 태어나면, 애들을 '끼에다 산'에 내다 버렸
던 전례도 있었다고 한다.

그렇게 구박을 받아오던 내가 어느새 칠십이 넘었다. 앞으로 4~5년 후

면 생전 장례식을 치르고 2039년까지 건강한 삶의 목적지로 삼고 있다. 혹시 그 전에 죽을지 아무도 모른다. 오늘은 앞으로 영원히 살아갈 주소지를 마련해 볼까 하고 집에서 가까운 알바니의 공동묘지를 다녀왔다.

내가 3살이 되던 해, 아버지가 왜 돌아가시었는지는 명확하지 않다. 어머니 말씀에 의하면, 노름판에서 서로 옥신각신하다 화를 삭이지 못한 채 집으로 돌아온 후, 그 길로 앓아누워 얼마 후 돌아가셨다고 한다. 당시 아버지는 집안일과 농사는 뒷전이었다.

허구한 날 노름으로 세월을 보냈다고 들었다. 윗대로부터 물려받은 논밭은 주로 어머님이 집에 있는 두 머슴과 함께 농사를 지었다. 그나마 이들을 아버지는 노름으로 탕진했다. 오죽하면 어머니는 한때 아버지를 피해 다녔다고 한다. 아내의 댕기를 팔아서 노름을 하면 노름판에서 돈을 딴다는 엉터리 속담이 있었다. 비록 아버지를 기억 못 하지만 아버지는 유전자를 통해 내 인생에 상당한 영향을 미쳤을 것으로 생각된다.

나는 어릴 때 어머니로부터 나무꾼과 선녀이야기, 우화 및 우리말 속담, 실생활에서 귀감이 되는 잠언과 말씀을 많이 듣고 자랐다. 그때 딱히 아버지를 두고 하신 말씀은 아닌데 간혹 "내가 죽은 후 나를 보고 싶으면 이모를 보고, 아버지를 보고 싶으면 고모를 찾으면 된다."라고 말씀하신 적이 있다.

내 결혼사진을 뒤적이면, 거기에서 어머님과 고모 두 분 얼굴을 볼 수 있다. 작은형이 아버지를 좀 닮았다고 하신 어머님 말씀이 기억이 난다. 그래서 고모 두 분과 작은형의 얼굴을 섞어 아버지 모습을 몽타주로 만들어야 하겠다는 생각이 들었다.

당시에는 나처럼 아버지가 없는 아이들이 많았다. 어른들의 수명이 짧아서 그러기도 했겠지만, 전쟁에서도 돌아가셨다. 또 가족을 먹여 살리기 위해 청운의 꿈을 안고 멀리 떠나기도 했다. 이런 아이들을 '호로자식'이라 불렀다. 말의 어원은 오랑캐를 뜻하는 '호로'에서 온 것이다. 그때를 살았던 내 경험에 의하면 그야말로 아버지 없이 홀어머니 밑에서 버릇없이 자란 망나니 아이들이라는 뜻이다.

어머니는 우리 형제를 이들처럼 버릇없이 키우지 않으려고 무척 애를 썼던 거로 기억한다. 어떤 일이 있더라도 가난에 주눅 들지 않고 남들로부터 괴롭힘을 당하는 꼴을 보기 싫어하셨다. 수시로 우리 형제들에게 "애들아, 절대로 기죽지 말고 살아라!"라고 하셨다.

그래서 어릴 때 이웃이나 또래로부터 이런 놀림을 받지 않았다. 아버지 없는 서러움을 남기려 하지 않으셨다. 게다가 어머니는 한 번도 나에게 큰소리치거나 매를 든 적이 없다.

어머니는 경상북도 상주 주씨(尙州 周氏) 집안에서 시집왔다. 주씨는 조선시대 11명의 문과 급제자를 배출했다. 그중 주세붕은 1522년(조선 중종 17년) 문과에 급제하여 명종 때 호조참판을 거쳐 중추부동지사에 이르렀으며, 백운동서원을 세워 서원의 시초를 이뤘다.

어머니가 우리 동네로 시집올 때 '유촌댁'이라고 불렀다. 이 당시는 새댁이 다른 마을로 시집갈 경우 출신 동네 이름을 따라 부르는 게 관습이었다. 이웃 사람들이 어머니를 유촌 아지매 또는 유촌댁이라 부르는 것을 나는 듣고 자랐다. 아버지의 촌수에 따라 어머니는 '유촌 아지매'로 불렸다. 나도 자연스럽게 이웃으로부터 '한옥이 아제'로 불리는 경우가 많았다.

안타까웠던 것은, 어머니는 당시 유교 전통 - 여자는 글자를 익히면 안 된다 - 에 따라 글자를 배우지 못했다. 그래서 당신이 남기고 싶은 이야기를 못 한 게 평생 한이 되었다. 내 기억에 어머님은 매우 영리하셨고 기억력이 뛰어났다. 누님들이 어머니를 닮아 고령에도 총명함을 그대로 유지하고 있다.

남편이 없는 상황에서 어머님은 우리 집안의 가장으로서 남에게 전혀 꿀리지 않고 떳떳하게 우리 형제들을 키워 주셨다. 나는 이러한 어머님의 헌신에 대해 언제나 자랑스럽게 생각한다.

어머님이 우리 동네로 시집올 당시 우리 집에는 머슴을 두 명이나 둘 정도로 집안 살림이 넉넉했다고 하셨다. 할아버지는 늘 주자학에 관한 책들을 끼고 사셨다. 게다가 성격이 남다르게 유별나 때론 어머니가 차려 드리는 밥상이 마음에 들지 않는다고 상째 며느리 앞에 던졌다고 한다.

하지만 할머니와는 의가 좋아 어머님 앞에서 한 번도 큰소리를 내지 않으셨다. 돌아가실 때는 당신이 사용하시던 물건은 모두 화장해 달라는 유언에 따라 모두 태워 묻었다고 한다. 할아버지가 한 날은 어머님께 발에 자라고 있는 티눈을 없애기 위해 끌을 찾아오라고 하셨다. 발 밑에 나무 판자를 대고 티눈이 있는 발가락을 당신 손으로 잘라 버렸다고 한다. 할아버지는 이처럼 성격이 별난 데가 있어 이웃들이 접근하길 어려워했다고 들었다.

작은삼촌은 아버지와는 달리 여러 면에서 할아버지를 많이 닮으셨다고 들었다. 특히 할아버지의 공부에 대한 유전자를 받았는지 일찍이 우리보다 선진문물을 배우겠다는 포부를 갖고 숙모와 함께 일본으로 건너갔다. 삼촌이 일본에 도착했을 무렵엔 일본도 중국과 전쟁을 하고 있었기 때문에 생각대로 공부를 할 수 없었다고 한다.

대신 직원이 몇백 명이나 되는 시계 제조 공장을 운영했다고 한다. 삼촌은 항상 숙모와 같이 자전거로 출퇴근을 하셨다. 그러던 중 하루는 수상한 사람이 다리 위에서 삼촌 내외를 밀쳐서 돌아가시게 되었다. 불의의 사고로 시신도 찾지 못하고 일본에서 이름 모를 물귀신이 되었다. 그 후 혼을 달래기 위해 숙모와 함께 고향에 가묘장 했다고 한다. 그래서 어머님께서 평소에 나를 앉혀 놓고 작은삼촌 제사를 모시라고 당부를 하셨다. 삼촌 제사를 한국에서 그랬고 뉴질랜드에 온 후 지내고 있다.

큰형은 일찍이 부산으로 독립해 나갔기 때문에 어머님은 작은형과 두 누나를 데리고 살림을 꾸려 가셨다. 시골엔 시장이 일주일에 두 번씩 선다. 삼일장 혹은 오일장. 그것도 장까지는 이십 리(약 8㎞) 또는 삼십 리(약 12㎞)나 되었다. 어머니는 이번은 칠원장에 가고, 다음에는 남지장까지 나무를 머리에 이고 시장에 내다 팔았다. 그 돈으로 우리들이 필요한 생필품을 구해 왔다. 그때마다 어머니를 따라 시장까지 간 것이 기억난다.

나무가 팔리지 않으면 늦게까지 어머님이 돌아오지 않았다. 그럴 때면 나는 마을 입구까지 마중을 나갔다. 가는 길에는 귀신이 나온다는 '곳'을 지나친다. 이곳을 지나칠 때면 등골이 오싹해지지만, 어머님을 마중해야 한다는 일념에 이를 악물고 그곳을 지나쳤다.

어쩌다 내가 감기에 걸리는 날이면, 어머니는 놋그릇에 밥술과 함께 물을 담은 채로 나를 안방에 누인다. 입 안에 칼을 대고 밥과 물을 머금게 하고, 칼을 밖으로 내던지며, "어이! 개떼가리야 물러가라!" 하고 주술을 건다. 어느새 어머니 손은 머리와 배를 오가면서 "내 손이 약손이다."라며 염원한다. 이윽고 아픔은 어느새 흔적도 없이 사라지고 만다. 어머니 손에는 아무리 무서운 악령이라도 여지없이 무너지고 말았다.

저녁이면 어머니는 베틀에 몸을 싣는다. 이때가 되면 하늘에서 내려온 선녀가 된다. 손은 보이지 않게 베틀의 북을 들고 움직인다. 입에서는 연신 당신의 하늘나라 '선녀와 나무꾼 이야기'가 나의 귓전을 간지럽혔다. 어느새 나는 잠 속으로 빠져든다:

> 욱아! 하늘나라에서 선녀가 내려와 우물에서 목욕을 하고 있는데 나무꾼이 그들을 몰래 훔쳐보고 선녀의 옷을 숨겼다. 그 후 선녀와 나무꾼은 가정을 이루고 살면서 아들과 딸을 낳고 행복하게 살았다. 그런데 나무꾼이 하루는 선녀와 오손도손 이야기를 주고받다 그만 숨겨 둔 선녀의 옷 이야기를 하고 말았다. 그 길로 선녀는 옷을 챙겨 입고 양손에 아이들을 하나씩 꿰차고 하늘나라로 올라가고 말았다. 부모가 아이 셋을 낳을 때까지 절대로 이야기를 하면 안 된다는 당부를 그만 깜박하고 잊었던 것이다.

어머니께서 간혹 아래채에 기거하고 계시는 할머니 방에서 그동안 해진 할머니 옷을 꿰매 주셨다. 그날은 어머님이 할머니 팬티를 꿰맬 때 나도 따라나섰다. 내가 방바닥에 엎드려 할머니 밑을 보려는 순간, 할머니로부터 귀싸대기를 얻어맞았다. "야 이놈아, 늙은 할망구 거시기 보면 뭘 해?" 하는 바람에 무안해 얼굴이 빨개져 자리를 박차고 나갔던 기억이 난다.

어릴 적 집에 진기한 물건이 많았다. 여기에 대해 누구에게 물어볼 생각을 하지 않았다. 마냥 재미있어 가지고만 놀았다. 그 이유가 지금도 궁금하다. 서랍을 열기만 하면 여기저기 고장 난 온갖 종류의 손목시계를 볼 수 있었다. 이들을 분해도 하고, 조립도 하면서 수없이 반복했다. 얼마 후 그 모든 게 일본으로 간 삼촌 회사에서 가져온 것이라는 걸 알게 되었다.

어릴 적, 집 안에 나막신이 많이 보였다. 지금 같아서는 귀중한 유물이 됐을 테지만, 그때는 단순히 낫 가는 물통으로 쓰기도 하고, 그냥 재미로 신고 다니기도 했다. 농가에서는 낫과 호미는 필수 불가결한 농기구다. 농사철이 오기 전에 준비해 놓아야 한다. 녹슨 낫을 숫돌에 갈아 날을 시퍼렇게 세워 놓고, 호미에 녹을 제거하여 나뭇가지와 풀을 힘 안 들이고 팔 수 있도록 한다.

윗대로부터 할아버지 대까지 궁상스럽게 살지 않았던 흔적은 집 규모에서 짐작이 간다. 하지만 아버지 대에 와서 노름으로 이 재산을 탕진했다고 한다. 그래서 내 어린 시절 내내 어머님이 혼자 가정을 꾸려 가면서 우리 가족 모두 옹졸한 생활을 해 왔다.

집 입구를 들어서면 왼쪽에 장독대. 여기를 지나 본채는 넓적한 부엌에 가마솥이 다섯 개, 그 뒤에 장작을 보관하는 터. 본채는 어머님이 누님들과 같이 거처하던 안방이 있고 옆에 작은 방이 딸려 있다. 여기는 주로 작은형과 내가 사용했다. 그 앞에 대청마루가 있고, 본채 뒤에 상당히 큰 밭이 하나 붙어 있다.

여기서 과일, 가죽나무, 감나무, 콩과류 등의 다양한 작물을 심어 우리 가족에게 넉넉한 먹거리를 언제나 제공했다. 아래채는 입구에 들어서면서 오른쪽에 항시 이웃이 드나들면서 사용하는 디딜방아가 있다. 그 옆에는 널찍한 할머니가 거처하는 사랑채. 그리고 음식과 잡동사니를 저장했던 광이 있고 머슴들이 거처하고 있는 방. 마지막에는 농기구와 제를 쌓아 두는 곳간에 화장실이 딸려 있었다.

대문 밖으로 나가 디딜방아와 할머니 사랑채를 돌아서 뒷간이 있었다. 그 옆에 제법 넓은 공터가 있다. 여기도 여러 가지 작물을 심었다. 뒷간을 가려면 대문 밖에 나가서 사용해야 했기 때문에 무서워 밤에는 아무리 급해도 여길 사용하질 못했다. 어릴 때 어른들의 이야기로 온갖 잡귀신들이 다 살고 있다고 들었다. 집에 있는 디딜방아는 동네 사람들이 품삯을 조금 내고 공용처럼 사용했다.

저녁이 되면 작은방은 동네 청년들의 아지트로 변한다. 밤중에 보스락거리는 소리가 들려서 눈을 떠보면 영락없이 형 친구들이 뭘 먹고 있었다. 옆 동네에 가서 닭서리를 해 와서 먹고 있는 것이다. 그럴 때면 나도 눈을 비비고 일어나 슬며시 한자리 걸친다.

당시엔 대부분 사람들이 생활이 궁하던 시절이라 하루 끼니를 이렇게라도 때웠다. 타 동네에서 닭서리 하는 것이 크게 용서받지 못할 일이 아니던 시절이다. 형들은 그야말로 닭서리 도사였다. 닭장 문을 살며시 열고 안으로 손을 넣으면 제일 바깥쪽에 어김없이 수탉이 앉아 있다고 했다. 수탉은 가장 역할을 하느라 암탉을 안으로 몰아넣고 문 입구에서 보초를 서고 있는 것이다. 밤중에는 닭 눈이 보이질 않아 손을 날개 밑으로 넣어도 가만히 있다. 그저 가벼운 소리를 내면서 뒷걸음질만 친다.

닭이 밤중에 움직이지 않는 이유는 뇌 속의 송과체가 빛을 감지할 수 없기 때문이다. 물론 당시 형들이 송과체를 알 리가 만무했다. 경험으로 밤에는 닭들이 움직이지 않구나, 할 뿐이었다. 간혹 메뉴를 바꿔 닭서리가 아니고 수박과 참외 서리를 해서 먹기도 했다.

2020년 12월 31일 아침 6시 25분에 눈을 뜨기 전 그녀의 꿈을 꾸었다. 자리에서 일어나기 전 꿈에서 보았던 우리 집 윤곽을 떠올려 본다.

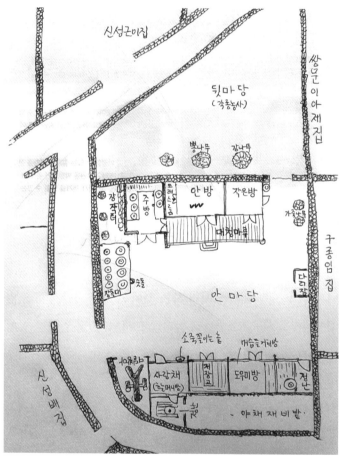

73년 동안 머리에 남아 있는 우리 집. 대문 없이 나에게 언제나 열려 있다.

사랑채 앞에 있는 뒷간에 볼일 보려고 갔다. 작은 밭떼기의 방 안—원래는 빈터였는데 꿈속에서는 방 안으로 설정—에 사람

소리가 나길래 들여다보니 젊은 여자가 아이를 데리고 사우나를 하고 있었다. "그런데 어떻게 된 이유로 허락도 없이 이렇게 남의 집에서 사우나를 하고 있느냐?"고 물었다. 그녀는 대문이 열려 있길래 들어와서 보시다시피 아이를 데리고 사우나를 하고 있다고 대답하였다. 이유를 대지 말고 나가라고 주문하자, 그녀는 조금만 더 있게 해 달라는 애걸과 함께 앞집을 가리키며 그 집을 살 것이라고 이유를 댔다. 내가 다시 "부인이 세상을 어떻게 살아왔는지 모르지만, 남의 집에 허락도 없이 이렇게 사우나를 하고 있는 게 부끄럽지 않으냐?"고 물었다. 그제서야 아이를 데리고 자리를 뜨기 시작했다. 뒤를 따라 나오면서 입구에서 나의 작은놈을 만났다. 그가 피곤하였던지 무언가에 기대 쉬고 있었다. 방에 들어가 사우나를 하라고 종용하면서 눈을 떴다.

나는 꿈을 새벽녘에 꾸는 편이다. 간밤에 나타난 여인이 72년 대학 입학 시에 만났던 그녀라는 생각이 불현듯 스치고 지나간다. 옛집을 이용해 지난 밤 꿈에 나를 찾았던 것 같다.

내 어릴 적 우리 집에는 낯선 사람들이 많이 들락거렸다. 진해에 있는 미군 부대 군인들이 수시로 무릉산 골짜기에 사냥을 와서 노루, 꿩, 야생토끼, 멧돼지 및 그들이 들고 온 부식품을 가지고 우리 집으로 온다. 그리고 한바탕 잔치가 벌어진다. 그들이 남기고 간 고기랑 미제 부식품으로 다음 날 동네 사람들은 또 다른 잔치를 했다.

이처럼 당시 우리 집은 언제나 사람들로 붐볐다. 어머님은 그러한 분위기를 싫어하지 않는다. 모두를 다 자식같이 생각했었다. 작은형이 타고난

외향적인 사람인데다 워낙 마당발이었기 때문에 사람들을 집으로 끌어들였다. 큰형은 일찍이 부산으로 자립해 나갔고 누님들은 반대 없이 어머니 생각을 따랐다.

어릴 때 길에서 어른들을 만나면 "식사하셨습니까?" 하고 안부를 묻는다. 생활이 하루 끼니를 때우기가 어려웠던 시절이다. 이때 우리는 보리밥을 먹었다. 당시 보리는 쌀보다 저렴하여 쌀 한 되로 보리 몇 되를 살 수 있는 시절이다. 그래서 평소에 하얀 쌀밥을 먹어 보는 게 나의 소원이었다.

기회는 일 년 중 두 번 온다. 설날과 추석. 이날에는 조상들에게 쌀밥과 다양한 음식을 준비해 절을 올려야 하기 때문에 어쩔 수 없이 하얀 쌀밥을 먹을 수 있게 된다.

설날은 추석과 더불어 우리 전통에서 최고 명절이다. 설날 아침에는 전통적으로 차례를 지내고 떡국을 먹는다. 떡국을 먹으면 나이를 한 살 더 먹는다 하여 떡국을 먹지 않으려고 떼를 쓴 기억이 난다.

이날은 모두가 새 옷을 입고 조상들에게 차례를 올린다. 아이들은 제사를 모시기 전에 집안 어른들에게 세배를 먼저 올리는 풍습이 있었다. 이때 어른들은 세뱃돈을 준비해 아이들에게 건넸다. 또 섣달 그믐밤에 잠을 자면 눈썹이 하얗게 센다고 해 밤샘을 하려고 애를 썼다. 모두 차례를 올리고 모여 앉아 윷놀이, 널뛰기, 연날리기 등 민속놀이를 하며 놀았다.

또 다른 큰 명절, 추석은 다른 말로 한가위라고 불렀다. 추석은 음력으로 8월 15일(양력 9월 말경)에 치르는 농경사회의 대표적 명절이다. 추석이 가까워져 오면 가족과 친척들이 모여 그동안 무성하게 풀이 자란 조상의 묘를 벌초했다.

특히 이때 남아 있는 기억 중에 종갓집 및 부잣집에서는 풍성한 음식과 각종 과일, 소와 돼지를 잡아 벌초를 하고 난 뒤 조상에게 제를 올리고 사람들에게 음식을 나눠 먹는 풍습이 있었다. 이때가 되면 우리들은 이곳저곳을 쫓아다니면서 풍성한 음식을 얻기 위해 바쁘게 뛰어다닌다.

추석날 아침에는 앞에서 지낸 설날과 같은 전통 의례를 한다. 하지만 추석은 집안 어른들에게 세배를 하지 않는다. 그날은 대보름날이기 때문에 달이 연중 가장 크고 환하게 일찍이 중천에 뜬다. 추석이 오면 아이와 어른 할 것 없이 모두 어우러져 연날리기, 강강술래, 달맞이, 씨름대회, 불꽃놀이, 농악놀이 등 각종 전통놀이를 즐긴다.

연말이 가까워지면 마을마다 콩쿠르대회가 열린다. 이때가 되면 작은형은 바쁜 시간을 맞이하게 된다. 매년 여러 대회를 휩쓸어 왔기 때문에 콩쿠르대회가 있으면 아예 형을 제외해야 했다. 형을 심사관으로 앉히는 것이다.

이때 대신에 내가 각종 대회에 참가했다. 형만큼은 아니지만 나도 곧잘 노래를 불렀다. 내가 참석할 참이면 형은 체면상 1등을 줄 수 없어 2등 또는 3등을 주었다. 형 때문에 피해를 봤지만 전혀 불만은 없었다. 오히려 형이 심사관으로 대접을 받는 게 나는 더 자랑스러웠다.

남인수, 손인호, 현인, 백년설, 고복수, 김정구, 이난영, 황금심의 노래. 형은 특히 한이 담긴 애절한 노래를 잘 불렀다. 그때 형으로부터 뒷전에서 배웠던 '애수의 소야곡', '청춘고백', '울어라 기타줄아', '하룻밤 풋사랑' 등은 지금도 나의 18번이다.

어머님이 창원 고모 댁에 제사를 모시러 쌀 한 되를 이고 나를 데리고 갔다. 저녁이 되자 배가 고파 견딜 수 없었다. 어머니와 고모는 제사 준비에 바쁜 시간을 보내고 있었다. 혼자서 살짝 광에 준비해 둔 떡을 훔쳐 먹다 들켜 버렸다. 고모는 하나 더 챙겨 주면서 나를 걱정했는데, 어머니는 내가 버릇이 나빠진다고 기어코 그 떡을 뺏어갔다. 이때가 세 살 때였다.

이때 내 얼굴을 다치는 사고가 일어났다. 어머니와 내가 옆집 마루 끝에서 놀다가 손을 헛짚는 바람에 밑바닥에 떨어져 얼굴이 찢어졌다. 읍내의 병원까지 이십 리 이상이었기 때문에 담배를 얼굴에 붙여서 지혈을 시켰다. 이는 얼굴의 상처를 더 악화시키는 바람에 그때 입게 된 흉터는 지금도 그대로 남아 있다. 칠십 평생을 살았는데 사람들이 내 얼굴에 있는 흉터를 아무도 인식하지 못하는 걸 최근에 알았다. 이 흉터가 복을 불러와 내가 지금껏 무사히 지내고 있나 보다!

또 다른 사건은 내가 다섯 살 전인 것으로 기억된다. 동네에 친족 강간 사건이 벌어졌다. 우리 동네는 몇 가구를 제외하고는 전부 영산 신씨가 사는 친인척 간이었다. 한국의 성씨 제도는 당나라 문화의 영향을 받아 신라 시대부터 남자의 성씨를 위주로 동성동본 제도가 안착이 되었다. 동성동본 간에는 아무리 촌수가 멀다 해도 결혼은 금지되었다.

그런데 우리 마을에 치정사건이 벌어졌다. 동네에 다리를 저는 형이 숫처녀를 강간한 사건이 벌어진 것이다. 그 사건을 어떻게 알았는지 누군가 동네 우물가에 소여물을 뿌렸다. 이는 동네에서 친인척 간 강간 사건이 벌어졌다는 고지를 하는 것이다. 누가 그렇게 소여물을 뿌렸는지 아무도 모른다.

결국 동네 이장이 그 사건을 조사해 당사자를 찾아냈다. 아무개가 누구를 방앗간에서 강제로 추행을 했다고 고지를 하고 그 아무개는 한 달 후에 동네에서 쫓아냈다. 그 가족들도 눈총을 받아 가면서 버티다가 결국 우리 동네에서 전부 쫓겨나고 말았다.

당시 씨족사회에서는 성에 대한 사회적 규범이 이처럼 엄격히 지켜지고 있었다. 오늘날 사방에서 벌어지고 있는 성범죄와는 아주 대조적이다.

초등학교 입학 후인 것으로 기억한다. 어머니가 우리 집 뒷밭을 동네 사람들에게 내놓았다. 담장을 허물고 마을에 기증한 것이다. 그러자 동네 아이들은 학교를 마치고 집에만 돌아오게 되면 집 뒤 운동장에 모여 축구를 시작했다. 축구화는 엄두도 내지 못한 시절. 겨우 고무신이나 짚신을 동여매고 먼지를 내면서 축구와 뜀박질을 하며 놀았다.

그러다 몇 놈이 죽이 맞아 빈집으로 모여 가서 손장난을 쳤다. 바깥에서 몰래 훔쳐보던 계집애들이 킥킥거리면서 도망을 친다. 내 팔에는 그때 동네 형들과 의형제를 맺으면서 남긴 '왕'이라는 문신과 '의형제 표시'가 남아 있다. 얼굴의 흉터와 함께 평생을 같이하고 있다.

새벽이 오면 학교 가기 전에 소를 끌고 산과 들에 나가 꼴을 먹인다. 학교를 파하고 돌아오면 또 한 번 소 꼴 먹인다. 이것이 매일 반복되는 일상이다. 아침에 눈을 떴는데 옆집에서 제삿밥이 넘어와 있는 날이 있었다. 우리 집 오른편에 있는 구종임의 집에서 넘어오는 경우가 대부분이다. 이 경우, 소꼴 먹이려 가는 발걸음이 가벼워진다. 오늘 새벽 숨을 몰아치고 있는 나를 아내가 깨웠다. 시계를 보니 2022년 2월 9일 새벽 5시 40분. 꿈 속에 아내가 '구종임(초등학교 졸업사진, 둘째 줄, 왼쪽에서 여섯째)'을 봤다고 일러 주어서 우리집 담장 넘어 그의 모습을 찾았다. 호미를 들고 땅을 파고 있었다. 내가 "종임아, 한옥이다. 너를 이렇게 볼 줄 몰랐다." 하며 울음을 터뜨리며 그를 부르는 순간, 땅 파던 손을 멈추고 환히 웃으며 나에게 달려오는 모습을 보다 아내가 흔들어 깨우는 바람에 잠에서 깨었다.

꿈결에 그 순간을 아내에게 설명하니까, "내가 괜하게 깨웠네. 둘이 만나게 그대로 둘 걸"이라는 말을 들으며 자리에서 일어났다.

겨울이면 긴 밤을 얼어붙은 땅굴에서 캐어 온 고구마와 꽁꽁 언 동치미로 허기진 배를 채웠다. 그것도 모자라 몰래 명절에 사용할 거로 어머니가 숨겨 둔 오징어를 꺼내다 혼자서 배를 채웠던 기억이 생생하다. 짐작하건대 어머님이 알고도 모른 척하고 넘어간 적이 한두 번이 아니다. 이것이 자식 키우는 어머님 마음이었구나 하는 것을 얼마 뒤에 알았다.

드디어 내가 동태라는 신씨의 부족사회를 벗어나 타성을 가진 아이들을 만날 수 있는 시간이 오고 있었다. 나는 한국전쟁 한 해 전에 태어났지만 그때까지 면사무소에 출생신고가 누락되어 있었다.

10살(1949년 7월 11일 출생)이 됐는데도 입학통지서가 나오지 않았다. 큰형이 면에 가서 출생신고를 마치고 1959년 2월 20일에 그나마 초등학교에 갈 수 있게 되었다.

동네 같은 또래 신기선, 구종임, 신경자, 신차수 그리고 나는 운곡초등학교를 입학했다. 이날이 내가 동네를 벗어나 처음 바깥세상을 접하게 된 날이었다.

입학 첫날 선생님으로부터 몇 가지 훈시를 듣고 집에 가려던 참이었다. 느닷없이 학교가 있는 운동에 사는 같은 반 여자애가 나에게 팔짱을 끼면서 자기 집에 놀다 가자고 유혹을 했다. 처음 봤지만 그녀에게 끌려 못 이긴 척하고 그 집에 갔다.

우리는 전부터 알고 있었던 사이처럼 놀았다. 입학 날, 나는 새롭게 만난 친구들에게 빠져 시간 가는 줄도 모르고 놀다 저녁 무렵 집으로 왔다. 집에 도착하니까 어머니는 아무런 꾸지람 없이 입학식은 어땠느냐고만 물었다.

다음 날 첫 수업이 시작되기 전이었다. 반 애들의 추천을 받아 담임 선생님이 나를 반장으로 지명했다. 부반장은 우리 동네 여자애 신기선을 선생님께 추천했다. 기선이도 나처럼 학교를 늦게 입학했다. 우리는 서로 손발이 잘 맞았다. 특히 여자애들을 다스릴 때는 기선이가 앞장섰다.

1학년 가을에 학부모를 모시고 학예회가 있었다. 여러 가지 행사 중에 '토끼와 거북이' 이솝 우화를 공연하는 연극. 내가 거북이 역을 맡고 덕암에 사는 정순남이가 토끼 역을 맡았다. 몇 주간 연습을 하면서 우린 자연스럽게 가까워졌다. 다른 아이들이 우리를 시기하는 눈치였다. 이때부터 나는 여러 여자애들 틈에서 관심받는 아이가 되었다. 아랫동네에 사는 안영희, 양촌의 신외둘, 덕암의 정순남이, 운곡의 태섭이 누나 등 여러 명으로부터 주목을 받았다.

그러던 하루, 학교에서 집으로 가는 길목에 있는 양촌에 외지에서 온 예쁜 여자애가 눈에 띄었다. 어머니가 갑자기 돌아가시는 바람에 남동생과 함께 아버지의 연고가 있는 그 동네로 이사를 오게 된 것이다. 그 애를 보는 순간 나는 사랑에 빠졌다.

눈치가 빠른 기선이가 중간에서 다리를 놓았다. 그날 저녁 나와 기선은 어른들 눈을 피해 몰래 동네를 빠져나왔다. 양촌의 한 빈집에서 우리는 괜히 순진한 사랑 이야기, 그의 가정 이야기, 어머니의 죽음에 대한 이야기를 하며 시간 가는 줄 몰랐다. 늦게 집에 도착했을 때 어머니는 모른 체했다.

학교를 마치고 집에 오면 어머니가 안 계실 때가 많았다. 그때 어머니는 장춘사 절에 올라가신다. 아주 바빠서 가지 못할 경우를 제외하고 많은 시간을 절에서 보내셨다. 불공도 드리고 부엌에 잔손을 도와 드렸다. 절에 있는 벽화를 큰형이 전부 복원을 해 주었다고 내가 어릴 때 마을 사람들이 얘기해 주었다. 그래서 어머니는 더 많은 애착을 가졌던 것 같았다.

나도 학교에서 절로 바로 간 적이 있었다. 그 후 잘 생기고 젊은 새 주지로 바뀌면서 어머니의 발걸음이 갑자기 뜸해지기 시작했다. 새 주지는 나보다 몇 살 어린 남자애를 데리고 왔다. 그때도 어릿하게 짐작했지만, 그가 주지의 아들이었다는 것을 조금 뒤 알았다.

그와 같이 학교에서 절간으로 바로 갔던 어느 날이다. 주지가 나를 자기 방으로 들어오게 하고 손과 입으로 내 첫 남성을 빼앗아 갔다. 야릇한 기분으로 집에 돌아온 후 어머님께 이야기하지 않았다.

여름 방학이 시작된 하루, 감천으로 시집간 큰누나가 너무 보고 싶었다. 칠원에서 마산행 버스를 타고 중리에 내렸다. 수박 한 덩어리를 손에 들고 누님 집을 향하는 길에서 수박을 손에서 떨어뜨려 두 조각이 났지만, 다시 움켜쥐고 누님 집으로 향했다. 며칠간 사돈 어르신의 칙사대접을 받고 집으로 돌아왔다. 누나와 헤어지기 싫어 몇 번씩 되돌아갔다 다시 집으로 돌아온 것이 기억난다.

그 일이 있고 부산에 있는 큰형님댁을 방문했다. 버스를 타고 진영을 통과할 때 창밖에서 파는 사과를 한 줄 사서 손으로 비비고 먹으며 부산으로 향했다. 이것이 동태를 벗어나 첫 장거리 여행이었다. 일주일 이상 형님댁에 머물다 집으로 돌아왔다. 어머니는 혼자 부산까지 갔다 왔다고 나를 마치 개선장군처럼 취급했다. "어서 오게, 내 아들아!"

3학년 봄 소풍날이었다. 산과 들에는 온통 개나리와 봄꽃들로 단장을 하고 있었다. 소풍 날이 되면 형, 언니, 오빠, 온 가족의 잔칫날이 된다. 학교에서는 매년 별다른 곳 없이 장춘사로 소풍을 간다. 그날도 예나 다름 없이 장춘사로 소풍을 갔다. 아침에 학교에서 출발해서 오전 중에 장춘사에 도착했다. 여기저기 갖가지 색으로 물들어 있는 꽃구경을 하고 점심시간이 되었다.

모두 자리를 잡고 점심을 먹고 있는데, 저쪽 한편에서 싸움이 벌어지고 있었다. 점심을 먹다 말고 거기로 모여들었다. 나도 구경을 할 참에 얼굴을 내밀었다. 이게 웬일인가? 그중에 한 사람이 작은형이었다.

보통 때 같으면 이미 치고 들어가 상대편을 여지없이 땅바닥에 내동댕이쳤을 텐데. 이날은 형이 머뭇거리며 자신이 없는 모습을 보였다. 왜냐하면 상대방이 그 일대에서 온 놈이 아니었다. 부산에서 왔다고 떠들어 대면서 형 앞에서 뒤로 넘었다 앞으로 넘었다 온갖 쇼를 벌이고 있었다. 작은형이 은근히 질리는 기색이다.

옆에서 이 광경을 지켜본 내 가슴은 주체할 수 없이 뛰기 시작했다. 온몸의 피가 솟구치면서 더 이상 참을 수 없었다. "내하고 한판 붙자!" 하고 내가 앞으로 나섰다. 형이 나를 말렸다. 형이 말꼬리를 빼면서 다음에 보자고 하고 뒤로 물러서는 걸 처음 봤다. 피는 물보다 진하다는 걸 거기서 처음으로 느꼈다.

운동회 날이면 아이들과 어른들의 또 다른 잔칫날이 된다. 학생들은 청군과 백군으로 나뉘어 "청군 이겨라! 백군 이겨라!" 응원전이 불붙는다. 하늘에는 휘황찬란한 오색 국기가 바람을 타고 물결을 이룬다. 학년마다 편을 갈라 각종 경기를 펼치고 마지막 피날레는 400미터 계주로 마무리를 지었다. 운동회 날이 있는 6년 동안 한쪽의 마지막 주자는 언제나 내가 그 자리에 서게 된다.

4학년이 된 어느 날, 칠원초등학교가 우리와 축구 시합을 하게 되었다. 학교에서 축구팀을 짜는데 왼쪽 윙을 할 사람이 없었다. 그동안 나의 축구 실력을 봐 왔던 선생님이 나를 그 자리에 세웠다. 이것이 처음으로 내가 공식 석상에서 축구를 하게 된 계기이다.

우리 가족 핏줄에 축구에 대한 DNA가 있었다. 어릴 적 우리 집 안방에는 오색 찬란한 우승기가 많이 놓여 있었다. 큰형이 동네 청년들을 데리고 함안군 축구대회에 나가 매년 우승을 해 왔다는 걸 어머니한테서 들었다. 결국 작은놈이 독일, 일본, 호주 등지에서 축구 생활을 하면서 이를 증명해 보였다.

이 무렵, 학교에 도서 담당 선생님이 오셨다. 나는 수업을 마치면 집에 갈 생각을 하지 않고 선생님을 도왔다. 사실은 책이 좋아 도서 반에 남은 건 아니고 그 선생님이 좋았다. 나처럼 나이가 조금 든 또래들이 도서 반에 남아 책을 읽기도 하고 선생님과 놀았다. 선생님이 어깨를 앞으로 숙일 때 우리는 몰래 가슴골을 훔쳐보았다.

5학년이 되면서 몇 명의 지원자를 물리치고 나는 전교 학생회장으로 선출되었다. 조회 시간이 되면 선생님들이 나오기 전에 학생들의 대열을 점검하고, 교장 선생님이 단상으로 올라오면 "전체 차렷! 교장 선생님께 경례!" 하고 학생들을 호령했다. 구령에 대한 훈련은 72년 말 논산 훈련소에 입영할 때 그 빛을 발하게 되었다. 훈련을 받는 동안 내무반장으로 지명돼 훈련을 오가며 모든 구령은 내 몫이었다.

예로부터 사위가 처가를 방문하면 장모가 씨암탉을 잡는 것이 관례였다. 주역에 닭은 양기 넘치는 동물이라 하여 닭고기를 먹어 아들딸 많이 낳기를 기원하는 것에서 유래된 것이라 한다. 하지만 큰 자형은 닭보다 장모가 끓여 주는 콩나물 넣은 오징어 국을 더 좋아했다. 동시에 나도 곁다리로 한 그릇을 얻어먹을 기회가 온다.

자형은 슬며시 나를 방 안으로 유인해 내 불알을 만지고 당시 돈으로 천 원씩 내놓았다. 그 재미로 자형이 우리 집에 오길 무척 반겼다. 자형이 올 때마다 용돈이 생겼으니까. 지금 같아서는 처남 불알 만졌다간 감옥 갈 일이다.

6학년 말 함안군 소속의 초등학교 대항 체육대회가 열렸다. 나는 공던지기 대표로 참가하게 되었다. 다음 날 새벽 운곡에서 출발하는 버스를 타기 위해 학교 근처 여관에서 선수 모두가 숙박을 했다. 신경이 곤두서 있어 밤을 꼬박 새우고 다음 날 아침에 뜬눈으로 대회에 참가하여 왼손으로 공을 던져 우승을 거뜬히 해냈다.

내가 학교를 입학하기 전, 또 입학 후를 곰곰이 생각해 보면 어머니는 내 어린 시절 내내 어떠한 간섭과 잔소리를 하지 않았다. 매사에 나를 믿고 나의 자립정신을 말없이 당신의 방식으로 가르쳤다. 저녁에 늦게 자도 간섭하지 않았고 아침에 늦게 일어나도 전혀 문제 삼지 않았다. 대신 내가 해야 할 일이 있으면 어머니는 전혀 손을 대지 않았다. 무언으로 당신이 나를 독촉하신 것이다. 오직 내가 아플 때만 신경을 썼다.

2.

중·고등학교

    초등학교가 끝나갈 무렵, 하루는 큰형이 부산서 준비해 온 중학생 교복과 모자를 내 앞에 내놓았다. 너무나 놀라워 내가 어떠한 표정을 지었는지 기억이 나지 않는다. 그날 밤 교복과 모자를 가슴에 꼭 안고 잤다. 그때까지 초등학교를 마치면 앞으로 난 무엇을 해야 할 것인지에 대한 꿈을 가져본 적이 없었다. 아침과 저녁에 소풀 먹이고 학교 갔다 오는 게 내 생활의 전부다.

    만약 그때 큰형이 중학교 교복을 갖다주지 않았다면 초등학교를 끝으로 농사나 짓다 자식 몇 낳고 벌써 죽었을 것이 뻔하다. 하지만 이 고마움을 형에게 한 번도 전하질 못했다. 이젠 알 것 같은데 형은 이미 이 세상 사람이 아니다. 대신 큰형수에게 감사의 말을 몇 번씩 전했지만, 여전히 마음에 걸린다.

    교복을 입고 찾아간 곳은 부산시 남구 문현동 가파른 언덕에 있는 배정중학교 야간. 사립재단으로 남기열 이사장이 빈민구제사업의 일환으로 초·중·고등학교를 함께 운영하고 있었다.

배정중학교를 입학할 당시 야간에는 3개 반이 있었다. 학생들 대부분이 불우한 가정환경 출신이거나 고아원생이었다. 낮에는 넝마주이를 하고 밤에 고아원에서 지냈다. 그중에 중학교에 들어온 아이들은 선택받은 애들이다. 이때 만나게 된 학생들, 김두수, 손승조, 이만희, 조말래, 이종근, 이창교, 이운찬 등등은 그들 중에 훨씬 가정 형편이 좋았던 거로 기억한다.

지금도 중학교 앨범을 보게 되면 알 만한 그때의 얼굴들이 눈에 선하다. 그중에서 번개같이 머리를 스치고 지나가는 친구 이름이 하나 있다. 손승조는 고아 출신이었다. 그를 만나기 이전의 과거는 잘 모른다. 그를 만나면서 내 어릴 때 시골에서 작은형으로부터 배워 놓았던 노래 실력을 뽐낼수 있는 기쁨도 함께했다. 그의 노래 실력은 웬만한 가수를 뺨칠 만했다.

그가 거처하고 있는 부산역 맞은편 서울 빵집에서 일하는 시간을 빼고는 몇몇이 모여 노래를 마음껏 부르고 다녔다. 그가 마이크를 잡고 노래를 부르기 시작하면 주변의 사람들은 어디서 가수가 왔나 하고 그를 보려 모여들었다. 승조는 노래를 하다 말고 시간이 되면 어김없이 서울 빵집으로 달려가야 한다. 지금은 어디에서 노래를 부르고 있을지 궁금해진다.

당시 야간반에 다닐 때 공부는 뒷전이었다. 두수와 나는 또 다른 친구 이창교와 같이 세 사람이 한 조를 이루고 덕명여중 농구부 소속의 세 명과 전포동 뒷산 황령산과 들로 쏘다니면서 젊음을 발산했던 특별한 기억들이 남아 있다.

그동안 시골에서 어머니 밑에 야생마처럼 자란 신한옥이가 부산이라는 조금 넓어진 무대로 옮겨 새로운 삶에 대한 시험을 거치고 있는 중이다. 원래 야생마는 사람의 손을 거치지 않고 자연에서 마음대로 뛰놀던 말이다. 중학교를 입학했지만 야생마는 전과 다름없이 부산 양정 들판, 해운대 동백섬, 태종대 섬으로 쏘다니며 놀았다.

그렇게 놀다 그것이 지겨워지면 일없이 여러 명이 몰려다니며 문현극장, 보영극장, 초량극장, 동보극장 등에서 신성일, 엄앵란, 남정임, 최무룡, 신영균, 남궁원 등이 나오는 청춘물 영화와 역사극 영화를 보았다.

일 년이라는 시간이 이렇게 훌쩍 지나갔다. 하루는 전교생 백일장 대회가 있어 시 한 수를 써냈는데 우연히 장원을 했다. 그 바람에 고등학교 선배를 따라서 몇 군데를 더 다니고 또 김해 김수로왕릉 백일장도 나가 시인이 된 기분이었다. 하지만 매번 허탕을 치다가 부산시 교육위원회 주최 백일장 대회에 참가하는 기회가 있었다.

그날은 작정을 하고 밤새 여러 권의 시집을 통째로 외우며 거기에 대비했다. 시작과 함께 과거시험을 보던 것처럼 시제를 적은 두루마리가 눈앞에 펼쳐졌다. 시제는 '만선'. 지난 밤 외웠던 시들을 섞어 모작을 했다. '어영차 휘영차'로 시작하는 어부를 기다리는 가족에게 기쁨을 노래하는 뱃노래를 써냈다. 특상을 타고 청마 유치환 선생님이 돌아가시기 전 그 분의 따스한 손을 잡아 본 기억이 눈에 아른거린다.

내가 다니던 중학교는 당시 대선소주 공장이 위치한 곳과 마주하고 있었다. 수업 시간에 맞은편 공장에서 나오는 고구마 찌는 냄새로 술기운에 취하기도 했다. 또 학교가 문현동 가파른 언덕에 있었기 때문에 운동장에는 농구대만 설치돼 있었다. 강기동 농구 담당 선생님 하에서 배정중학교 농구팀은 전국에서 몇 번씩 우승을 할 정도로 뛰어났다. 하지만 나는 축구 외에는 별로 관심이 없었던 시절이었다.

이때 놀기 좋아하는 친구들과 어울려 다녔다. 다행히 뛰어난 기억력 덕분에 학교 성적은 나쁘지 않았다. 집에서 별도로 예습과 복습을 하지 않아도 학교 성적이 두드러지면서 선생님들 눈에 띄었다. 게다가 1학년부터 담임을 맡았던 구태봉 선생님이 2학년에도 그대로 담임을 맡으셨다. 선생님이 내 성적을 유심히 살피고 2학년 말에 주간반에 올려 주셨다.

3학년 때 주간반에 올라오면서 학교에서 특수반을 편성했다. 두 반이 있었는데 C반은 곽이열 국어 선생님이 담임이었고 D반은 수학 담당 차상렬 선생님이 담임을 맡았다. 부산고등학교와 경남고등학교 입학을 목표로 정하고 학생들에게 집중적으로 공부를 시켰다. 도시락을 두 개씩 준비해 저녁 8시까지 죽어라 하고 공부시켰다. 휴식은 10분씩 열 번 정도 하고 하루 종일 공부만 했다.

지금에 와서 그때를 뒤돌아보면 야간반 2년은 주로 김두수, 이창교, 이종근, 손승조, 조말래 등 몇몇 학생들과 어울렸다. 3학년 때 주간에 올라와서는 순전히 공부에만 오로지 매달렸던 시간들이다. 이때 이용수, 손성환 그리고 나는 중간에 학교 시험이 시작되면 성환이 집 - 성환이 할아버지는 당시 상당한 재력가로 알려져 있었고, 지금의 교보빌딩 맞은편 어느 빌딩 5층 건물이 할아버지 소유였다 - 에서 공부도 하고 권투를 하면서 놀았다.

성환은 80년 내 결혼식에 참석한 유일한 중학교 친구였다. 3학년 주간에 올라오면서 권재욱과는 라이벌 관계였다. 하지만 그 후 중학교, 고등학교 및 대학을 모두 같이 다닌 삼문이다. 세 군데 동문이라는 뜻이다. 그런데 재욱이 가족은 문학과 예술의 유전인자들을 갖고 있는 가족인 것 같다. 큰형은 당시 배정중 음악 선생님이었고, 누님은 후에 시인으로, 본인은 수필작가로 등단했다.

내가 서울에서 군 생활을 할 당시, 73년 크리스마스 때 권지숙 누나와 명동 성당에서 기적적으로 만나게 된 에피소드를 얼마 전에 재욱에게 전했다. 그런데 그 누님이 돌아가신 소식을 최근에 전해 들었다.

재욱은 토지개발공사 부사장을 거쳐 현재는 은퇴하고 자기 삶의 흔적을 담아 놓은《우연과 인연》이란 수필집을 내놓았다. 다음번 한국에 들어갈 경우 그를 만나 소주잔을 기울이면서 재미있는 이야길 나눌 작정이다.

3학년 때 주간에 올라오고 첫 시험이었다. 시험을 치르고 친구들과 영화를 보고 저녁 늦게 교문에 들어서는데 한 친구가 얼굴에 미소를 띠면서 쫓아와 "한옥아, 니가 1등 했다 아이가?" 하고 반갑게 축하를 해 주었다. '아하! 나도 공부하면 1등을 할 수 있구나!' 하는 자신감을 그때 처음 가지게 되었다. 그때부터 부산고등학교에 갈 수 있다는 꿈을 가졌다.

당시 학교 재단의 적극적 노력의 결과, 배정중학교에서 4명씩이나 부산고등학교에 합격했다. 권재욱, 김상수, 염광룡, 신한옥의 이름이 배정중학교 역사의 한 페이지를 남겼다.

나는 중학 시절부터 유전적으로 작은 키에 대한 열등의식을 갖기 시작했다. 형제 중 반은 보통 키고, 반은 나처럼 작다. 출생신고의 누락으로 나는 학교의 출발을 다른 아이들보다 2~3년 늦었다. 중학생이 될 때 나는 이미 다 자란 상태이고, 다른 아이들은 한창 자라게 되면서 내 키를 훨씬 능가해버린다. 이 작은 키를 감추기 위해 그때부터 신발에 깔창을 깔기 시작했다. 중학교를 마친 후 내 삶에 있어 중요한 의미를 가지고 있는 고등학교 시절로 넘어간다.

고등학생이 되면서 신체적으로 성인에 도달하지만 사회는 이를 쉽게 받아들이지 않는다. 자아의식이 강해지고 독립과 어른들의 속박으로부터 벗어나는 시기이기도 하다.

수재들이 다닌다는 부산고등학교를 들어간 것만으로 어깨가 제법 우쭐했다. 큰형은 술자리에서 동생 자랑으로 친구들 심기를 불편하게 만들었던 게 한두 번이 아니다.

1968년 3월 4일 부산고등학교 입학 1학년 5반 기념사진.
두 번째 줄 오른쪽에서 5번째가 나의 모습.

부산고등학교에 들어가기 위해 중학교에서 강도 높은 시험 준비를 마치고 1967년 연말 입학시험을 치는 날이다. 이미 중학교에서 모든 과목에서 시험이란 시험은 수없이 반복 연습을 거듭했다. 첫 시험지를 받고 그 안심을 확인할 수 있었다. 평소에 보던 질문이었다. 답을 순서대로 써내려 갔다. 합격자 발표를 기다리면서 약간은 불안했지만 그래도 내 이름이 들어갈 거라고 확신했다.

합격 통지서를 받고 학교를 찾아가 보았다. 그때 경남중학교를 졸업하고 나처럼 궁금해서 왔다는 김동진을 거기서 만나게 되었다. 내가 배정중학교 출신이라고 소개를 하자 그는 경남중학교 자랑부터 냅다 해 대는 것이다. 거기서 한 수 꺾였다. 더구나 경남중학교 축구부 주장이라고 소개했다. 그게 인연이 되어 우리는 더욱 가까워졌고, 동진이는 고등학교 축구팀 주장을 맡으며 오늘까지도 서로 연락을 취하는 사이를 유지하고 있다.

1968년 3월 4일 입학 날이었다. 그날 나는 1학년 5반 김동찬 선생님 밑에 가게 되었다. 이날부터 나는 내 키에 대해서 민감하게 반응하기 시작했다. 교실에서 출석 순번을 정하기 위해 키 큰 순서대로 한 줄을 세웠다. 구두를 신고 눈치를 보며 60명 중에 55번이었다. 그때 만약 구두를 신지 않았으면 60번이었을 것이다.

전교생 중 내가 제일 작았던 것 같았다. 입학 첫날부터 키 높이 깔창을 두껍게 깐 구두를 신었다. 이렇게 하루도 빼지 않고 구두를 신고 다니다 보면 얼마 후 구두코가 하얗게 탈색된다. 작은형이 카투사에 근무하고 있었기 때문에 휴가 나올 때 새 구두를 신고 나와 헌 구두로 바꿔 신고 갔다. 동기생들은 나를 기억할 때 똥 구두를 신고 축구 하는 신한옥을 연상할지도 모른다.

여기서 만나게 된 동기생들이 그 후에도 친하게 지내는 사이로 발전했다. 하상조, 신복기, 오동식, 주금돈, 중학 동기 권재욱 등. 이때부터 각자의 취향이 다양하게 나타나기 시작했다. 예술, 문학, 물리, 수학, 바둑, 운동, 종교 등 다양하게 그 싹들을 보였다. 하지만 이때 내 머리는 오직 축구와 빈둥거리며 노는 것에만 초점이 맞춰져 있었다.

입학하고 난 초창기에는 키도 크고 덩치들이 있는 애들 틈에 끼어 놀았다. 수업 시간이 끝나기가 무섭게 쉬는 시간에 축구를 하고, 그래도 짬이 나면 도서관에 틀어박혀 책을 읽었다. 몇 개월이 지나면서 부산과 경남 일대의 수재들이 모였다는 걸 알 수 있었다. 모두가 빈둥거리고 노는 것 같았지만 시험을 보게 되면 다들 우수한 성적을 냈다.

1학년 여름, 첫 방학이 되면서 사진에서 앞줄 맨 오른쪽에 보이는 주금돈이 자신에게 축구를 가르쳐 달라고 했다. 킥, 센터링, 드리블, 슈팅 등을 가르쳤다. 그런데 방학이 끝나고 다시 만났을 때 나는 감탄을 금치 못했다. 방학 내내 혼자서 얼마나 열심히 연습을 했는지 실력이 정말 놀라울 정도로 성장해 있었다. 곧바로 금돈은 우리 축구팀에 들어왔다.

이 짧은 입학 시간이 지나고 하나의 시련이 나를 기다리고 있었다. 큰형이 회사 직원들과 식사 후 집으로 돌아오는 길에 차 사고를 당했다. 뇌의 손상과 함께 실명 위기에 처하게 되었다. 형수는 직장에 나가면서 조카들을 돌봐야 했기 때문에 내가 주로 병원에 간호를 맡았다.

고등학교에 입학하면서 구태봉 은사의 소개로 시작한 가정교사도 여기서 그만두어야 했다. 학교를 마치면 곧장 병원으로 갔다. 저녁 늦게 집으로 와서 잠시 눈을 붙이고, 다음 날 아침이면 학교에 갔다. 이런 생활이 1년 이상 지속되었다.

형수는 그때 형이 미워서도 의식적으로 문병하러 오질 않았다. 형님이 잘나가던 시절이라 형수 몰래 바람을 피우다 이런 사고를 당했던 까닭이다. 나만 죽어라 병원에 쫓아다녔다. 시간이 흐르고 이 병원 저 병원 눈 수

술을 하면서 형님은 시력을 되찾았다. 동시에 내 몸도 자유의 몸이 되었다.

그때부터 나도 형님댁에 더 이상 있을 수 없었다. 그동안 중단했던 가정교사를 계속할 마음을 먹었다. 대신 이제는 그 집에서 숙식을 하면서 가정교사를 할 수 있는 집을 찾았다. 역시 구태봉 은사가 다시 한 집을 소개해 주었다. 이북 사람으로 연탄공장을 범일동에서 운영하는 사장 집이었다.

부인은 상당히 미인이면서 잘나가는 친구가 많았다. 아들 둘에 막내딸, 그렇게 다섯 식구가 잘 살았다. 큰아들이 학급에서 공부를 제일 못하고 있었다. 이때가 부산고등학교 2학년 중간이 될 무렵 1969년 9월경이었던 거로 기억한다.

나는 그 학생을 가르치는 첫 달에 60명 중 50등을 만들었다. 내가 봐도 구제 불능이었다. 오기로 학교에서 내 성적은 뒤로 하고, 이 학생의 성적 올리는 걸 나의 목표로 삼았다. 결국 내가 그 집에서 나올 때 학급에서 18등까지 올려 주었다.

그 집을 떠나기 며칠 전, 안에서 학생을 가르치고 있는데 밖에서 아주머니들이 내 이름을 들먹이면서 유쾌한 웃음소리가 들렸다. 직감적으로 내 구두 안에 있는 깔창을 보았다는 걸 알았다. 나는 그 순간 부끄러움을 감출 수 없었다. 며칠이 지나고 짐을 챙겨 그 집을 나왔다. 물론 전적으로 그 이유 때문에 나온 건 아니다. 몇 개월 남은 기간이라도 대학 입시 준비를 할까 했다. 2년 뒤 부산대학에 입학했을 때 부모의 간절한 요청으로 그 학생이 고등학생이 됐을 때 다시 그 집에 갔다.

한편, 전부터 나에게 큰 영향을 주고 있는 최성현과의 우정은 변함이 없었다. 성현이가 당시 나를 좋아하게 된 것은 - 내가 생각할 때 - 촌티 나면서 로맨틱한 성격과 야생마처럼 축구를 좋아하는 순진성이 함께 어우러진 인간미에 있었던 것 같았다. 우리는 서로를 만나게 되면서 축구를 몸만이 아니라 머리로도 할 수 있다는 걸 알아갔다.

머릿속에 세상의 모든 축구가 들어 있었다. 선수들의 이름과 주특기, 어느 경기에서 몇 골을 넣고 어떻게 골을 넣었다는 진기록이 고스란히 기록으로 남아 있었다. 심지어 교실에서 있었던 선생님의 말씀 하나하나가 머리에 남았다. 칠판에 쓰이는 내용을 모두 필름처럼 기억하는 인공지능을 장착한 기계처럼.

우리는 그때 수시로 세계에서 제일 긴 이름을 찾아내 만날 때마다 누가 더 긴 이름을 대는지 서로 경쟁하곤 했다. 그리고 성현과 나는 아침에 누가 먼저 교문에 들어서는지 내기를 했다. 도서관에서 책을 읽다 말고, 버스를 타고 해운대 백사장을 거닐며 세상의 아름다운 이야기를 하고 놀았다. 하늘의 별을 세면서 노래도 부르고, 백사장에서 트럼펫을 불고 있는 고독한 아저씨의 벗이 되어 사랑 이야기에 귀 기울이기도 하였다.

그러다 어느새 우리는 《데미안》에 등장하는 주인공 데미안과 싱클레어가 되어 멀리 떨어져 있어도 서로의 행동을 느낄 수 있을 것 같았다. 길 가다 뒤를 돌아보면 성현이가 나를 쫓아오고 있었다. 나는 그의 모습이 파우스트의 작가, 괴테와 비슷한 환상을 가지고 살았다. 커다란 눈망울이 항상 우수에 젖은 듯한 두 눈에서 괴테의 영혼을 읽을 수 있었다.

2학년 여름 방학이 되면서 성현이 집에 초대돼 갔었다. 아버지가 밀양 초등학교 교장이셨다. 어머님이 나를 마치 친자식같이 맞아 주었다. 아버지가 교장이라 사택에 기거하고 계셨다. 아버지는 방학 동안 교육받으러 가고 없어서 뵙지 못했다. 생전 처음으로 백김치를 그때 먹어 봤다. 성현이네 가족이 사는 모습을 보고 돌아오면서 나는 아버지 생각에 눈물을 많이 흘렸다. 그래서 더욱 그를 사랑했다.

점심시간이 오면 우리는 같은 반이 아니었기 때문에 교실 밖에서 도시락을 먹는다. 내 도시락엔 언제나 밥과 김치가 전부였다. 성현이 도시락에는 계란말이가 들어 있었다. 그는 나를 위해 자신의 계란을 집어 내 도시락에 갖다 놓는다. 나는 다시 그에게 보낸다. 그러다 결국 우리는 반으로 나눠 먹었다.

제9회 멕시코 월드컵이 1970년 5월 31일부터 멕시코에서 3주간 열렸다. 전 세계인은 숨을 죽이면서 처음 컬러TV로 개막식을 보는 순간을 고대하고 있었다. 그와 나는 이 개막식을 보기 위해 위험을 무릅쓰고 학교 본관 꼭대기 난간을 타고 강당에 잠입했다. 한참 개막식을 보고 있을 때 순찰을 하던 선생님에게 들키고 말았다.

강당에는 생물 실험용으로 TV가 설치되어 있었다. 다음 날 생물실에 불려 가 신창식 선생님에게 혼이 났다. 대회 캐치프레이즈가 'The world at your feet(세계는 그대 발밑에)'이다. 주인공이 공을 들고 세계를 돌며 자신의 월드컵 꿈을 키워 가는 것을 주제로 한 내용이다. 성현과 나는 이걸 보면서 우리의 꿈을 키워 나갔다. 세계는 언젠가 우리 발밑에 있게 될 것이라고.

제2외국어 선택에 독일어가 있다. 이때 많은 학생이 독일어를 선택한 것으로 기억된다. 독일어는 또 내가 제일 좋아하는 과목이기도 하다. 담당은 항상 망치를 들고 다녔던 우리 학교 출신 이영구 선배 선생님이었다. 그래서 별명이 망치 선생님으로 통했다. 괴팍하게 보였고 또 실제 괴팍했다.

학생들이 외우지 않으면 사정없이 망치로 때렸다. 그날은 한 챕터를 외워 오는 숙제가 있었다. 수업 시간이 되자 선생님은 외운 사람만 남고 나머지는 맞을 각오를 하고 전부 앞으로 나오라고 했다. 나만 자리에 남고 모두 앞으로 나갔던 기억이 난다.

난 독일어만은 재미있어했다. 서울 약대 입학시험을 칠 때도 다른 과목은 죽을 쒔지만, 독일어만큼은 자신 있게 답안을 썼던 기억이 선명하게 난다. 이때 출제된 내용은 개와 고양이(Der Hund und The Katze)를 주제로 한 것이었다. 평소에 알고 있는 내용이라 답을 잘 썼다. 결과적으로 다른 과목들을 잘못 봐 입학시험에 낙방은 했지만.

국어 시간에 김태홍 선생님이 상대방을 지칭하는 호칭에 누구에게나 '그놈이 또 너희 놈'으로 시작했다. 선생님이 그렇게 부르는 말 습관이 귀에 거슬려 선생님에게 친구분들을 만날 때도 그렇게 부르느냐고 물어본 적이 있었다. 선생님은 대충 그럴 거라고 자신의 대답을 회피했다.

또 선생님은 관상을 잘 본다고 알려져 있었다. 수업 시간에 내 관상을 좀 봐 달라고 부탁했다. 그때 나에 대한 선생님의 관상이 걸작이다. "네놈은 돼지상이라 평생을 굶어 죽지는 않겠다."라고 하셨다. 그러자 내가 즉각, "선생님, 저 소띠인데요." 하고 되받아치는 바람에 우리 반 학생들의 웃음보가 터진 적이 있었다.

선생님은 당시 '살메'라는 호를 가진 등단 시인이셨다. 관상을 잘 보기는 본 것 같다. 내가 평생을 굶지 않고 여태까지 잘 살아올 수 있는 걸 그때 벌써 볼 줄 알았으니까. 게다가 선생님은 관상이 좋은 우리 동기생 중에서 사위를 봤다. 나중에 이명박 시절 검찰총장까지 역임하다 노무현 전 대통령 사건 때 사표를 던졌다. 예민한 사안이라 이름을 거론하지 않는

게 좋겠다. 그래도 아는 사람은 다 알고 있다.

나의 고등학교 시절은 많은 시간을 교실보다 운동장에서 보냈다. 쉬는 시간이면 잠시 밖에 나가 축구를 하고 또 학교 수업이 끝나면 집에 가기 전까지 늦도록 친구들과 어울려 축구를 하면서 시간을 보냈다. 또 다른 고등학교(주로 동래고등학교)와 친선 축구를 많이 다녔다.

어쩌다 시간이 나면 도서관 장의정 선생을 돕기도 했다. 책을 읽을 때 외국 번역 서적을 좋아했다. 헤세, 도스토옙스키, 지드, 괴테, 몸 등. 한 작가를 선택하여 그 작가의 작품을 모조리 독파하고 다른 작가로 넘어갔다. 이런 스타일의 독서를 하고 나면 그 작가에 대한 성향 및 특성을 파악하기가 쉬웠다.

도서관에서 독서에 심취해 있다 교문을 나서면 세상의 온갖 사랑과 비애가 머리에 가득 찬 것 같은 이상야릇한 도취감에 빠지기도 했다. 하지만 이러한 몇 가지 즐거움(축구, 친구, 독서 등)을 제외하고 앞으로 나는 어느 대학 무슨 과를 가야 하겠다는 목표가 없었다.

나의 앞날은 학교가 정해 주는 대로 맡겨져 있었다. 각 고등학교는 서울대학에 들어가는 숫자로 학교의 명문을 평가했다. 부산고등학교는 1974년 고교평준화 제도가 시행되기 전 전국 4~5위 명문고로 알려져 있었다(72년 141명이 서울대에 합격해 전국 5위. 73년엔 183명을 서울대에 합격시켜 그대로 5위를 유지).

그래서 학교에서는 무슨 과에 몇 명보다는 서울대에 몇 명이 합격하느냐에 큰 비중을 두었다. 나를 포함한 세 명이 서울대학 약대에 지원했다. 최병만, 염광룡 그리고 나. 염광룡이만 합격하고 최병만과 나는 떨어졌다. 다음 해, 병만은 부산 상대에 입학하고 나는 부산 법대를 갔다.

길기도 하고 짧기도 한 3년간의 고등학교 생활이 끝나고 있었다. 졸업을 앞두고 박종곤과 나는 졸업 기념을 위해 무전여행을 떠날 계획을 세웠다. 부산역을 출발해 밀양을 거쳐 영산에 살고 있는 신복기의 집을 1차 목표로 삼고 열차 칸에 몰래 숨어들었다.

목적지에 가기 위해 중간역에 내려 지나가는 버스를 구걸하거나 트럭을 타고 다녔다. 먼지를 풀풀 날리는 트럭 안에서 운전사와 이야기를 한참 나누다 보면, 금방 친해져 자신이 먹던 것을 우리에게 양보하기도 했다. 돈 한 푼 없이 신복기 집에 도착했다. 걸인 중에서도 상걸인 모습으로 도착했을 때 복기 부모님은 우리를 당신 자식 친구라고 반갑게 맞아 주었다. 그때 같은 동네에 살던 김부식이 우리와 같이 식사 자리를 빛내 주었던 기억도 난다.

하룻밤을 거기서 보낸 뒤 우리는 다음 목표지인 울산을 향해 출발했다. 영산에서 산을 넘고 또 넘고 다음 날 저녁 무렵에 양산 통도사에 도착했다. 스님으로부터 약간의 공양을 받았다. 통도사에서 나오면서 얼어 있는 무와 고구마를 들고 다음 행선지에 도착할 때까지 빈 배를 채웠다.

드디어 우리는 무전여행의 목적지 울산에 집을 떠난 지 5일 만에 도착했다. 무전여행에서 얻었던 소득은 말할 수 없이 많았다. 세상에서 집만큼 좋은 곳은 아무 데도 없다는 것을 확인시켜 주었고, 돈의 위력을 알 수 있었다. 그리고 우리의 여행은 그것으로써 끝난 것이 아니고 죽을 때까지 계속될 것이란 걸 또 한 번 인식시켜 주었다.

학교에 다니는 동안 용돈을 간혹 형에게 받는 경우가 있었지만, 대부분은 가정교사를 하며 해결했다. 하지만 첫 번째 입시에서 낙방한 후 재수를 하는 동안 필요한 용돈을 얻기가 힘들었다. 형에게 손을 내밀 수도 없고 가정교사를 할 수 있는 처지도 못 되었다. 영장이 이미 내 손에 와 있고, 다시 떨어지면 곧바로 군에 끌려가야 하는 순간이었다.

이러한 압박에 책이 손에 잡히지 않았다. 그럴 때면 집에서 가까운 학교로 가 학생들 수업이 끝나면 동네 친구들과 축구를 했다. 특히 당시는 조기축구의 태동기였기 때문에 내가 주축이 되어 동네 조기축구를 결성하여 다른 팀과 시합을 하며 답답한 마음을 축구로 달랬다. 그리고 주변 공장들이 행하는 연말 축구 시합에 간혹 용병 선수로 뛰었다. 같이 재수를 하던 복기와 나는 한 팀이 되어 공장팀을 우승시켰던 기억이 생생하다. 그때 약간의 용돈을 벌었다.

3.

대학 입학

시골에서 부산으로 이주하여 고등학교 때까지도 철이 덜 든 상태에서 서울대학 입시에 쓴잔을 마셨다. 당장 내일이면 논산훈련소로 가야 하는 순간이 나를 기다리고 있었다. 이처럼 절박함 속에 재수 후 1972년 3월 초에 부산대 법정대학 행정학과에 입학했다.

그때 입학시험에 다시 낙방을 했더라면 내 인생이 어떻게 바뀌게 됐을지 아무도 모르는 아찔한 순간이다. 군에서 3년을 보내고 나면 내가 무슨 공부를 제대로 할 수 있었겠는가? 큰형님네도 나에게 신경을 쓸 겨를이 없었고, 대학도 다니지 않은 내 입장에서 가정교사 자리를 구하기도 어려웠을 것이 뻔한 이치였다.

입학하던 날은 72년 3월 5일로 생각되는데, 이날 운동장에서 전체 입학식이 있었는지에 대한 것은 한 사람에게 얼이 빠져 기억나질 않는다. 하지만 교양과정부의 우리 반에는 인문사회과학 계통의 학생들이 주를 이루고 있었다. 최수종 선배, 권해춘 후배, 여상범, 경남여고 출신 등 이름을 기억할 수 없는 여러 학생들을 만났다.

이날 의도적으로 학급 반장(당시 총대로 불렸다)을 고등학교 후배 중 한 명을 앉힐 생각으로 물색하던 중 권해춘 후배가 눈에 띄었다. 그리고 부총대는 경남여고를 나온 학생을 추대하여 투표를 거쳐 통과시켰다.

그런데 이날 만나지 않았어야 할 사람을 만났다. 경남의 모 여고를 나온 학생. 화려함과는 거리가 먼 촌티 나는 아가씨. 우리는 말없이 그 첫날을 맞았다. 다음 날 우리는 옆자리에 나란히 앉았다. 그다음 날도 그렇게 앉게 되었다. 내가 교실에 먼저 도착해 있으면 소리 없이 내 옆에 와서 앉는다. 그녀가 먼저 도착하면 나도 마찬가지다. 반 친구들은 이미 오래전부터 있었던 것처럼 아무도 우리 둘 사이에 끼어들지 않았다.

시간이 흐르면서 우리는 조금씩 서로를 알아갔다. 출신은 어디, 오빠들은 모두 고등학교 선배였고, 남동생은 고등학교 후배였다. 오빠들은 미국에서 유학 중이고 동생과 같이 하숙을 하고 있었다. 주말이면 고향에 계시는 부모를 뵈러 갔다. 하지만 동생을 챙겨야 하기 때문에 당일 돌아와야 했다.

그녀와 같이 있으면 내 마음은 언제나 편안했다. 옆에 없으면 온통 그녀 생각으로 가슴이 벅찼다. 학교에 오는 날이면 틀림없이 우리는 서로를 찾았고, 옆자리에 말없이 서로 앉는다. 떨어져 있으면 남이 우리의 소재를 알려 줄 정도로 소문이 나 있었다. 특히 나와 친하게 지내던 여상범은 우리 둘 사이의 보호자 역할을 하기로 자처하고 나섰다.

몇 주가 지나갈 무렵, 그녀가 토요일에 고향에 부모님을 보러 간다고 알려 주었다. 하루 부모님과 자고 오길 권했지만 동생 때문에 어쩔 수 없이 당일 와야 한다고 했다. 그래서 다음 날 부산역에서 만나 고향역까지 같이 가기로 했다.

고향으로 가는 기차 안에서 많은 이야기를 나눈다. 고향역까지는 너무나 짧았다. 그녀가 부모님 뵙고 돌아올 때까지 역에서 기다렸다가 같이 돌아온다. 돌아오는 기차 안에서는 그렇게 많은 이야기를 나누진 않는다. 간간이 몇 마디 하면서 얼굴만 쳐다보며 서로를 확인했다.

며칠 후 영어 수업 시간이었다. 이수영 교수가 미국에서 공부 후 귀국한 지 얼마 되질 않아 선생님 영어 발음은 우리 귀에 원어민처럼 들렸다. 그래서 선생님의 영어 시간을 나는 은근히 기다렸다. 외국어는 남달리 좋아하는 과목이라 영어 시간이 되면 즐거웠다. 간혹 선생님도 어려운 문장의 해석이 있으면 일부러 나에게 시켰다. 그런데 어느 부분에 이르자 그녀가 나를 보며 난감한 표정을 지었다. 조금 쉽게 설명하고 그녀의 이해를 도왔다. 다른 과목도 이런 식으로 교양학부 수업을 같이해 나갔다.

한동안 기다렸던 체육대회가 시작되었다. 여기서 나의 진면목을 그녀에게 보여 줄 때라고 벼르던 중이다. 모든 스포츠에 나는 자신감이 있었다. 배구, 축구, 핸드볼, 거의 전 종목. 오늘은 축구에서 이기고 내일은 배구에서 우승을 해도 그녀는 크게 반응을 보이지 않았다. 그럴수록 나는 오기가 더 생겼다. 다음 날 다른 스포츠에 승부수를 던지면서 나를 유감없이 보여도 그녀는 다른 여학생들처럼 반응을 나타내지 않는다. 나는 그런 그녀의 모습이 좋았다.

경기가 끝나고 모두 모여 앉아 식사를 하면서 그날의 경기를 얘기하며 즐거운 시간을 보내고 집으로 가는 버스를 같이 탄다. 학교 앞에서 중앙동 쪽으로 향하는 버스였다. 버스 안에서 내 얼굴에서 식은땀이 흐르자 그녀는 손수건을 꺼내 주었다. 우리는 별다른 대화 없이 간혹 서로의 얼굴만 한 번씩 쳐다봤다. 몇 정거장을 지나 내가 먼저 내리고, 그 다음 역에 그녀도 내렸다. 방금 그녀를 보냈지만 그녀를 그리워하며 나는 범일동에 있는 가정교사 집으로 향했다.

얼마간의 시간이 흐르고 토요일에 봄 소풍이 예정된 날이다. 가정교사 하는 집 작은아이를 데리고 카메라를 챙겨서 부산역으로 향했다. 우리 반 학생들은 부산역에서 모여 밀양 근방의 유원지를 가기로 목적지를 정했다. 반장이 여러 사람의 도움을 받아 먹거리를 준비하고, 출발시간이 다가오는데 그녀의 모습이 보이지 않는다. 한없이 부풀었던 내 가슴은 차츰 식어 갔다.

그녀의 모습이 보이지 않자 부모님을 뵈러 간 것으로 알고 역 앞에서 몇 장의 사진을 찍고 우리는 출발했다. 그날, 온종일 그녀에 대한 내 마음을 다른 사람에게 보이지 않으려고 무척 애를 썼다. 평소에 그녀는 자기 모습을 남들에게 잘 드러내려고 하지 않았다. 여학생들 경기에서 자신의 차례가 되면 못이긴 척하지만, 그녀는 막상 뛰어난 실력을 보여 준다.

입학 후 처음 행정학과 입학생들끼리 모여 야외 소풍을 갔다. 김영 고등학교 선배, 손영기 후배, 김창곤 씨, 류윤호 씨, 임철호 씨, 양동인 씨, 조법래 후배, 허용기 씨, 황일규 씨 등 많은 얼굴이 기억난다. 3년 이상의 시간이 흐르고 내가 군 복무를 마치고 행정학과에 복학했을 땐 대부분이 취업을 했거나 어디로 떠나고 없었다.

단지 김영 선배는 간간이 만나기도 하고 얼굴도 뵈었다. 선배는 처음부터 정치에 뜻을 두고 당시 민정당 신상식 의원 보좌관을 지내다 일찍이 세상을 하직한 것으로 전해 들었다. 서로를 아끼고 정이 통했던 아까운 선배를 하나 잃었다.

행정학과를 지망한 것은 졸업 후 공직생활에 뜻을 둔 것이다. 단지 시기적으로 1학년을 다니고 있을 때까지는 곧 3년간 군 복무를 마쳐야 한다는 생각에 공부할 생각은 하지 않았다.

내가 대학과 대학원을 다니는 6년 동안 단지 첫 입학금만 큰형님이 대 주셨다. 그것도 서울대학교에 합격한 후 서울까지 가서 다닐 형편이 아니란 이유로 같은 국립대학인 부산대학으로 전학이 가능했다고 형에게 둘러댔다. 형님은 그런 줄 알고 등록금을 대 주셨다. 그런데 큰형님이 돌아가시기 전에 과연 이 사실을 알고 계셨는지 모른다. 하지만 첫 번째 등록금을 받았던 후 누구에게도 지원을 받지 않았던 대학 생활은 무척 힘들었다. 학교에 다니는 동안 학교에서 장학금을 받거나 가정교사로 겨우 꾸려갔다.

입학 후 고등학교 시절 우리와 축구 시합 왕래가 잦았던 동래고등학교 친구들을 만나게 되었다. 이들의 권유로 대학 축구부에 합류하여 72년도 전국국립대학 축구 시합에 참가했다. 그때까지도 내 발에 맞는 축구화를 한 번도 신어 본 적이 없었다. 고등학교와 군에서는 군화를 신고 축구를 했었다. 이때도 나와 발 크기가 비슷한 선수의 신발을 빌려 신고 대회에 참가했다. 그해는 광주 전남대에서 축구 시합이 있던 해였다. 나는 후반전에 왼쪽 미드필드를 맡았다. 질퍽한 운동장에서 혼신의 힘을 다했지만, 등수에는 들지 못하는 결과를 안고 돌아왔다.

축구를 하는 동안 동래고 출신 음악인 김성근을 앞세워 그때 유행하고 있는 노래를 얼마나 불렀는지 모른다. 우리에게 노래를 열심히 불러 줬던 김성근이 이끌던 '썰물' 팀은 1978년 9월 9일(토), 제2회 대학가요제에서

'밀려오는 파도소리'로 대상을 수상했다. 이때 나는 고시 공부하느라 법대 독서실에 앉아 있을 때였다. 조용한 독서실까지 갑작스럽게 "와아!" 하는 주변의 탄성과 함께 박수 소리가 폭발하는 걸 듣고 다음 날 그런 일이 있었다는 걸 알았다. 성근은 당시 뛰어난 음악성을 가졌지만 후원자가 없어 음악계의 뒤안길로 사라진 것 같았다.

4.

군 입대

1학년 교양과정부가 끝나갈 무렵 우리의 이별은 다가오고 있었다. 그 당시 대부분의 젊은이가 군에 가기를 꺼렸다. 갖가지 이유를 대면서 군에 가지 않기 위해 갖은 방법을 동원했다. 치약을 먹고 엑스레이를 찍거나 신체 부위를 일부러 손상 입히기도 했다. 또 아는 사람의 빽을 동원하기도 하고, 외동아들인 것도 군 면제 사유로 삼았다. 심지어 검찰총장을 지내고 대통령 후보로 나온 윤석열 씨 경우엔 부동시를 사유로 군데를 가지 않았다.

하지만 대한민국의 아들로 태어난 이상 군대는 가야 한다는 게 나의 지론이었다. 만약 그때 내가 약삭빠르게 굴었다면 작은 키, 팔에 있는 문신, 이마의 흉터 등의 핑계로 얼마든지 안 갈 수 있었다.

요즘 한국의 20대 청년들의 평균 키는 173㎝가 된다. 나처럼 극단적으로 키가 작은 경우, 그 자체만으로 장애인 등록 사유다. 성인 남자의 경우

146㎝이면 지체 장애 6급의 판정을 받는다. 키가 159㎝ 미만이면 사회복무 요원으로 근무하게 된다. 키가 154㎝일 경우 얼마든지 군 면제 사유가 되거나 아니면 최소한 방위병으로 빠졌다.

그러나 조국이 내 한 몸을 필요해 부르면 나는 언제든지 달려갈 준비가 되어 있었다. 비록 키는 작지만 당당하게 군 복무를 다함으로써 떳떳한 대한민국 자식이라는 걸 남들 앞에 보여 주고 싶은 것이 내 마음이었다.

논산훈련소 입대를 며칠 앞두고 반 친구들이 환송회를 열어 주었다. 그때까지 나는 개인적으로 두 가지 생활신조를 지키고 있었다. 담배는 어떤 경우에도 피지 않을 것과 술은 두 잔을 넘기지 않는 것이었다. 나의 생활신조를 지켜 주기 위해 반 친구들이 한 말이 들어가는 통에 막걸리를 모두 부어 전부 마시라고 권했다. 반 정도 마시다 뻗어 버렸던 기억이 난다.

송별회를 마치고 같이 집으로 돌아오는 버스 안에서 우리는 얼굴만 바라보았다. 그리고 나는 그녀에게 '사랑한다'라는 말 한마디 하지 못하고 헤어졌다.

며칠 뒤 창원에서 열차를 타고 큰형수의 배웅을 뒤로 하고 논산 훈련소로 향했다. 1972년 말, 논산에 도착했을 때 또 다른 세계가 나를 기다리고 있었다. 나는 첫날부터 아무런 저항 없이 그 세계를 받아들였다. 그때까지 내가 그렇게 마음속으로 다짐하고 스스로를 위로했던 조국에 대한 나의 애국심 때문에 그토록 사랑했던 그녀를 뒤에 두고 쉽게 떠날 수 있었다.

훈련소에서의 첫날, 초등학교 동기생 김영학을 만났다. 그를 보는 순간, '영학이가 고생을 좀 하겠구나.' 하는 생각이 들었다. 기억에 남아 있던 영학은 굉장히 느려 터졌고 영리하지 못한 편이었다. 아니나 다를까? 예상대로 첫날부터 소대장이 본보기로 영학을 죽도록 패기 시작했다. 그에게 훈련병 길들이기를 시작한 것이다.

화장실에 변을 보고 있을 때 다른 놈이 모자를 벗기고 도망치는 것은 예사였다. 훈련소에 입소한 어느 날, 훈련을 마치고 전부 피곤함에 곯아떨어져 잠자는 밤 1시에 소대장이 갑자기 "전원 기상!" 하고 집합시켰다. 훈시를 받는 도중에 영학이가 몰려오는 졸음을 이기지 못해 꾸뻑하고 졸다 앞으로 불려 나가 무참히 구타당했다. 내가 대신 맞고 싶어질 정도로 얻어터졌다.

소대장이 훈련생들의 프로파일을 검토 후 나를 선도요원으로 지명했다. 그 후 훈련지로 오갈 때 행군에 발맞추는 구령 및 평소의 대열정리 등이 모두 나의 몫이었다. 초등학교 때 익혀 두었던 노하우로 능수능란하게 해낼 수 있었다.

훈련소에 들어오면서 한 가지 알게 된 사실이 있다. 소변이 마렵다 싶으면 즉시 화장실로 뛰어가야 한다. 입소할 때 주사를 몇 대 맞는데, 그중 하나는 남성의 정기를 저하시키는 주사약이다. 훈련 도중 고향 생각, 애인 생각으로 일어나는 탈영을 방지하기 위해 그런 주사를 놓는다. 그래서 훈련에 지쳐 모포가 흥건할 정도로 오줌을 싸는 경우가 발생한다.

첫 주부터 학급 친구들의 격려 편지가 쏟아진다. 하지만 그녀로부터 한 통의 편지도 받지 못했다. 이렇게 쏟아지는 위문편지를 받을 때마다 오히려 옆에 있는 다른 훈련생 눈치를 봐야 한다. 한 통의 편지도 받지 않은 훈련생 앞에서 소대장은 편지를 들고 와, "김갑동!" 하고 큰 소리로 이름을 부르며 나눠 줬다. 그것도 모자라 직접 낭독까지 시킨다.

훈련 중 소대를 대표해 사격대회에 참가할 경우가 생기면 소대장은 서

습없이 나를 내세웠다. 훈련을 하던 도중에 육군을 대표하는 축구선수를 선발한다는 소식을 듣고 선뜻 소대장을 통해 지원했지만 키가 작다는 이유로 심사도 없이 바로 거절당했다.

두 달간의 훈련이 끝나고, 추가 훈련을 받지 않은 상태에서 6관구사령부로 명령을 받았다. 거기로 명령을 받은 훈련병 5명은 배낭을 챙겨 군 트럭에 올랐다. 이들은 누구일까 하는 궁금증은 군 트럭에 올라 이야기를 주고받으면서 자연스럽게 알게 되었다. 모두 대단한 뒷배경을 가진 사람들이다. 두 명은 아버지가 별을 단 장성이고, 두 명은 사회에서 저명한 사람들의 친척이었다.

이러한 대단한 권세를 가지지 않은 나는 무슨 배경을 등에 업고 6관구로 명령을 받게 됐을까 하고 궁금해지기 시작했다. 한참 뒤에 그 비밀을 알았다. 영등포에 있는 33경비 부대로 최종 명령을 받아 근무하고 있을 때, 큰형이 육군본부에 계시는 친구분(육본 인사처 주임상사)과 함께 부대에 오셨다. 그때 비로소 큰형이 손을 썼구나 하는 것을 알았다.

6관구사령부는 서울 영등포구 문래동에 위치하고 있었다. 박정희 소장이 여기서 5·16 군사 쿠데타를 음모한 그 장소다. 도착 후 6관구 인사처 대기실에서 우리는 며칠간 일없이 보냈다.

대기하고 있는 동안 오후 5시가 되면 머리를 민간인처럼 기르고 있는 병들이 집으로 출퇴근을 하는 걸 보고 깜짝 놀랐다. 그중에는 당시 선화여고 현직 농구코치도 있었고, 배구 감독도 있었다. 정말 기이한 군대도 다 있구나 하는 느낌을 받았다.

한 명씩 명령을 받고 빠져나가고 마지막으로 나만 남았다. 얼마 후 배우 같이 잘생긴 부산 출신 전령 양승희 병장이 나를 데리러 왔다. 어디로 가느냐고 묻자, 여기서 가까운 곳이라고만 알려 주었다. 입구에 들어섰을 때 정문에 '33경비'라고 쓰여 있었다. 정성길 중대장에게 명령 인사를 드리고 소대로 갔다. 6관구사령부 정문 경비를 맡고 있는 부대였다.

73년 3월, 6관구 33경비 부대원 일부,
중앙에 정성길 중대장, 백승종 소대장, 차만근 소대장, 신한옥, 백종원 분대장.

부대는 영등포공고와 담을 사이에 두고 있는 문래동에 자리 잡고 있었다. 부대원들은 경비 서는 시간을 제외하고 축구하며 체력단련을 했다. 그래서 바로 이웃하고 있는 영등포공고 선수들과 축구 시합을 많이 했다.

이때 영등포공고 출신 허정무와 김철수라는 선수가 이름을 날렸다. 허정무는 대표팀으로 발탁돼 가고 없었다. 주로 김철수 선수가 주축이 된 팀과 시합을 했다.

한국 사람이면 모르는 사람이 없는 차범근 선수 친형이 우리 부대 소대장으로 부임해 있었다. 외대를 나와 중위를 달고 거기로 부임했다. 차만근 중위는 법에 관한 궁금증이 생기면 나와 상의를 했지만, 교양과정부만 마치고 입대했기 때문에 아는 게 없어 소대장에게 만족스러운 답을 하지 못했다. 또 부대원이 차범근 선수 집안 행사에 많이 갔던 기억이 난다.

우리 부대에서 나는 보급을 맡았다. 한 달에 한 번씩 경인 지역 보급소에서 물자를 타다가 부대원 장비를 교체해 주거나 나머지는 보관했다. 나머지 시간의 대부분은 관구사령부 주임상사와 같이 새마을축구팀을 구성해 축구에 매진했다. 이런 군 생활을 하는 동안 과연 내가 군 생활을 하고 있는 것인지, 아니면 민간인 생활을 하고 있는지 분간하기 어려웠다.

부대의 주 임무가 주야로 6관구사령부 경비를 서기 때문에 낮잠을 자야 하는 부대원을 제외하고 나머지는 수시로 부대의 마당을 파게 했다. 이렇게 땅을 파는 이유는 노동의 중요성과 함께 보초병의 체력을 증강시킬 수 있다는 데 또 다른 목적이 있었다. 운동장의 어디든지 조금만 밑으로 파내려 가면 틀림없이 이전에 미군이 철수하면서 묻었던 철물이 발견되었다. 고철을 팔아서 부대에서 사용했다. 이때는 또 월남에 갔던 파병들이 되돌아오는 시기와 맞물려 전역을 앞둔 고참병들이 우리 부대에 많이 배치되었다.

어느 정도 자리를 잡은 후 휴가를 받아 그녀를 만나기 위해 73년 말에 학교를 찾았다. 그런데 만날 수 없었다. 그녀의 사촌 오빠가 같은 과에 공부를 하고 있었는데 그녀를 철저하게 보호한다고 여상범을 통해 전해 들었다.

상범은 내가 72년 말 입대를 할 시에 내가 돌아올 때까지 그녀를 지켜주마, 하고 약속한 친구다. 식사하는 자리에서 그는 술술 풀어 놓았다. 자신이 내 소식을 전해주기 위해 만나고 싶어도 사촌 오빠가 철저하게 접근을 방해하고 있어 오히려 자신이 나에게 미안하다고 전했다. 그의 진심을 알고 있다. 소문에 의하면 유학 간 오빠들이 한국에 돌아와 대기업에 자리를 잡으면서 그쪽의 회사 측 집안과 언약이 된 것 같다는 소식이었다.

휴가에서 돌아오고 얼마 후, 고등학교 단짝 최성현으로부터 서울공대에 행사가 있다고 참석해 달라는 초청을 받았다. 나는 있는 것 없는 것 다 이용해 제법 멋을 부리고 - 그래 봐야 키가 작은 나의 몸에 군복밖에 없는 꼬락서니를 하고 - 공대 기숙사로 향했다. 공대에 도착해서 정작 성현은 볼 수 없었다. 그는 같은 학교 여학생과 사랑에 빠져 있다고 전해 들었다. 나를 초대해 놓고 나에게 과시를 하고 싶었는데 아마 제 마음대로 그 여학생이 말을 들어주지 않았던 모양이었다.

그런데 내 눈에도 성현은 사랑에 빠진 순진한 로미오 같아 보였다. 애타게 줄리엣의 사랑을 기다렸지만, 사랑의 길은 그렇게 순탄하지만은 않았다. 결국 그가 극단의 선택까지 했다는 소문이 무성했지만, 그것도 확인하기 어려웠다.

그날 밤, 우리 부대에서는 또 다른 사건이 우리를 기다리고 있었다. 대구 출신 김X문 고참이 술이 거나하게 취해 내무반에 들어와 잠자고 있는 병들을 깨워 야전삽으로 얼마나 구타했던지, 한 명은 엉덩이 살이 찢어지고 병원에 실려 갔다.

우리 부대는 어느 순간 시흥으로 자리를 옮겼다. 하루는 당직 소대장이 전 대원을 잠을 재우지 않고 밤새 기합과 함께 신체적 가혹행위를 가하는 바람에 제대를 얼마 남기지 않은 유 병장이 잠자리에서 사망하는 사건이 벌어졌다. 보급을 맡았기 때문에 사고 후 모든 처리는 내 몫이었다. 부모님에게 사망 소식을 전달하고, 국군통합 병원에서 사망원인을 파악하기 위한 수술, 수의 등은 내가 처리해야 했다.

이날 나의 전갈을 받고 충청도에서 올라오신 유 병장의 부모님은 자식의 죽음을 믿지 않았다. 아니 믿고 싶지 않은 게 더 정확한 표현이었다. 시체실에서 시신을 꺼내 부모님 앞에 보였을 때 비로소 울기 시작했다. 그때 부검을 하는 동안 내가 느낀 것은 인간도 죽으면 한 조각의 고깃덩어리와 같구나, 하는 것이었다.

거의 3년을 보내고 제대를 얼마 남겨 두지 않았을 무렵, 서울과 경기 일대의 군 체계가 새롭게 바뀌게 되었다. '6관구사령부'가 '경인지역방어사령부'로 전환되면서 예비군이 새롭게 창설되었다. 서울의 사대문에 대공포를 설치하고 예비군 편성을 새롭게 짰다. 우리 부대는 서대문구치소 뒤편으로 이전해 경인 지역 방위병과 예비군 훈련을 담당했다.

이때가 75년 6월, 전역 3개월을 남겨 둔 시점이었다. 나는 자원해서 2개월간 부대관할에 속하는 방위병과 예비군 보직을 처리해 줄 테니 말년 제대휴가를 한 달 요구했다. 윗사람으로부터 확답을 받고 경인 지역 방위병과 예비군보직명령을 두 달이 채 안 돼 마무리를 지어 주었다. 그리고 한 달은 약속대로 말년 휴가를 부산에 내려와 보내며 전역을 맞았다.

1975년 9월, 제대복을 입고 부산에 도착해 보니 군 면제를 받았거나 방위로 제대한 친구들이 의외로 많았다. 방위병으로 근무한 사람은 복무 기간도 짧고 동사무소에서 편하게 지냈던 모양이었다. 내 경우도 전방에서 고생을 했던 사람들에 비하면 편하게 군 복무를 마친 셈이다. 하지만 인생의 꽃을 피울 시기에 3년간의 공백기는 너무나 가혹한 시간이었다. 당시 대학 동기생들은 이미 취직을 했거나 고시에 합격해 자리를 잡고 떠났다.

5.

행정고시

방금 꿈을 꾸다 일어난 시간은, 2021년 11월 29일 6시 50분이다. 제대 후 수업을 받기 위해 교실을 찾지 못해 헤매다 지나가는 학생에게 물었다. 17년이 지나 이제 복학을 했다고 하니까 교정의 위치가 많이 바뀌어 앱을 깔아야 한다며 스마트폰을 달라고 했다. 그에게 건네주고 옆 건물을 살피는 사이에 그는 내 것을 들고 가고 자신의 헌것을 남겨 두고 사라졌다.

헌것을 들고 그 자리에서 소리를 치면서 세상에 이런 일이 있다고 알리는 중에, 지나가는 학생이 그걸 보고 저 위쪽을 가리키며 '신고해'라는 말을 듣다 잠에서 깼다. 한동안 교실을 찾지 못하는 꿈을 많이 꾸었다. 최근에는 그 꿈을 꾸지 않았지만, 오늘 아침 다시 이 꿈을 꾸게 되었다. 꿈에서는 입학 후 17년이라고 했지만, 실제는 50년 전이다.

75년 9월에 제대를 하고 난 후 복학까지는 5개월 이상이 남아 있었다.

때마침 서울 농대를 다니다 나보다 먼저 제대를 한 오동식과 부산 서면에서 자주 만났다. 나보다 먼저 제대를 하고 그 역시 복학 시기를 기다리고 있었다. 하루는 서면에 고등학교 동기생 가족이 운영하던 식당에서 누가 술이 센지 내기를 하게 됐다. 한참 술을 마시던 중 동식이가 눈에 보이질 않았다. 주변을 아무리 뒤져도 찾을 수가 없었다. 조금 후 경찰이 교대 근방의 철길 위에서 만취한 그를 발견하고 그쪽으로 알려 왔다. 자칫하면 동식을 영원히 못 볼 뻔한 일이었다.

6개월이란 시간이 흐르고 나는 76년 3월 부산대학 행정학과 2학년에 복학했다. 이때부터 입학하면서 목표했던 행정고등고시에 눈을 맞췄다. 행정고등고시는 1973년 공무원임용시험령이 개정되면서 '고등고시'라는 명칭이 부활하여 1974년부터 다시 '행정고등고시', '외무고등고시', '기술고등고시'로 불리는 공무원임용시험의 하나였다. 편의상 그때 '행정고시'로 많이 불렸다.

몇 개월 만에 행정고시 1차에 다른 재학생 한 명과 함께 합격했다. 교수들의 시선이 단번에 달라졌다. 복학생이 몇 개월 만에 지금까지 전례 없이 행시 1차에 합격한 일이 일어났으니까 그럴 수밖에 없었다. 하지만 이게 행정고시를 가볍게 보는 계기가 되어 나를 망치게 했던 직접적인 원인이 될 줄을 누가 알았겠는가? 곧이어 학교에서는 2차 시험에 대비해 법대 독서실장 자리와 개인 장학금이 주어졌다. 또 법대인이면 누구나 공개시험을 통해 성적에 따라 5명에게 지급되는 성적순 장학금까지 매번 놓치지 않았다.

이 짧은 기간에 피나는 준비를 한 결과, 2차 시험에도 어느 정도 자신감이 붙었다. 그해 1976년 12월 17일에 실시된 제19회 행정고시 2차 시험을 봤다. 시험을 치르고 상대 경제학과에 재학 중이던 사공술 선배와 함께 부산으로 내려오는 기차 안에서 우리는 한국의 정치와 미래를 걱정하면서 울분을 삼켰다. 선배는 제17회 사법고시 1, 2차를 모두 통과했지만 3차 인터뷰에서 학생데모 전과자로 찍혀 탈락했다. 그래서 이번 행정고시 2차를 치르고 나와 같이 부산으로 내려오는 중이었다.

얼마 후 행정고시 발표가 나오고 우리는 둘 다 떨어졌다는 걸 알았다. 점수를 알아본 결과, 전체 평균은 합격선을 넘었지만 재정학에서 과락을 하는 바람에 고배를 마셨다. 개인적으로 재정학에서 제일 높은 점수를 예상하였는데 결과는 정반대였다. 내가 가지고 공부를 했던 재정학 책에서 저자가 예상한 제목이 그대로 출제되어 자신감을 가지고 도표까지 그려가면서 답을 썼다. 최상의 답을 했다고 자신 있어 했다.

시험 실패가 있고 곧바로 고시 공부를 멈춰야 하는 시련이 다가오고 있었다. 유전적으로 그렇게 건강한 치아를 갖고 태어나질 못했다. 아버지는 알 수 없지만, 어머니는 일찍이 치아가 망가져 음식을 제대로 씹을 수 없을 정도로 형편없었다. 요즘 같으면 임플란트를 해서 제대로 사용할 수 있었을 텐데 그때는 그러지 못했다.

어느 날부터 나의 잇몸이 나빠지며 치아가 흔들리기 시작했다. 치과에 갈 형편이 못돼 불법으로 운영하는 곳에서 치아를 뽑았다. 며칠 후부터 잇몸 전체가 곪으면서 입이 다물어지지도 벌어지지도 않았다. 식사를 할 수 없게 되자 미음이나 우유로 겨우 연명했다.

학교 옆에서 같이 하숙을 하고 있는 하상조가 나를 데리고 여기저기 공짜로 치료할 수 있는 곳만 찾아다녔다. 고등학교 동기생 권혁모 아버지 병원에도 가고 윤임도 아버지에게도 갔다. 모두 아들 친구가 돈 없이 죽어 가는 게 안타까워 성의를 다해 공짜로 치료를 해 주었다.

이때 나의 생활비는 법대에서 받고 있는 장학금으로 겨우 버텨 가고 있었다. 하지만 하숙비, 생활비, 책 구입비, 자질구레한 용돈에는 턱없이 부족했다. 나의 처지를 안타까워한 어머님께서 연세에도 불구하고 연산동에 식모살이를 해 가며 모은 돈을 가지고 간혹 나를 불러내 책값에 보태라고 몇 푼을 쥐여 주었다. 큰형에게는 첫 대학 등록금을 받은 후 한 번도 이러한 어려움을 호소해 본 적이 없었다. 그래도 이럴 때 형이 조금 도와주었으면 하는 은근한 기대는 있었다.

어느 날 저녁, 학교 운동장 관람석에 앉아 이런저런 고민을 하고 있었다. 순찰 중이던 수위 아저씨가 나를 보고 집으로 돌아가서 형에게 미안하다고 사과하라고 일러 주었다. "형제간 우애는 칼로 물 베기다."라며 나를 달래던 아저씨의 얼굴이 눈에 선하다.

시간이 지나며 다물어졌던 입이 조금씩 열리기 시작했다. 다시 한번 중학교 은사 구태봉 선생님에게 가정교사 자리를 부탁하기 위해 연락을 취했다. 마치 기다리고 있었다는 듯이 동명목재 부사장 집으로 가정교사 자리를 마련해 주었다. 상조에게 양해를 구하고 하숙집에서 책들을 챙겨 대연동 가정교사 집 근처로 방을 옮겼다.

겨울에는 칠흑같이 어두운 냉방에서 오들오들 떨고, 여름이면 바람 한점 없는 후덥지근한 골방에서 거의 일 년 반을 이를 악물고 버티었다. 몸은 추위로 두드러기가 돋고 땀은 물 흐르듯 했다. 공부를 한다는 게 사실상 불가능한 환경이었다.

한 가지 다행이었던 것은 가르치고 있는 학생의 성적이 좋아지고 있었다. 그의 오빠 강인백 씨는 졸업하고 자신과 같이 사업을 하자고 몇 번씩

제의를 했다. 하지만 내 귀에는 고시 외에는 아무 말도 들어오질 않았다. 학생의 성적이 좋아지면서 좋은 고등학교를 입학하게 되었다. 더 이상 그 집에 머물 이유가 없게 되어 짐을 챙겨 다시 법대 독서실로 자리를 옮겼다.

독서실에서 공부를 하고 있던 고시 낭인들이 내가 돌아오자 축하 파티를 열어 주었다. 저녁을 먹고 양정 어딘가의 막걸릿집에서 술을 마시는 중이었다. 이때는 통행금지가 있었다. 12시가 '땡'하면 문을 닫아야 했다. 우리는 술을 마시면서 당시 정부와 정치인들의 부정부패를 성토하고 있었다. 그때, 밖에서 우리의 말을 염탐하고 있는 경찰 한 명이 있었던 모양이다. 나오기만 기다리는 걸 몰랐다. 그것도 모르고 우리는 12시가 돼 문을 나서면서 수갑을 차고 그날 밤 철창신세를 졌다. 다음 날 즉결에 넘어가 무죄로 풀려난 기억이 난다. 이때는 말단 경찰도 힘을 꽤 쓰던 시절이었다.

독서실에서 공부를 할 때 한 가지 기억에 남는 것이 있다. 우리는 있는 돈 없는 돈을 털어 가면서 고시에 필요한 책 한 권이라도 더 구입하기 위해 부산 보수동 헌책방 골목을 수없이 헤맸다. 하도 자주 여기저기 책을 찾아 헌팅을 하던 게 알려져 "저놈은 와 봐야 사지 않고 책장만 넘기고 모두 외워 간다."는 소문이 나돌 정도로 뻔질나게 다녔다. 그때 구입해서 공부했던 많은 법서는 괜히 잘난 척하는 망상을 떨쳐버리고자 뉴질랜드에 도착 후 필요한 사람에게 모두 줘 버렸다. 이 글을 쓰고 있는 현재, 차라리 잘난 척하더라도 그걸 보관하고 있을 걸 하고 후회한다.

2장

반
짝
이
던 젊은 시절

헤드헌팅회사 커리어케어 신현만 대표는 자신의 저서, 《왜 출근하는가?》에서 회사를 다니는 의미를 이렇게 설명하고 있다:

"직장을 단순한 일 대가로 월급 받는 것으로 보아선 안 된다. 직장은 하루 중 가장 많은 시간을 소비하는 곳. 자신의 가치를 추구하는 곳이라는 걸 우리는 깨달아야 한다. 그래야 우리는 직장에서 자신의 가치를 구현할 수 있다."

"따라서 직장 내에서 자신의 가치를 어떻게 하면 높일 수 있을까를 고민하라!"고 권한다. "내 가치에 따라 회사에서의 역할과 권한, 보상이 달라진다. 달라진 권한과 보상은 직장 내 및 개인의 삶에도 긍정적인 영향을 끼친다."는 설명이다.

이 책에서 강조하는 경쟁력은 차별화다. 자신을 차별적 존재로 만들어야 내 가치를 최고로 높일 수 있다. 회사 내 다른 사원과의 경쟁에서 핵심 인재로 거듭나는 노하우를 전한다. 신 대표는 "조직에서 의미를 찾은 사람은 그러지 않은 사람에 비해 직장생활을 한층 더 잘해 나간다. 따라서 직장에서 가치를 부여해야 삶의 가치를 스스로 찾을 수 있다는 사실을 잊지 말라."고 거듭 강조한다.

6.

새한자동차를 시작으로

　행정고시를 준비할 수 있었던 시간은 복학 후 76년 말에 있었던 제19회 2차 시험까지 9개월이 전부라 할 수 있다. 치아 때문에 또 가정교사로 시간과 돈에 쫓겨 준비할 시간이 없었다.

　졸업이 가까워져 오면서 행정고시를 계속해 나갈 것인지, 아니면 직장 생활을 할 것인지 심각한 고민에 빠졌다. 박사 코스를 밟고 교수를 하는 것도 한 선택이었다. 결국 고시 공부에 대한 미련을 버리지 못하고 세일즈 업종에 취직을 해야겠다는 생각이 들었다.

　낮에 세일즈를 하고 밤에는 고시 공부를 이어 갈 생각에 당시 김우중 회장이 이끄는 새한자동차에 입사했다. 한국이 경제가 폭발적으로 성장하면서 여유 있는 사람들이 많아져 자동차 산업이 인기를 누리기 시작할 시기였다. 졸업을 앞두고 대우그룹 연수원에서 연수를 마치고 1979년 3월 12일에 새한자동차 부산 중부사무소에 배치받았다.

새한은 전략상품으로 'Gemini'를 들고 소형차 시장에 뛰어들었다. 제미니는 1977년 12월에 오펠 카데트 C를 개량하여 현대 포니와 기아 브리사를 경쟁으로 삼은 상품이다. 이때 소형차는 현대 포니의 독주가 있었고, 제미니 개발은 시기적으로 늦은 감은 있었다. 입사 후 아는 사람들과 고등학교 동문들에게 판매를 해 나갔다.

이때 대우그룹 연수원 수료식에서 행한 김우중 회장의 축사는 이후 내 인생의 이정표가 되었다. 그의 낭랑한 목소리는 지금도 내 귓전을 울린다:

> "나에게 동네 구멍가게를 맡겨 주면 그 가게를 대기업으로 성장시킬 계획을 여러분들에게 내놓겠다. 옆집 가게가 7시에 문을 열면, 그보다 1시간 먼저 6시에 열고, 반대로 옆집이 7시에 문 닫으면 난 그보다 한 시간 더 늦게 8시에 닫을 것이다. 이런 전략으로 가게를 운영해 가면 우리는 옆집보다 더 많은 손님을 확보할 수 있게 된다. 이것이 내가 사업하는 기본 정신이다. 근면과 성실이 여러분의 몸에 배야 한다. 이 정신이 내가 여러분 앞에서 구멍가게를 대기업으로 키우겠다고 할 수 있는 약속이다. 이러한 정신으로 나는 대우를 이제껏 키워 왔다."

대우그룹 김우중 회장은 1967년 3월 22일, 서울 충무로의 열 평 남짓한 사무실에서 '대우실업'의 문을 열고, 셔츠 등 의류 원단을 동남아에 팔기 시작했다. 1980년대부터 1990년대 말까지 정부의 수출진흥정책을 양 날개로 달고 대우실업은 급성장했다. 이때부터 대우그룹은 섬유·무역·건설·조선·중장비·자동차·전자·통신·관광·금융 등 거의 모든 산업 분야에서 사세를 확장해 나갔다. 급기야 현대그룹에 이어 재계 2위까지 올라섰다.

하지만 김대중 정부 시절에 외환위기, 지나친 확장, 외환도피 및 분식회계, 정부 관료들과의 갈등으로 인해 해체를 맞았다. 그와 가까운 사이였던 싱가포르 국립대 신장석 교수의 저서 《김우중과의 대화》, 또 방송사의 인터뷰 등을 살펴보면 그룹의 해체는 앞에서 언급한 이유가 전부가 아니라는 걸 쉽게 알 수 있다.

당시 한국 경제성장의 저력을 전 세계에 알린 한 선구자의 민족주의 정신을 정부 관료들이 단칼에 잘라 버렸다. 거기에는 관료들의 질시와 근시안적인 안목이 주된 이유라는 것이 쉽게 눈에 띈다.

대우는 수출의 불모지였던 한국의 중·경공업 산업을 가슴에 안고 중동, 유럽, 베트남 등에 진출한 한국 산업발전의 선구자다. 한국경제의 압축성장기 중심에 있던 대우그룹은 '세계는 넓고 할 일은 많다'는 김 회장의 저서처럼 빠르게 성장했으나, 불명예스럽게 해체의 운명을 맞았다. 김우중 회장은 해외에서 떠돌다 한국에 들어와 2019년 12월 9일 향년 82세로 돌아가셨다.

비록 이 회사에 근무한 시간은 짧았지만(79년 3월에서 80년 초까지 1년), 그동안 내 인생에 몇 가지 의미 있는 선물을 받았다. 하나는 한 친구를 얻었다는 것과 또 하나는 영원히 내 곁에 있을 아내를 만나게 된 것이다.

학교를 떠나 사회생활을 시작하면서 만나게 된 직장 상사를 통해 따뜻한 사랑을 처음으로 접했다. 박태호 부장은 직원이 필요할 때 언제 어디서나 손발이 되는 사람이다. 그의 인간미에 끌려 아내와 결혼 후 신혼집을 부장 집 가까이 얻었다. 또 그분의 신앙을 좇아 우리 부부는 가톨릭의 길로 들어서게 되었다.

그 전에 더 중요한 일은 지금의 아내를 이 회사에서 만나게 된 것이다. 그를 만나기 바로 직전까지 내 마음은 흔들리는 갈대와 같았다. 비록 새 한자동차에서 생활은 이어 갈 수 있었지만, 마음 한구석에는 '이대로 계속할 것인지? 내일은 다시 고시 공부로 돌아가자.' 하고 갈대처럼 흔들리고 있었다. 마음 한구석에 웅크리고 있는 고시에 대한 집념이 고개를 드는 것이다.

그 무렵 행정학과 졸업생 저녁 식사가 광복동에서 예정된 날이었다. 평소에 잘난 체로 똘똘 뭉쳐 있으면서 - 당시 우리들 눈에 그렇게 비쳤다 - 학생들에게 보직 교수로 찍혀 별로 인기가 없었다.

일본 동경대에서 공부를 마치고 온 천병태 교수가 그 자리에 모습을 드러냈다. 학생들끼리 갑론을박이 이어지는 중에 천 교수가 학생들을 훈계투로 이야기에 끼어들었다. "너희들은 학생이랍시고 수시로 우리를 '어용'이니 '보직'이니 하는 명분을 붙여 교수를 몰아붙이는데, 내가 동경대에 있을 때, 그곳의 학생들 분위기는 네 놈들과는 사뭇 달랐다."

여기에서 더 이상 참을 수가 없었다. 교수는 인간이 아닌가 하고 눈앞에 아무것도 뵈질 않았다. 내 앞에 끓고 있는 냄비를 들고 냅다 천 교수를 향해 던졌다. "교수님은 우리처럼 학창 시절이 없었나요?"

그 냄비 사건이 있고 나는 '끓는 냄비'로 불리게 되었다. 괜찮은 별명이다. 고시에 파묻혀 살다가 처음으로 불의, 가난, 자랑, 불만, 불평, 정의에 대해 응집돼 있던 내 격분의 발로였다. 개인적으로 선배 교수에게 미안한 생각은 들었지만 어쩔 수 없었다.

1979년 2월에 행정학과 졸업과 동시에 대학원 진학을 결심했다. 간혹 대학원 사무실에서 법대 학장이 독서실과 학생들 동향을 알아보기 위해 나를 찾으셨다. 하루는 당신 밑에 조교로 있는 대학원생을 나에게 소개했다. 나를 오랫동안 지켜봤는데 누구에게나 소개할 만한 좋은 신랑감이라고 공치사를 했다. 과분했지만 아무 말 없이 그냥 나왔다.

며칠 후 그녀가 나를 집으로 초대했다. 부모님께 인사를 올리고 남동생과 이런저런 이야기를 나누고 저녁을 먹고 돌아왔다. 그런데 며칠이 지나도 별다른 말이 없었다. 얼마 후 그녀의 부모님이 '키가 너무 작다'라고 하신 걸 알게 되었다. 이때부터 내가 사회에 나오면서 키에 대한 열등감을 느끼는 일이 생기기 시작했다.

그 일이 있고 결혼할 생각을 한동안 접었다. 대학원 진학과 동시에 새한자동차 판매는 계속 이어 나갔다. 바로 이때 지금의 아내를 만나게 된 것이다. 큰 키에 상당한 미인이었다. 2세를 우량종으로 개량할 수 있겠다는 생각이 들었다. 그녀를 보는 순간 나의 여건은 고려할 여유가 없었다. 결혼이 사치스러웠지만, 그녀에게 프러포즈부터 하고 부모님께 인사를 올렸다.

아내를 만나게 된 것은, 새한자동차회사에 그녀가 입사 지원서를 내면서였다. 회사에 취업하기보다 나에게 취업을 하면 어떨까 하고 프러포즈를 했다. 그렇게 싫지는 않았는지 정말로 자신을 걸었다. 우리는 1980년 3월 30일 회사 사장이 운영하는 서면 천우장 3층 성림예식장에서 결혼식을 올렸다.

결혼식 날 주례문제로 소동이 있었다. 만반의 준비를 마치고 이완영 교수를 기다리고 있는데 시간이 지나도 나타날 기미를 보이지 않았다. 김학로 교수는 자신이 주례에 나설 준비가 되질 않아 예정대로 진행하라고 했다. 부태환 선배의 기지를 통해 위기를 넘기고 전문 주례사를 세웠다. 결혼식을 마치고 회사에서 제공한 기사와 차를 타고 울진을 거쳐 경주로 신혼여행을 떠났다.

신혼여행을 다녀오고 대학원 졸업 전에 학교에서 몇 군데 취업처를 추천해 주었다. 국가안전기획부(통칭 안기부)와 한국전력공사. 안기부에 필기시험을 치르고 신체검사를 할 때였다. 혈액, 엑스레이 등 몇 가지 검사를 마치고 최종적으로 키를 재는 절차가 남아 있었다.

키 재는 간호사가 막대를 머리 위에 올리고 기록하는 의사 선생님을 향해 "선생님, 키가 부족한데요."라고 말하자, 의사가 "얼마야?"라고 물었다. 간호사가 "154㎝인데요."라고 대답했다. 의사는 "그대로 해!"라고 간단하게 잘라서 말했다. 기준이 무엇인지 모르지만 키가 기준 미달이었다.

나는 사회에 첫발을 내디디면서 키 때문에 불이익을 겪기 시작했다. 대부분의 키 작은 사람이 겪는 것처럼 여자 문제 및 취직에서 나도 그대로였다. 고등학교 시절에 가정교사를 하면서 아주머니들에게 모멸당한 일. 대학원 학장으로부터 당신의 조교를 소개받고 그쪽 부모에게 거절당한 일. 이번에는 안기부 신체검사. 이후에는 모멸과 불이익을 얼마나 더 받게 될지 모르겠다.

그때부터 갈 길의 윤곽이 잡히면서 새한자동차를 그만두고 신혼집을 처형 집으로 옮겼다. 아내가 입덧이 심해지고 나도 졸업논문 및 마지막 한 곳으로 입사 결정을 위한 시간에 쫓기는 중이었다. 언니 집으로 옮기고 아내는 안정을 찾으면서 언니와 함께 논문에 필요한 자료를 번역하는 등 갖가지 도움을 주었다. 이렇게 탄생한 석사논문, 《행정지도에 관한 고찰》을 들고 한국전력공사로 방향을 잡았다.

7.

한국전력공사에 몸 담고

대학원 졸업이 가까워지면서 남은 선택은 고시에 대한 꿈은 버리고 박사 코스를 밟고 대학교수로 가느냐? 아니면 학교의 추천대로 석사 출신 특채로 한국전력공사를 선택하느냐 두 가지 길이 있었다.

일단 두 길을 포기하지 않고 양다리를 걸쳤다. 하나는 교수 쪽으로 나갈 생각을 하고 박사 코스에 응시했다. 그와 동시에 1981년 3월부터 개교 준비를 하고 있는 경주실업전문대(현재 서라벌대학) 교수모집에도 응모했다. 전문대 학장과 간단한 인터뷰까지 마치고 나만 원한다면 바로 받아주 겠다는 확답을 받았다. 생각할 시간까지 허락받았다.

이때 박사 시험 결과는 학과장으로 있는 이광수 교수 밑에 개인비서처 럼 있는 여성에게 돌아갔다는 전갈을 조교로부터 받게 된다. 당시 이 교수와 이 여성 간의 야릇한 관계는 학생들 사이에 화제가 되고 있었다.

어디를 정할 것인지 선택에 대한 마지막 고심을 하고 있을 때 주변 사람들은 한전으로 기울어졌다. 신의 직장인데다 집을 해결할 수 있다는 점이다. 나도 박사 코스에 들어갈 수도 없는 상태에서 교수를 하고 싶진 않았다. 대세에 밀려 1981년 1월 5일에 한전 연수원에 입소를 하면서 내 인생의 제1막이 내려졌다. 입소한 당일, 아내에게 몇 가지 뒤처리를 부탁하는 편지를 다음처럼 주고받는다:

부인에게 : 무사히 도착해 연수원 생활도 하루가 저물어 가는 11시가 다 됐네요. 나이 32살이 된 내가 삶의 굴곡을 겪은 나이가 됐지만 당신 곁을 떠나오니 어미 떠난 새 새끼 마냥 부인 품이 그리워지네요. 내 인생의 많은 수양이 될 것 같아요. 연수원 졸업이 17일(토요일)이니까 서류는 그전까지 연수원 주소로 보내면 돼요. 그리고 경주실업전문대학과 석사논문 문제는 잘 진행되고 있는지 궁금하군요. 새로 나올 놈 이름을 내가 준비해 봤어요. 남아일 경우 신초록, 여아일 경우 신분홍이 어때요? 당신 건강에 주의하세요. 그럼 또 연락할게요.

81년 1월 5일

당신에게 : 재미가 어떠신지요? 주민등록은 호적과 별문제로 지금 떼기가 힘들어요. 퇴거 신고하고, 문현동에 가서 전입신고 해야 하는데, 시일이 좀 걸릴 것 같아요. 되는 대로 해서 보낼게요. 집에서 여유를 부릴 때 알아봤다. 괘씸한 생각이 든다. 혼자 혼 좀 나 봐라! 또 연락할게요.

81년 1월 10일

@추서(신) : 혼인신고는 12월 30일 자로 됐고, 오동식 씨에게 전
화 왔어요. 연락해 보세요. 경주실업전문대학에 서류는 7일 자
로 보냈어요. 안녕.

한전 연수원에 있을 때 아내의 편지를 통해 큰아들이 태어났다는 반가운 소식을 들었다. 그놈의 이름을 무엇으로 할 것인가에 대해 연수원에 입소하기 전부터 아내 및 고등학교 동기생들과 여러 차례 상의를 했다. 그리고 연수원에서도 여러 사람의 의견을 들었다. 순수한 우리말로 된 이름을 짓기로 결심했다.

당시 한글 작명가로 알려져 있던 분을 통해 이름을 몇 가지 추천받았다. 결국 연수원에서 투표에 부쳐 남아이면 '초록'으로 하고, 여아일 경우 '분홍'으로 준비를 했다. 이렇게 큰애의 이름이 '신초록'이 된 것이다. 미리 말하지만 둘째는 큰애 이름의 뒤를 이어 '신푸른솔'로 쉽게 탄생할 수 있었다. 이후 연수원 과정을 마치고 81년 1월 18일 자로 양산에 위치한 고리원자력본부로 첫 발령을 받았다.

이곳 고리원자력본부에 발령받기 전까지 있었던 크고 작은 고난들은 하나로 집약되어 거대한 용광로에 녹아 흔적도 없이 사라졌다. 하루하루를 살아가기 위한 처절한 몸부림의 나날이었다.

다음 날 원자력발전소 5&6호기에 필요한 자재를 관리하는 부서로 첫 출근을 했을 때 생동감이 넘쳤다. 발전소 건설에 필요한 외국 자재들이 쉼 없이 들락거리고 사무실에는 백인들이 눈에 띄었다. 이곳이 내가 그렇게 오랫동안 기대해 온 밥벌이 현장이구나! 하고 안도의 숨을 쉬었다.

부서장은 경북대 출신 권정택 부장. 그 밑에 이광희 과장, 이종성 과장 그리고 이석노 과장이 있었다. 이때 고등학교 후배 최장복 씨로부터 나는 많은 도움을 받았다. 특히 자신이 맡았던 Material Coordinator 역할을 나에게 넘겨주는 과정에서 도움이 컸다. 얼마 후 권정택 부장 대신 서울에서 남동우 부장이 새로 부임했다. 이때 개인적인 어려움이 있으면 부장 댁에 서슴없이 찾아가 많은 조언을 구했다.

현장에서 일하고 있던 외국인들은 주로 미국 백텔사에서 파견된 직원들. 매니저, 품질관리, 재고관리, 수송담당, 코오디네이트 분야에 여러 명이 상주를 하고 있었다. 거기에다 백텔 소속 한국의 현장 직원이 상당히 많았다. 나는 자재 코오디네이터로 미국인 Roderick과 파트너가 되어 일을 했다. 자재 운송, 보험사고, 재고관리 등 자재 전반에 대한 사후 처리. 이때 익혔던 현장 경험이 한전 생활에 큰 도움이 되었다.

오늘(2022년 1월 중순) 페이스북을 통해 당시 백텔사 현장 직원으로 같이 근무했던 김옥천 선배 소식을 접하게 되었다. 전화로 젊은 시절의 자신만만했던 기억을 더듬어 가며 많은 이야기를 나누었다. 선배는 은퇴하고 부산에 살고 있다고 한다.

이때 출퇴근은 영주동 처형 집에서 버스를 타고 해운대에 도착해 대기하고 있는 한전의 출퇴근 버스를 이용했다. 이렇게 먼 거리를 새벽부터 밤늦게까지 다니다 보니 몸이 고단해, 아내와 상의 후 사무실이 가까운 덕암 마을로 거처를 옮겼다. 아내와 나는 바닷가의 연탄 부엌집에서 단란한 살림을 꾸렸다. 얼마간 여기서 생활을 하다가 백텔사 직원들이 암을 유발한다는 핑계로 입주를 거부한 컨테이너 하우스로 옮겼다.

그래도 우리는 그들이 피하고 간 컨테이너 집에서 앞뒤 신참 직원들과 새댁들끼리 행복한 나날들을 보냈다. 이때 기억에 남는 추억이 있다. 옆 동의 정동현(순호 아빠) 씨와 나는 그들이 보고 있는 미국 방송이 그렇게 좋아 보였다. 백텔사 직원이 청취하고 있던 방송 케이블을 우리 집으로 연결하기 위해 야밤에 컨테이너 밑바닥을 기면서 케이블을 절단하는 소동을 내기도 했다.

결국 거기에 남아 있던 백텔사 독신들까지 암을 핑계로 큰 집으로 이전해 가고 한심한 한전 신참 직원들만 남았다. 우리가 많은 돈을 주면서 데려다 쓰는 입장인데, 그들에게 자존심마저 꾸기는 게 한심한 생각이 들었다.

이러한 생각을 가지고 높은 분에게 항의할 목적으로 어느 날 직원들이 두려워하는 본부장 사택을 찾아갔다. 혼자 민경식 본부장을 만나며 직원들의 불만 사항을 전달하는 통로 역할을 자처했다. 그 바람에 높은 분들에게 많은 눈총을 받았고, 이 일을 계기로 요주의 인물로 눈엣가시처럼 찍혔다.

당시 직원들 숙소 안에 제법 큰 규모의 매장이 있어 여러 가지 편리한 점이 많았다. 친척들을 초청해 여기서 도시보다 더 푸짐한 음식을 대접하기 좋았다. 가까이에 살고 있는 자재부서 박동철 씨와 나는 때때로 저녁이면 집에 준비해 둔 모과주를 3번씩이나 우려먹으면서 인생과 철학을 논했다.

미리 지어 둔 우리 딸 이름은 사용될 가능성이 희박해 옆 동에 살던 이웃 가족의 간절한 요청으로 시집을 보냈다. 신분홍 대신 진분홍으로. 얼마나 아름다운 이름인가? 작은애가 남아였기 때문에 진씨에게 시집가지 않고, 우리 집에 그대로 있었다면 영원히 우리 곁에 살 수 없을 뻔했다. 지금쯤 진분홍은 어느 하늘 아래에서 잘 살아가고 있을지 궁금해진다.

또 1981년 당시만 해도 고리원자력본부는 한전에서 단일 사업장으로 큰 규모였기 때문에 현장에 자체 병원이 필요했다. 기존 1, 2호기를 운전하고 있었고, 5&6호기 건설이 한창이었다. 국내의 유수한 기업체, 현대건설, 동아건설 및 백텔사 현지 직원, 한전 직원까지 상당한 인력이 활동하고 있었다.

병원장으로 고등학교 동기 박대영이 부임해 왔다. 고등학교 시절부터 알고 지내던 사이라 가족끼리 가깝게 지냈다. 또 비교적 가까운 온천장에서 치과를 운영하고 있는 조재익 치과의사, 김상태 한의사, 부산대 신복기 교수 등과 함께 모임을 만들어 돌아가면서 친목을 다졌다.

그럭저럭 덕암의 자재부에서 3년간의 건설 경험을 쌓고 진급시험에서 좋은 성적을 냈다. 영광원자력의 정치은 씨와 나는 1984년 8월 28일 영월화력발전소로 명을 받았다. 발전소 내 보직은 정치은 씨가 보안과를 맡고, 내가 서무과장을 맡으면서 심재민 총무부장을 모셨다.

나는 아내와 4살 반 된 큰애를 데리고 영월로 가는 이삿짐 트럭에 몸을 실었다. 고리에서 영월로 가는 수많은 산과 재를 넘으면서 527년 전 한양으로부터 유배되어 내려오던 단종의 애절한 심정을 헤아리며 눈물을 흘렸다. 영월화력에 근무하는 동안 아이를 데리고 단종의 유배지 청령포와 장릉에 있는 묘지를 수없이 다녔다. 조선시대 왕들이 겪었던 슬픈 역사를 우리 눈으로 볼 수 있는 좋은 산 교육 현장이었다.

그곳에 도착한 우리는 순진하고 정 많은 영월 사람들과 어울리며 아름다운 경치에 젖어 들어 근심들은 곧 사라졌다.

사전에 알고 간 것은 아니지만, 영월에는 나와 같은 영산 신씨 중 부원 군파와 판서공파에서 분파한 영월 신씨 후손들이 집단으로 살고 있었다. 우리 가족은 곧바로 종씨들로부터 형, 아재, 삼촌, 동생 같은 대우를 받았 다. 김장철이 오자 이웃들이 손을 걷어붙였다. 새파란 과장 부인의 김장 에 앞장서 주는 시골 인심은 도시에서 겪어 보지 못한 인간미에 단숨에 푹 빠지게 했다.

나는 이곳에서 서무과장으로 7개월간 근무하면서 발전소 재산기록에 누락된 회사 자산들을 찾아내는 데 힘썼다. 영월 출신 안태섭 씨를 데리 고 누락된 재산을 하나하나 추적하고 동장 및 면사무소를 찾아다니면서 제대로 등재하는 일을 해 놓았다. 그때까지 많은 재산이 아직도 등기부에 누락되어 있었다. 그래도 미등재된 자산을 동장 및 면장의 인우보증을 통 해 등기를 할 수 있는 게 다행이었다.

또 4대강 유역 종합개발계획의 일환으로 한반도 중심부를 꿰뚫는 충주 댐이 완성되기 전이었다. 1985년 말이면 수몰 예정인 단양 등지로 주말 이면 직원들과 배낭을 메고 수석을 채취하며 가족들과 주말 놀이를 갔다. 소장이 수석에 푹 빠져 있을 때라 1호차 주 기사가 요일 없이 고생을 많이 했다.

특이한 한 가지 기억이 남아 있다. 그곳으로 발령을 받고 갔을 때만 해 도 발전소의 출입 담당 형사 한 분이 있었다. 김 형사는 아침 10시가 되면 틀림없이 우리 서무과로 출근해 점심을 회사에서 같이 먹고 오후가 되면 떠난다. 그때 김 형사가 운영하고 있던 운전학원에서 나는 운전면허증을 따 놓았다. 고리로 다시 내려왔을 때 그 면허증을 유용하게 사용했다.

같이 놀아 줄 친구가 많지 않았던 5살 난 큰애는 주로 엄마를 따라다니며 놀았다. 하루는 방에서 혼자 게임을 하고 놀다 졸음을 이기지 못해 책상 위에서 방바닥으로 떨어진 사고가 발생했다. 제일 가까운 곳이 충주병원이다. 2주간 아침에 회사로 출근했다 저녁이면 그놈이 있는 병원으로 쫓아갔다. 그 사이에 아내는 집에서 잠깐 휴식을 취했다. 다행히 뇌는 크게 손상이 없어, 회복되자 우리 가족은 고리원자력본부로 돌아오게 되었다.

영월에서 7개월간의 짧은 근무를 마치고 85년 3월 26일에 첫 근무지였던 고리원자력본부 제1발전소 자재과장으로 명을 받았다. 이때 평생 처음 뇌물이란 걸 줘 본 적이 있다. 본사 보임부장에게 영월에서 구한 수석을 한 점 가져다드렸다.

고리로 발령을 받고 떠나올 때 영선일을 하던 김씨 아저씨의 순박한 얼굴이 떠오른다. 정들자 떠난다고 아내 손을 잡고 '사모님 제발 가시지 말라'며 눈물을 뚝뚝 흘렸던 세월이 어제 일처럼 느껴진다. 김씨 아저씨가 아직 살아 계실까?

영월에서 지낸 기간은 비록 짧았지만, 그때를 떠올리게 되면 그곳의 아름다운 경치와 사람들의 정겨운 마음씨에 우리는 가슴이 저려온다. 고리에 도착해서 또 한 번 가슴 아픈 소식을 전해 들었다. 내 밑에서 서무일을 하던 박일호 씨가 내가 떠나고 교통사고를 당했다. 우리가 떠나기 며칠 전에 환송해 주기 위해 광주로부터 직송한 횟거리와 부인이 정성껏 준비한 음식으로 우리 가족을 성의껏 대접해 주었었다.

김씨 아저씨와의 가슴 아픈 이별과 직원의 슬픈 소식을 뒤로 하고 고리에 도착한 후, 신나는 일들이 우릴 기다리고 있었다. 현대 포니 중고차를 구입해 빨간색으로 도색하고 우리 가족 및 자재과 직원들을 싣고 해운대를 뻔질나게 다녔다.

제1발전소 주무과장을 오병진 과장이 맡고 있었는데, 오 과장의 주 업무는 서울에서 내려와 계시는 이무선 공무부장을 모시는 것이었다. 그 밑에 전산담당 백종대, 주무과 오병진, 자재1과 신한옥 그리고 자재2과에 나이가 지긋한 박춘식 과장 등 네 사람은 시장통에 불려 다니는 '개' 신세였다. 고스톱을 쳐 주기도 하고 피박을 쓰기도 해야 했다. 특히 박 과장이 자신의 손아귀에 들어오지 않는다고 부장이 심하게 구박했다. 과장들 회의 석상에서 공개적으로 박 과장을 구박하는 경우가 많았다. 하지만 부장 밑에 있는 일 년 동안 직원 가족끼리 오 과장 인솔하에 울릉도, 해인사 등지로 관광은 많이 다녔다.

자재과장으로 일 년간 근무하는 동안 주로 발전소 운전에 소요되는 국내 자재의 검수와 하차 및 저장 등을 직원들과 함께 땀을 흘려 가면서 하루에도 수십 번 해야만 했다. 별도로 정해진 시간 없이 크고 작은 불의의 사고로 밤잠을 설칠 때도 많았다.

고리에서 일 년간의 생활을 마치고 이번엔 본사 신규사업추진처로 1986년 3월 29일 발령을 받았다. 이 부서는 이름 그대로 당시 한전에서 새롭게 추진하는 발전사업을 맡을 외국업체의 선정작업을 전담하는 기구다. 소위 영어, 불어, 일어 등 외국어를 제법 한다는, 일종의 한전 엘리트들이 다 모인 조직이다.

나는 주무과장을 맡으면서 일하는 직원들의 뒷바라지를 했다. 업무의 적성은 맞지 않았지만 여기서 소위 원자력의 대가들, 안홍준 과장, 장영진

과장, 이중재 부처장, 전재풍 처장 또 발전직군의 김영우 과장, 이환동 처장, 특히 사무직의 정건 부처장 등 쟁쟁한 한전 엘리트들을 만났다. 이 부서의 시작은 경기고 맞은편 언덕에 위치한 한국중공업 사옥에서 출발했다. 그 뒤, 삼성동 본사가 완공되고 거기로 옮겨 본격적으로 일했다.

근무는 태스크포스 형태로, 일하는 시간은 일반 직원들과는 달랐다. 자신에게 주어진 과업의 진행 속도와 성과에 대해 팀별로 아침과 오후에 수시로 회의를 해야 하기 때문에 흔히 식사 시간을 놓친다.

그래서 하루의 업무가 끝나는 저녁 7시 내지 8시에 맞춰 팀원들이 다 같이 식사를 했다. 식사를 하는 동안 업무에 관한 대화뿐만 아니라 회사에서 일어나는 갖가지 가십거리를 이야기하다 보면 보통 새벽 한두 시를 예사로 넘긴다. 이런 생활이 프로젝트가 종료될 때까지 계속되기 때문에 개인 가정생활은 희생이 따랐다.

이게 1980년대 중순의 한국 사회 직장생활에서 있었던 일반적인 실상이다. 직장 내의 분위기는 대부분 비슷하지만 부하는 상사의 눈치가 보여, 싫어도 그들과 함께 시간을 보내야 한다. 다행히 일부 일용직 업무를 제외하고 당시 한전의 본사 직원은 대부분 남성 위주였기 때문에 남녀 간의 성 불평등 및 임금 격차 같은 일은 일어나지 않았다.

직원들은 새벽 한두 시가 지니 집에서 잠깐 눈을 붙이고 9시 전에 출근한다. 어떤 때는 술 냄새를 풍기면서 일을 할 수 없기 때문에 화장실 변기에 앉아서 점심때까지 꾸벅거리며 졸고 12시에 식당 점심을 먹었다. 그때서야 일할 준비가 된다. 이런 일이 일주일 내도록 반복된다.

한 날은 9시가 땡 하자 보안과 직원들이 늦게 온 직원을 체크하고 있었다. 막 들어가는 찰나에 앞을 막으면서 허 과장이 어느 부서에 근무하느냐고 묻길래 엉겁결에 한국중공업 직원이라고 둘러대고 올라갔다. 조금 지나 보안과에서 전화가 왔다. "당신 말이야, 신규사업추진처에 근무하는 걸 알고 있는데 한중 직원이라 둘러댔지?" 하며 얼마 후 경고 대상에 올렸다.

같은 부서에 심각한 술꾼이 한 사람이 있었다. 퇴근길에 정문 앞 구멍가게에 혼자 앉아 소주 한 병을 비운다. 그것도 모자라 압구정에 있는 술집에 들러 2차를 하거나 아니면 집 근처에서 또 한 병을 비워야 직성이 풀리는 심각한 상태였다.

그의 신변을 파악하기 위해 내가 아내의 도움을 받아 가며 자택을 방문하여 생활실태까지 조사했다. 서울에서 상당히 떨어진 의정부에 살고 있으며, 부인은 초등학교 선생님이었다. 당시 내린 결론은 부모로부터 받은 유전인 것 같았다. 결국에는 한강수력발전소로 전근을 보내 비교적 가벼운 업무를 수행하면서 자가 치료를 받게 했던 기억이 난다.

우리가 서울로 이사했을 당시, 서울의 아파트 시장이 들썩거리기 시작했다. 88년 서울 올림픽을 앞두고 대규모 선수촌 아파트가 들어섰다. 회사 직원들 사이에서도 직원 주택조합이 붐이 일고 있었다. 나도 이때 이기영 씨와 함께 집 없는 서러움을 해소해 볼까 하고 건영건설과 손잡고 주택조합을 모집했다. 조합원 구성은 쉬웠지만 부지 구입이 어려워 조합을 해체하고 말았다. 이때부터 마음속에 부동산에 대한 막연한 동경이 시작되었다. 이것이 결국 뉴질랜드까지 와서 부동산 에이전트를 하게 된 동기가 될 줄은 나도 생각지 못한 것이다.

맡은 업무에 대한 지나친 열성은 어떻게 보면 동전의 양면과 같은 것이다. 다른 말로 표현하면 주어진 업무를 위한 지나친 충성심은 자기 발목을 잡는다는 뜻이다. 우리 부서의 주된 업무는 이름에서 알 수 있다. 한전에서 새롭게 추진하는 발전소 건설에 참여할 외국회사를 선정하는 것이다. 이 팀에 근무할 때 연수를 할 기회가 간혹 온다. 기회가 올 때마다 윗사람에게 승낙을 요청했지만, 그때마다 기회를 주지 않았다.

하지만 윗분으로부터 들은 대답은 꼭 같다. 후임에게 나에게 진 짐을 꼭 전달하겠다고 약속을 한다. 그러나 후임이 부임해 와서 연수 결재를 올리면, 자신이 오자마자 내가 떠나버린다고 그 기회를 매번 거절했다. 그래서 몇 번씩 있었던 선진국의 외국 연수를 한 번도 가본 적이 없다.

신규사업 프로젝트가 끝나고, 9대 한봉수 사장(87~89년) 임기 중에 '전기사업 100주년' 이벤트가 있었다. 나를 포함 몇 사람이 행사의 적임자로 발탁되었다. 전 세계의 전력회사 EDF, INPO, CEGN, TPL, EGAT, ENEL, O/H, PNL 등 사장단그룹을 초청하여 한전과 교류를 새롭게 다지는 계기를 만드는 사업이다. 각국과 전력사업의 역사, 상호교류, 공동관심 과제를 상호 교환하는 것이 그 목적이다.

행사는 87년 11월 1일부터 7일까지 일주일간이지만, 사전 모든 스케줄을 잡고 비행 일정, 숙박 배정, 관광 일정, 차량 배치, 안내문 제작 등 상당한 일들을 처리해야 하는 대형 프로젝트였다. 행사가 시작되어 서울 주변의 각종 볼만한 곳을 안내할 때, 그들은 조선시대 유적지와 용인 민속촌 등을 보고 즐거워했다. 그동안 한국을 아시아 변두리의 조그마한 나라로만 알아 왔던 그들이 조선시대 왕들이나 그 밑에 있던 신하들의 격조 높은 생활에 감탄사를 연발했다.

또 사장단을 이끌고 지방의 각종 관광지, 경주 불국사 및 부산의 명소

들을 일일이 찾아 안내를 했었다. 그들이 가졌던 한국에 대한 고정관념이 사라지는 걸 보면서 이 행사를 주관한 사람으로서 뿌듯한 자부심을 느꼈다. 서투른 영어로 더듬거리면서 무사히 이벤트를 성공적으로 추진한 공로로 상을 두 개나 탔다. 나 자신도 이처럼 큰 이벤트를 무사히 해낼 수 있는 역량에 대해 만족감을 표했다.

이 시기에 맞춰 둘째가 탄생할 용트림을 하고 있었다. 아내가 임신을 하면서 좋은 꿈도 많이 꾸었지만, 그 해가 바로 1988년 서울올림픽이 열리는 해였다. 전 세계인은 60년 만에 찾아오는 '황금 용띠'라 하여 자녀를 낳기 좋은 해로 권장하는 해이기도 하다.

처음 아내와 나는 큰애만 키울 생각이었다. 하지만 이 시기에 큰애와 아내가 간절히 둘째를 원했다. 가족들의 간절한 희망과 세계가 기리는 용띠를 맞이할 둘째를 마다할 이유가 없었다. 이러한 기운을 안고 1988년 3월 19일 서울 강동구 길동의 한 병원에서 신푸른솔은 첫울음을 터뜨리고 세상에 나오게 되었다.

전기사업 100주년 행사를 마치고, 이번엔 한전의 전반적인 조직개선에 관한 프로젝트가 시작되었다. 격변하는 전력사업을 효과적으로 운영하기 위해 경영진에서 조직에 새로운 혁신 바람을 불어넣기 위한 열망이 있었다. 이러한 요구를 이해하기 위해 한국경제의 급속한 성장 과정을 이해할 필요가 있다.

1960년대 정부의 수출주도형 경제발전계획하에 원자재나 소규모 공장에서 생산한 경공업 제품을 수출하기 시작했다. 1970년대 중화학공업시설 투자를 통한 경제 발전은 중공업 제품 수출의 발판을 마련했다. 이윽고 한국은 1980년대에 들어서면서 위 두 시기에 축적한 성과를 바탕으로 선진국의 문턱까지 진입하게 되었다. 이 중대한 시기에 경제발전에 기초전력을 공급하고 있는 한전은 대내외 급변하는 여건에 효과적으로 적응하기 위한 조직의 활력이 절실히 요구되었다.

이 절박함을 제일 먼저 알아차린 사람이 권영무 처장이다. 지금까지 구태의연한 조직으로서는 다가올 전력사업의 역경을 대처하기에 역부족이라는 사실을 인식했다. 권 처장은 각 분야의 엘리트를 선출해 미래지향적 한전을 구현하기 위해 1988년 3월 25일부터 조직개선반을 구성했다.

개선반 팀들은 분야별로 나누어 현장 실사를 통한 조직의 중복과 낭비를 평가하기 시작했다. 나는 이때 현장 실사팀과는 달리 선진국의 성공적인 조직모델과 이상적인 조직을 이론적으로 연구하고 검토해 상사에게 권장하는 일을 맡았다.

당장 한전과 같은 거대한 다단계식 공룡 조직보다 각 조직의 특성에 따라 저단계식 팀 조직을 권장하면서 조직의 다양화를 꾀하려고 노력했다.

대학원 전공이 조직이었기 때문에 내 조언에 대한 상사의 신뢰는 나쁘지 않았다. 당장 조직개선반 자체 운영에서부터 시작해 팀 내 구성원들의 창의적 역동성을 반영할 수 있는 외국의 사례를 중심으로 조직을 개선해 나갔다.

동시에 현대, 삼성, 다른 정부투자기업체 및 사기업 조직모델을 조사하기 위해 매일 발로 뛰면서 자료들을 수집했다. 마침 직장 내 상사의 업무취향과 맞아떨어져 좋은 호응을 얻을 수 있었다.

당시 내가 속한 사무팀에는 김승일 부장 밑에 비서실 출신 조인국 과장, 실무 경험을 갖춘 이재균 과장, 송배전의 이근영 과장, 발전 분야의 안수영 과장, 원자력의 장영진 과장 등 다양한 엘리트들이 포진하고 있었다. 소위 조직개선 업무를 추진해 나가기엔 최적의 인재들인 셈이다.

이렇게 조사, 연구, 검토 및 권장한 조직모델과 운영내용들은 일부 반영되기도 했지만, 경영진의 이동과 퇴직으로 흐지부지되고 말았다. 평생을 뒤돌아볼 때, 이때가 나의 두뇌 회전이나 창의적인 생각들이 절정을 이룰 때가 아니었던가 생각된다.

조직개선반 임무가 끝나고 이번에는 또 다른 한전의 기획집단이라고 할 수 있는 종합조정실로 1991년 6월에 명을 받았다. 모시게 된 상사는 남H기 부장. 위는 윤H순 처장. 직전의 조직개선반과 유사한 형태의 집단이지만 포항에서 새로 부임한 안병화 사장을 보좌하는 것이다.

다양한 프로젝트 중 내가 맡았던 것은 심야전력을 이용한 수경재배. 시범적으로 시흥에 있는 서울보급소에서 시도를 해 보고 가능성이 있으면 전국으로 확대할 계획이었다.

일을 추진해 가는 과정에서 까칠하게 굴었던 나와 깐깐하기로 소문나 있던 윤H순 처장 사이에 있는 남 부장은 고생이 많았다. 맡은 업무는 어려운 것이 아니고 농사에 필요한 기본소양 정도로 충분했다. 매일 일용직한 분과 시흥을 드나들면서 드디어 신선한 상추의 결실을 보았다. 내가 재배한 것이지만 시장에서 파는 것과는 비교할 수 없는 영양가와 맛은 있었다. 안 사장의 임기가 끝나면서 이 사업 또한 흐지부지되고 말았다.

그래도 당시 사업을 추진해 가면서 확실한 결실은 있었다. 같이 일하던 일용직 직원을 한전산업개발주식회사(한전 100% 출자회사)에 추천하여 평직원으로 승진시켰다. 그분을 한전산업개발에 자신 있게 소개할 수 있었던 것은 내가 평소에 알고 지내던 이순호 씨가 총무부장에 근무했기 때문에 가능했다. 일용직으로 있던 그분의 성실성에 대한 나의 추천을 이순호 부장이 쉽게 받아들였다.

그분에 이어 고리원자력 자재부 직원 시절에 모시던 이석노 과장이 자녀교육을 위해 서울로 오길 원해 이순호 총무부장에게 추천하여 부장으로 승격시켰다. 이 책을 쓰고 있는 이 순간, 그때 내 추천을 선뜻 받아 준 이순호 부장님께 감사의 마음을 전합니다(내가 한전에 근무한 13년간 정말로 나에게 최고의 혜택을 서슴없이 베풀었던 형님이었다).

한동안 잊고 있었던 반가운 소식을 최근에 들었다. 내가 떠난 후 종합조정실에 근무한 적이 있는 마삼선 박사가 전해준 소식이다. 당시 남 부장은 내가 종합조정실을 떠난 후 발전소 사장과 전력거래소 이사장직을 각각 3년씩 역임했다고 한다.

크고 작은 정전사고를 예방하기 위해 정부에서 전문가를 물색하던 중 한전 자회사 발전소 사장으로 재직하고 있는 남 사장이 적임자로 포착되었다. 전국의 전력을 총괄하는 자리인 전력거래소 이사장을 재직하면서 큰일을 이뤄냈다. 언제 일어날지 모르는 대정전에 대비한 기술적인 원인을 연구해 앞으로 30년간 일어날 수 있는 정전을 예방할 수 있는 기술을 개발했다고 들었다. 남 사장의 공헌에 박수를 보냅니다.

8.

세일정보통신을 세웠다

고전역학에 의하면 내가 한전을 떠나야 할 시간이 가까워지고 있다는 걸 알 수 있다. 한전에서 근무하고 있는 어느 날, 나는 용산전자상가 매장에 우두커니 서 있었다. 내 머리는 온통 내 앞으로 다가오는 IT 기술에 관한 생각으로 가득 채워져 나갔다. 하지만 이러한 생각은 모두 거기에 대한 막연한 동경이었지, 구체적인 지식이나 정보는 전혀 없었다. 미래에 대한 빠른 인지능력이 있었다는 징표이다.

1990년대가 열리면서 세계는 정보혁명 시대로 다가서고 있었다. 휴대전화, 무선호출기, 고성능 컴퓨터, 특히 월드와이드 웹이 등장해 세계를 놀라게 했다. IT 기술은 하루가 다르게 변화를 거듭할 조짐을 보였다. 이 당시만 해도 한국에서는 지금의 삼성보다 먼저 삼보컴퓨터가 이러한 흐름을 알고 사업에 뛰어들었다.

특히 정보와 통신 분야는 내 눈으로 보고도 믿기 어려운 변화를 선도해 나갔다. 음악의 기술변화는 경이할 속도를 보였다. CD 플레이어로부터 스트리밍으로의 기술변화를 빼놓을 수 없다. 기존의 카세트테이프 대신에 일본의 소니사에서 출시한 워크맨의 등장은 한마디로 젊은이들을 단숨에 황홀 지경으로 몰아넣었다. 누구나 할 것 없이 8㎝ 크기의 소형 워크맨이 손에 들려져 있었다. 이렇게 시작된 IT 기술변화는 우리가 먹고, 마시고, 듣고, 보는 모든 방식을 한꺼번에 바꾸어 놓았다.

인류 역사에서 가장 위대한 공적을 남긴 사람을 꼽으라면 누구나 아인슈타인, 큐리 부인, 뉴턴을 뽑을 수 있다. 하지만 네 번째는 각자의 취향에 따라 다를 수 있다. 시공간을 설명하기 위해 나는 뉴턴을 나의 영웅으로 삼으려 한다.

뉴턴은 1642년에 태어나 45살이 되던 해, 《자연철학의 수학적 원리(프린키피아)》에서 고전역학의 바탕을 이루는 3가지 법칙과 만유인력의 법칙까지 4가지를 설명했다. 관성의 법칙, 질량보존의 법칙, 작용과 반작용의 법칙, 만유인력의 법칙을 우리에게 내놓았다.

그는 프린키피아에서 시간과 공간은 서로 영향을 받지 않는 독립적인 것으로 시간과 공간의 결정론으로 설명하고 있다. 그의 고전역학은 한마디로 $F=ma$라는 한 줄의 식으로 설명된다. 이 식에서 가속도, $a=F/m$를 쉽게 얻을 수 있다. 여기서 얻어진 가속도는 물체의 미래 한 시점의 시간을 결정하고, 이렇게 정해진 시간을 알면 미래에 서 있게 될 물체의 위치를 알 수 있다.

그래서 나도 모르게 용산의 전자상가단지에 서 있었을지도 모른다. 이 고전역학 이야기와 관련 없는 엉뚱한 내용인지 모르지만, 과학자들이 이론적으로 설명이 어려운 난관에 부딪히면 생기는 이상한 버릇이 있다고 김상욱 교수가 설명한 적이 있다. 과학자들은 연구를 하다가 잘 풀리지 않는 문제가 등장하면 이상한 이름 붙이길 좋아한다고 한다.

위에서 설명한 시간의 결정론에서 시간의 초능력자를 과학자들은 '라플라스의 악마'라 이름을 붙였다. 하지만 인간의 자유의지를 믿는 사람들은 미래의 또 다른 가능성이 열려 있어야 세상 살맛이 난다. 우리 앞길에 한 길만이 미리 정해져 있으면 인간의 초라함에 실망을 금할 수 없다. 여기서 등장한 게 19세기 양자역학이다.

기술의 발전과 변화는 일반인이 모르는 사이에 우리의 모든 것을 변화시켜 놓기 시작한다. 그동안 안일하게 주어진 '피자'로 잘 먹고 잘살아 온 전력사업도 예외는 아니다. 전력수요에 대한 고객으로부터 다양하고 질 높은 서비스의 요구는 하루가 다르게 높아져 간다. 그동안 고리원자력발전소, 영월화력발전소, 신규사업추진처, 조직개선반, 종합조정실 등 다양한 부서로 옮겨 다녔던 나의 발걸음이 이 모두를 반영하고 있을지 모른다.

현대 물리학에서 보면 그럴듯한 변화라고 생각할 수 있을 것이다. 사람들 생각의 변화는 고전물리학에서 말하는 물질의 단위가 아니고 원자보다 훨씬 더 작은 쿼크와 같은 단위로 볼 수 있다. 한국전력공사에서, 과학자들도 보기 어려운 세상의 흐름을 읽어 온 사람들이 있었다.

다가오고 있는 전력사업의 다양한 요구를 미리 내다볼 수 있는 안목을 가진 전문가들이 모여 사업체 전반에 대한 업무를 검토했다. 그 결과 전력사업 운영을 위해 한전에서 유지하고 있는 전산업무는 중복이라는 생각을 떨칠 수 없다.

전산을 분리시키는 것이 전력사업 목적에도 맞고 사업을 효율적으로 이끌어 갈 수 있다는 결론을 쉽게 얻었다. 이러한 생각을 가진 그룹 집단은 다양한 의견을 수렴하고 전문가들의 협조하에 당시 동력자원부를 설득해 한전의 전산업무를 별개의 사업체로 분리시키는 작업을 했다.

이렇게 해 우리 팀은 1992년 1월 23일 한국전력공사의 100% 출자로 '세일정보통신주식회사'를 탄생시킨다. 출발 당시 전산업무를 맡고 있던 전산실 직원을 희망자에 한해 데리고 출발했지만, 2004년에 회사명을 세일정보통신에서 한전KDN으로 바꿔 현재에 이르고 있다. 단지 몇십 명에서 시작된 직원 수는 그동안 업무내용이 발전, 송배전, 배전 및 판매에 관련된 모든 IT 업무까지 확대되면서 2021년 현재 종업원 수는 무려 2,800명까지 불어났다. 이홍규 기획실장, 김윤환 전무, 이강연 사장과 함께 나도 기획부장으로 세일정보통신으로 자리를 옮겼다.

회사를 설립한 후 뉴질랜드로 이민을 오면서 마음 한구석에 짠하게 남아 있는 것이 있다. 그곳으로 자리를 옮겨 기획팀을 이끌던 이기영 과장에게 진 빚이다. 나는 뉴질랜드로 이민을 와 버리고 우직한 이 과장이 혼자 남아 아부꾼들 틈 속에서 서러움은 받지 않았을까 하는 걱정이다.

3장

남십자성을 건너다

인류의 역사는 이주의 역사라 할 수 있다.
나의 시조, 신경도 중국에서 고려 인종 때 우리나라에 들어와
이 땅에 자손을 퍼뜨리고 정착했다.

멀게는 모든 인류의 조상은
20만 년 전 아프리카에서 기원해
기후변화를 피해 살기 좋은 땅을 찾아
이주한 게 오늘 우리가 살고 있는
각자의 나라다.

결국 나도 가족을 이끌고
1993년 4월 27일 뉴질랜드 땅을 밟으면서
우리 가족의 이주가 시작되었다.

생명이 영속하는 한
인간은 언제나 보다 나은
행복지를 찾아 떠날 것이다.

이제 우리 가족은 뉴질랜드 땅에서
행복의 터전을 다져 가고 있다.

9.

가을비가 촉촉이 내리던 날

우리 가족이 오클랜드 공항에 도착한 그날, 가을비가 촉촉이 내렸다. 기온은 한국의 초봄 같았지만 체감 온도는 가을이었다. 도착과 함께 기후가 한국과 완전히 반대라는 걸 느낄 수 있었다. 그럴 수밖에. 위도상 적도를 중심으로 오클랜드는 남위 36도, 한국은 북위 37도를 가리키고 있다.

짐을 챙겨 출구를 나오자 이민 동기들이 환호를 하면서 우리를 맞아 주었다. 그 일이 마치 어제처럼 느껴진다. 숙소를 향하는 내 마음 한구석에는 불안감이 가득했다. 오른편에 앉아 차를 운전하면서 쉴 새 없이 안내방송을 하는 오 과장 목소리는 귀에 하나도 들리지 않았다.

아내와 아이들은 새로운 것에 대한 흥미로 들떠 있었다. 달리는 차창 가로 간간이 보이는 경치는 이민 세미나에서 봤던 대로 조금도 실망스럽지 않았다. 아! 여기가 우리들이 살아갈 바로 그곳이구나 하는 안도는 몰래 마음속에 감추었다.

오클랜드 한복판을 가로질러 도착한 곳은 북쪽 토베이에 위치한 오 과장 집. 그는 먼저 도착해 집까지 장만해서 입주까지 한 상태였다. 짐을 풀고 모텔이 준비될 때까지 며칠 묵으라 한다. 그날은 거기에서 하루를 묵었다.

이민을 오면 누구나 받는 질문이 하나 있다. 왜 여기에 오게 되었느냐고? 종합조정실에 근무하고 있는 어느 날, 오병진 과장이 코엑스에서 열리고 있는 '뉴질랜드 이민 세미나'에 가 보자고 했다. 입구에 들어서는 순간, 눈앞에서 펼쳐지는 목가적인 풍경은 단번에 머리를 뒤흔들어 놓았다. 생각해 볼 겨를도 없이 집에 도착해 아내에게 주말에 뉴질랜드 이민 세미나를 가자고 유혹했다.

이때 우리와 같이 몇 가족이 같은 배를 탔다. 서로들 궁금해서 사전답사를 가는 팀도 있고. 그룹을 만들어 정보를 주고받는 건 예사다. 나는 이민을 오기로 결심한 이상 사전답사를 하지 않기로 마음먹었다. 대신 여기에 와서 무엇을 하고 먹고살 것인가에 더 많은 신경을 썼다.

미국물을 먹은 직원에게 이것저것 물어도 보았다. 내 한 몸 바쳐 아내와 자식 둘을 못 먹여 살리겠나 하는 각오를 다져 먹었다. 남들이 우습게 보는 택시 운전사라도 기꺼이 할 각오를 했다. 이미 분당에서 직원을 두고 운영하고 있던 부동산이 나의 천직일 수도 있다는 생각이 들었다. 그래서 이민 오기 전까지 주말이면 부동산 사무실에 더욱 자주 들렀다.

다음 날 모텔로 옮겨, 조카 부부와 함께 렌트 집을 찾아다녔다. 적당한 집을 발견하여 지원서를 내면 아이들이 있다는 이유로 번번이 거절당했다. 그러기를 몇 주간 보낸 후 오클랜드 북쪽에 방 3개와 화장실 1개 딸린 집으로 이사했다.

짐 없이 첫날을 보내는데 바람이 문틈 사이로 솔솔 드나들었다. 그나마 덮을 이불이라고 조카들이 준 얇은 이불 조각을 땅바닥에 깔고 애 둘을 재웠다. 벽난로에 신문지와 나뭇조각으로 불을 피우면서 밤새 온 가족이 떨면서 자던 그날을 지금도 잊을 수 없다.

그해는 도착한 후 4일을 빼고 매일 비가 내렸다. 집은 구해야 하는데 비는 줄줄거리고 온도는 떨어져 가족 모두 떨었다. 그나마 먼저 도착한 이민 동기생들이 돌아가면서 우리를 초청해 음식 대접을 하는 통에 한동안 추위를 잊고 살았다.

시간이 흐르고 영어를 배울 곳을 찾았다. 당시 뉴질랜드에 이민 열풍이 불고 있었기 때문에 영어 코스는 등록을 할 수가 없었다. 가까운 고등학교에서 운영하는 칼리지에서 영어를 배웠다. 이것이 끝나고 Carrington Polytechnic 단과대학에서 컴퓨터와 부동산중개사 공부를 시작했다. 6개월의 코스가 끝나고 중개사 자격증을 땄다.

이곳에서 부동산중개업을 시작하려면 부동산에 관한 기초적인 지식을 이해하고 넘어가는 게 좋을 듯싶다. 뉴질랜드의 부동산 소유권은 토렌스 시스템에 기반을 둔다. 이 시스템은 주로 영국, 호주, 싱가포르 등 영연방 국가들이 사용하고 있는 제도이다. 이 제도에 따르면 부동산의 소유, 양도, 저당, 지역권, 경고 및 부동산에 대한 기타 법적 이익의 등록을 포함하여 토지에 관련된 모든 거래와 면적은 소유권 등기부에 등록된다.

토지정보기관(LINZ)은 개인, 변호사, 부동산 에이전트 및 모든 사람에게 토지에 대한 소유권 등기부를 유료로 제공한다. 누구든지 소유권 등기부에서 해당 토지에 영향을 줄 수 있는 모든 정보를 확인할 수 있다. 매수인이 공인 등록부의 보증된 검색을 요청하면 해당 부동산과 관련된 소유권 등기부의 사본을 받게 된다.

부동산에 영향을 미치는 모든 사항이 명시되도록 국가에서 보증하기 때문에 실소유주 확인을 따로 할 필요가 없다. 토렌스 시스템을 바탕으로 뉴질랜드 내 부동산 매입은 등기부에 대한 신뢰를 바탕으로 절차가 간단하고 비용도 저렴하다.

외국인이 뉴질랜드 부동산을 구입할 경우, 몇 가지 규제 사항이 있기 때문에 계약 전 이들 조건을 사전에 검토하는 것이 안전하다. 특히 국유지, 마오리족이 소유한 토지, 일정한 규모 이상의 도서벽지 및 농지를 구입할 시에는 외국인투자심의위원회(OIC)의 승인을 받아야 한다. 2018년 8월 15일부터 외국인이 주거용 부동산은 구입할 수 없도록 규제하고 있다. 단지 상호혜택 약정에 의해 호주와 싱가포르는 예외다.

부동산 거래는 매도자와 매수자가 부동산계약서에 서명하는 것으로 시작된다. 매도자와 매수자는 대리인을 통해서도 서명할 수 있다. 일반적으로 매도인의 중개업자 또는 변호사가 매매계약서를 작성한다. 계약금은 거래 금액의 10%로, 계약의 조건이 만족될 시에 매도인에게 지불하는 것이 일반적이다. 하지만 뉴질랜드 내 부동산 거래는 주로 매도인이 지명한 부동산 에이전트(중개사)를 통해서 이루어지기 때문에 매수인이 이 10%의 계약금을 부동산중개회사에 지불하는 것이 관례다.

뉴질랜드에서 부동산 계약을 체결할 때는 한국과 몇 가지 차이가 있다. 부동산 계약을 체결할 시에 매수인은 자신이 원하는 조건(condition)을 붙일 수 있다. 은행의 융자 조건, 토지에 대한 하자 문제 및 시청의 허가 조건 등을 계약서에 명시할 수 있다. 물론 매수자가 원하면 조건 없는 계약(unconditional)을 체결할 수 있다. 하지만 뉴질랜드 부동산을 전반적으로 이해하지 못하는 외국인의 경우, 부동산 구매 시 조건부 계약을 체결하는 것이 제일 안전하다. 조건을 붙이고 계약을 체결한 후 변호사를 통해 조건을 풀어 나가는 걸 권장한다.

이들 조건은 쌍방이 모두 붙일 수 있다. 매수인이 자신의 집을 팔지 않은 상태에서 매도인의 집을 구매하고자 할 경우를 설명해 보자. 이 경우, 매수인이 자신의 집을 언제까지 파는 조건으로 매도인의 집을 계약할 수 있다. 이때 매도인은 매수인이 집을 팔지 못하는 경우, 타인에게 자신의 집을 팔지 못하는 불리한 입장에 놓이기 때문에 일정한 시간을 매수인에게 주고 제삼자에게 자신의 집을 팔 수 있는 조건을 붙일 수 있다. 이 조건은 쌍방의 형평을 고려한 조건으로 Escape Clause 또는 Cashout Clause라고 부른다.

구매자가 정말 좋아하고 놓치기 싫은 물건이 있으면, 어떠한 조건이라도 붙여서 그 물건을 자신의 발밑에 넣어 놓고 시작해야 한다. 그 뒤 변호사를 시켜 그 조건을 해결해 나가는 것이 안전하다. 뉴질랜드는 상식이 통하는 사회라고 생각하고 계약을 해야 한다.

그러나 일단 계약이 체결된 후 계약 당사자는 계약서에 명시된 조건을 충족시키기 위한 최선의 노력을 다해야 하는 의무도 있다. 규정된 시간 내에 조건을 충족시킬 수 없는 경우에는 상대방에게 서면으로 통지하여 계약을 취소하거나 그 기간을 연장할 수 있다. 취소할 경우 매수인은 앞서 지불한 계약금을 반환받는다. 요즘은 매수인이 선호하는 계약 조건에 부동산에 대한 종합적인 조사를 하는 걸 조건을 많이 붙인다. 이를 Due Diligence Clause라고 한다.

그동안 부동산협회가 가지고 있던 에이전트 자격증 허가 권한을 2008년부터 정부산하의 REA(Real Estate Agents Authority, 정부의 부동산 감독기관)에서 관장하게 되었다. REA는 에이전트 자격증 허가 사항 외에도 부동산 판매자와 구매자로부터 일어나고 있는 불평과 고충 처리를 맡고 있다.

REA에서 부동산 관련 업무를 맡게 된 근본적인 이유는, 매년 에이전트 자격증을 허가할 때 들어오는 수익금에 더 많은 눈길을 두고 있다. 뉴질랜드의 에이전트는 3가지로 구분된다. 회사 자격증, 매니저 자격증, 중개사 자격증. 자격증의 종류에 따라 수수료가 다르지만 REA는 단순한 계산으로 중개사를 기준으로 하더라도 연간 1,520만 불(19,000명×평균 800불)이상 정부 수입으로 들어오게 된다. 거기에다 각종 벌과금을 합하게 되면 수입은 상당한 것으로 보인다.

이 때문에 그간 중개사들의 자율적 기관이었던 REINZ가 가지고 있던 허가권을 정부에서 쥐게 된 것이다. 그래서 REA는 고객과 시민을 보호한다는 명목으로 다른 어떠한 직종보다 엄격한 제도로 묶어서 의무교육을 강요하고 있다. 연간 Verifiable 10시간과 Non-verifiable 10시간 의무 교육을 받아야 한다. 이 시간을 채우지 않으면 즉각 허가가 취소된다.

민주주의 사회에선 모든 물건의 시장가격은 수요와 공급에 의해서 결정된다. 공급이 수요보다 많으면 가격이 내려갈 수밖에 없고, 수요가 공급보다 많으면 가격이 올라갈 수밖에 없다. 이 논리에 따라 뉴질랜드 부동산은 현재의 인구(510만)가 2배 및 3배가 될 때까지 꾸준히 상승하게 될 것이라는 게 나의 전망이다. 왜냐하면, 공급이 인구 성장의 속도를 따라잡을 수 없는 것이 현재 뉴질랜드의 실정이다. 뉴질랜드도 고령화 현상은 진작부터 있지만 외부 유입인구와 자연증가, 주택공급을 읽을 수 있으면 앞으로 100년 이내는 안심하고 투자를 해도 된다는 게 나의 지론이다.

10.

뉴질랜드 부동산 시장

단과대학에서 6개월 부동산 코스를 밟고 부동산중개 일에 뛰어들었다. 뉴질랜드에 도착하면 부동산중개 일을 하겠다고 벼르고 왔기 때문에 동요 없이 시작했다.

자격증을 들고 처음 찾아간 곳은 오클랜드 북쪽에 위치한 토베이 한 부동산 사무실. 여기를 찾게 된 이유는 이렇다. 차를 타고 며칠간 지역별로 어느 회사의 간판이 많이 붙어 있는가를 충분히 조사한 후 내린 결정이었다. 이 지역에 유난히 Vision Realty의 간판이 많이 나부끼고 있었다. 그 지역에서 시장 점유율이 높다는 뜻이다. 간판은 7일 24시간 회사와 에이전트를 선전해 주는 비밀 무기라고 보면 된다.

부동산 사무실 입구를 들어서는데 리셉션이 얼굴에 미소를 띠면서 "어서 오세요!" 하고 영어로 반갑게 맞아 주었다. 이 사무실은 준 프리만이라는 여사장이 운영하는 Vision Realty Group의 토베이 사무실이었다. 매니저는 건장하게 잘생긴 유럽인의 전형적인 풍채를 지닌 Robert Hodgson. 부인 Ellaine이 리셉션이었고 아들 Brett이 싸인맨으로 가족 전체가 회사에 일하고 있었다. 간단한 인터뷰를 마치고 다음 날부터 일을 시작했다. 이게 뉴질랜드에서 내가 처음 부동산중개사 일을 시작하게 된 사무실.

1993년 11월만 해도 전 세계에서 이민자들이 뉴질랜드로 몰려올 때였다. 에이전트들이 그들이 묵고 있는 모텔에서부터 모시고 시장에 나와 있는 집을 보여 주기 바쁠 때였다. 뉴질랜드는 에이전트가 커미션을 파는 쪽으로부터 받는다(예외적으로 구매자로부터 받는 경우는 있다). 수수료가 높은 편이다. 대개 처음 30만 불까지 4%를 적용, 나머지는 2%를 적용해, 합산한 금액에 부가세를 붙여 파는 쪽이 부담한다. 한국의 1% 이하의 양쪽으로부터 받는 것보다 꽤 높은 편이다.

예를 들어 집을 $1,000,000에 팔았다고 가정해 보자. 처음 $300,000은 4%로 $12,000이 되고, 나머지 $700,000은 2%를 적용해 $14,000이 된다. 둘을 합한 금액 $26,000의 커미션에 부과세에 해당하는 GST 15%를 합산하여 총 $29,900을 파는 쪽에서 부담한다. 여기서 중개회사와 에이전트가 일정 비율로 실적에 따라 나눈다. 대개는 50 대 50에서 출발한다. 에이전트는 회사에서 세금을 공제하고 나머지를 받게 되는 체계이다.

그래서 직업군을 따지면 가장 돈을 잘 버는 선망 직종이다. 중개회사에 입사하기 위해서는 고학력이 요구되지 않지만, 자신과의 싸움에서 이길 수 있는 꾸준한 노력이 필요하다. 물론 운도 뒤따라야 한다. 한국의 선망 직종인 의사, 변호사, 회계사 등 소위 '사' 자로 끝나는 직종이 전혀 부럽지 않다.

최근에는 변화가 있다. 여기에 대한 심각한 고민이 필요할 것으로 생각된다. 최근 들어서 이 나라의 부동산 시장에 판매자와 구매자가 중국인이 많아지다 보니 자연스러운 현상이지만 중국인 에이전트가 득세를 하고 있다. 중국인들의 상술은 우리의 과거 역사를 봐서도 잘 알 수 있다. 젊고 야심 있는 한국 중개사가 많이 배출되기를 희망하는데 과거 내 경험에 비추어 볼 때 쉬운 것은 아니다.

이때 처음 만난 Robert와 그의 부인 Ellaine을 3년 후에 내가 Impression 부동산회사를 창업하면서 데려왔다. 결국 악연이 되어 로버트는 더 이상 만나지 않는다. 그의 부인 일레인은 그 후 꾸준히 교분을 가지고 있다. 이 부분은 뒤에 자세히 설명하겠다.

이 회사에 13개월 동안(93년 11월~94년 12월) 근무하면서 당시의 이민 붐을 타고 중개사로서 이민 생활을 순조롭게 출발할 수 있는 바탕이 되었다. 물설고 낯선 외지에서 빨리 적응할 수 있었던 것은, 부동산중개 일을 하는 동안 내 스스로 그들의 일상을 살피고 그들의 움직임 하나하나에 관심을 가지고 흉내를 냈기 때문이다. 행사가 있으면 어떠한 경우라도 참석하려고 노력했다. 1차의 행사가 끝나고, 2차를 갈 때도 젊은이들을 따라서 같이 놀았다.

이때 친하게 된 봅이라는 친구는 나를 만나고, 한국에 대해 무척 궁금해했다. 다음 기회에 한국 갈 때 그를 데리고 갈 예정이었지만, 일 년 후 다른 회사로 옮기는 바람에 그 약속을 지키지 못했다.

회사에서는 일주일에 한 번씩 전 직원이 한곳에 모여 사장 주최로 판매 전략 회의를 연다. 회의는 일반 공지사항으로부터 출발해 부동산 법과 다른 허가 사항 등 중개인으로서 꼭 알아야 할 사항을 공시한다. 마지막으로 지난주 판매실적과 이 주에 새로운 물건이 회사에 등록된 것을 서로 알리는 시간을 갖는다.

　회의가 끝나고 이번에는 전 직원들이 새로운 물건을 보기 위해 Caravan
이 시작된다. 각자 차를 타고 새로운 물건을 보기 위해 출발하거나 그룹
을 지어 Pool제로 차를 이용하기도 한다. 그 주에 새로 나온 물건을 미리
봐 두어야 자신의 고객들에게 안내를 할 수 있기 때문에 이 캐러반은 중
개업을 하는 동안 중요한 의미를 갖는다.

　회사의 입장에서 볼 때 회사에 부동산 물건이 얼마나 들어오게 되는가
가 매우 중요하다. 이때 부동산 물건을 들여오는 걸 Listing이라고 한다.
부동산 판매의 시작은 일단 이 Listing에서부터 시작된다. 따라서 Listing
의 많고 적음이 그 회사의 운명을 좌우한다.

　한편, 부동산의 매도자 입장에서 부동산을 에이전트에게 맡기는 형
태는 크게 두 가지로 나뉜다. 전속(Exclusive)과 일반(General) 계약으
로 구분한다. 이때 전속계약에도 판매방식에 따라 경매(Auction), 입찰
(Tender), 전속(Sole)으로 나눌 수 있다. 여기서 옥션은 매도자가 판촉비
를 부담하면서 판매의 긴박성과 한정된 시간을 촉구하여 구매자의 구매
의욕을 고취시키는 판매의 한 방식이다. 한국의 경매에 해당하는 것은,
뉴질랜드에선 은행 부채를 갚지 못해 행하는 Mortgage Sale이라고 한다.
입찰은 한국의 입찰서와 거의 비슷하다. 가장 일반적인 판매계약은 3개
월을 주는 전속계약이다. 그런데 요즘은 옥션이 판매의 대세를 이루고 있
다.

　REA가 부동산에 개입하면서 기술적으로 많은 변화가 있다. 매도자의
권한이 대폭으로 강화되었다. 일반인들이 부동산중개사를 감시할 기회를
증가시켰다. 그렇게 된 가장 근본적인 이유는 판매수수료를 매도자가 부

담하기 때문에 에이전트는 매도자의 도급자라고 보기 때문이다. 돈을 들고 흔드는 사람이 힘을 가질 수밖에 없다. 이것이 민주주의 사회의 경제 원리다.

다시 한번 요약하면 부동산중개회사는 얼마나 많은 전속 물건을 확보하는가에 따라 그 회사의 사활이 걸려 있다. 부동산에 관한 컨설팅 업무도 이 Listing을 어떻게 확보할 것인가에 관한 세미나가 많다. 인간은 망각의 동물이기 때문에 자신을 고객에게 3개월에 한 번씩 알려야 한다는 심리를 이용하는 것이다. 그래야 고객은 시간이 지나도 자신을 잊어버리지 않고 다시 찾게 된다. 3개월에 한 번씩 알리는 방법에는 본인의 취향에 따라 편지, 전화, 이메일, 문자 등 수없이 많은 방법이 있다. 중요한 것은 일정한 시간, 틈을 두고 고객에게 자신의 브랜드를 꾸준히 알리는 것이다.

북쪽에서 주거용 부동산중개에 자리를 잡은 나는 이제 자신감이 생겼다. 주거용 시장이 아니라 상업용 시장으로 진출해야 하겠다는 생각이 들었다. 그 바닥을 조사한 후, 시내에 근거를 두고 있는 Bayleys가 시장 점유율이 높다는 걸 알았다. 상업용 시장의 50% 이상의 시장 점유율을 차지했다. 베일리스는 당시 4형제 중 제일 큰형이 회장으로 앉아 있고, 그 밑에 동생들이 저돌적으로 상업용 부동산시장을 공략하고 있었다. 특히 홍콩, 시드니, 싱가포르 등지로 국제적 마케팅을 하고 있었다. 이들을 데리고 한국 시장도 진입할 수 있겠다는 생각이 들었다.

이때가 이민 온 지 일 년 반이 지난 1994년 12월이었다. 뉴질랜드에서 부동산회사를 옮기는 것은 다른 직종과 달리 흔한 일이다. 한국처럼 한번 시작한 회사를 평생을 두고 버티는 경우는 없다. 본인이 원하면 갈 곳을 정해 놓고 하루아침에 보따리를 챙겨서 옮기면 된다.

이때, 한 가지 유의해야 할 점은 몸담고 있는 회사에 통보하기 전에 모든 서류와 필요한 정보는 사전에 옮겨 놓고 알리는 것이다. 좀 야박하지만 밤중에 몰래 옮겨 놓고 다음 날 아침에 갑작스럽게 알리면 된다. 왜냐하면 퇴사 후 남겨져 있는 자료와 정보는 기존 소속 회사의 자산에 속하기 때문이다.

2013년 미국 CIA와 NSA에서 일하던 컴퓨터 기술자 Snowden이 가디언지를 통해 미국 정부가 개인의 통화 및 다양한 기밀을 감시·감독하고 있다는 폭로를 전 세계에 터뜨리면서 우리를 경악게 했다. 물론 그전까지 이러한 사실들은 막연히 알고 있었지만, 공개적으로 폭로한 것은 그때가 처음 있는 일이었다. 여기에 맞춰 사전에 모든 서류와 자료를 집으로 옮겨 놓은 후 베일리스 회장과의 인터뷰를 마치고 새롭게 출발했다.

베일리스는 오클랜드 시내 한복판 알버트 스트리트 135번지의 ASB은행 건물 26층에 위치하고 있었다. 내 자리에서 보이는 북쪽 바다의 전망은 출근 첫날부터 가슴을 뛰게 만들고도 남았다. 사무실의 에이전트들은 대부분 30대 전후의 새파란 야생마들이었다. 매니저는 호주 출신으로 스마트하고 세련돼 보이는 Jon Chomley - 현재 그는 호주에서 부동산 회사 사장을 하고 있다 - 는 당시 30대 중반. 출근 첫날부터 이것저것 필요한 유의 사항을 챙기는 자상한 매니저. 마음속에 '이놈을 데리고 한국 시장을 공략하면 되겠구나.' 하는 생각을 출근 첫날부터 머릿속에 그렸다.

그곳에 자리를 잡으면서 나는 상업용 부동산 판매에 불을 붙였다. 12월 6일 옥션에서 폰손비 상가 블록에 위치한 어린이 책 가게를 단번에 성사시켰다. 판매금액은 40만 불에 임대료는 연간 10%로 4만 불씩 나왔다. 당시 이민 바람을 타고 몰려오던 한국 교민뿐만 아니라 중국, 유럽 등의 고객들을 상대로 1년 동안 50개의 물건을 3,000만 불까지 팔 수 있었다. 심지어 오클랜드 중심 거리인 퀸 스트리트에 나란히 연결돼 있는 16개 상가 중 한 경매장에서 9개를 성사시키는 등 신들린 듯한 판매 기록을 세워 나갔다.

한 교민은 $1.7m에 구입한 상가를 3개월이 채 안 되어 $1.85m에 되팔아 15만 불을 챙겼다. 이 시기에 오클랜드만이 아니고 전국을 돌면서 판매를 했다. 해밀턴의 건물 독채를 61만 불에, 로토루아 모텔을 165만 불에 팔았다.

이렇게 상업용 시장에서 경험을 쌓으면서 뉴질랜드 부동산을 들고 한국 시장 진출을 눈앞에 두게 되었다. 이윽고 1995년 4월 11일, 매니저와 시니어 에이전트를 데리고, 서울 코엑스에서 개최하는 '세계부동산 박람회'에 참석하기 위해 서울에 입성했다. 그리고 라마다르네상스 호텔에서 서울의 해외부동산 컨설팅회사와 손잡고 처음으로 뉴질랜드 부동산을 소개하였다. 이후, 여기저기서 문의가 많이 쏟아졌다. 포항제철, 세종학원, 한국제지 및 개인 그룹들이 많은 현지답사와 함께 협상을 해 왔었다. 하지만 단 한 건도 성사된 적은 없었다.

그중 포항제철은 아는 분을 통해서 오클랜드 시내 알버트 스트리트 번지 점프장과 서쪽의 대단위 주택단지 부지를 알선하던 중에 결렬됐다. 세종그룹은 당시 빅토리아 파크의 상가와 퀸 스트리트의 건물을 지인을 통해 협상 중 모두 성사되지 못했다. 협상을 하며, 한국 사람은 중간에서 소개하는 사람과 에이전트를 믿지 않기 때문에 외국에서 물건을 구입하기가 어렵겠다는 느낌을 받았다. 거의 반년 이상을 소비했다. 이때 곁에서 협상을 도와주셨던 김동찬 선생의 노고에 감사드립니다.

6개월 이상 한국과 해외 부동산 판매에 시간을 허비한 후 오클랜드에 베이스를 두고 있는 교민 회사와 아파트 프로젝트에 착수하게 되었다. 타워힐 프로젝트의 시작은 좋은 연과 나쁜 연이 겹친 김수현 씨를 만나며 시작되었다. 김 사장은 처음에 마이랑기 베이 타일 가게를 하고 있었다. 당시의 건축경기를 보고 미래의 뉴질랜드 부동산 전망을 하는 야심 찬 젊은 사업가였다. 우연한 기회에 타일 가게에서 만난 첫날부터 나에게 시내에 아파트 개발을 위한 적합한 부지를 찾아 달라고 요청했다. 이땐 오클랜드시내 전체가 내 눈에 들어와 있었기 때문에 부지를 찾는 것은 그렇게 어렵지 않았다. 우리 회사에 매물로 나와 있는 '1 Emily Place' 물건을 김 사장은 망설임 없이 95년 12월 13일 자에 $3.4m에 구입했다.

땅 구입은 쉬웠지만 김 사장과 나는 이 나라 건축 경험이 전무했기 때문에 베일리스 경험자들의 도움을 받아야 했다. 설계, 융자, 판매, 마케팅, 시청허가 등 해결하고 넘어야 할 숙제가 너무 많았다.

뉴질랜드에서 아파트 프로젝트를 수행할 경우, 착공 전에 사전분양을 하는 것이 관례다. 그 이유는 본인 자금으로 진행할 경우에는 별문제가 없다. 대부분의 개발업자는 은행에서 자금을 빌려 건축을 하기 때문에 판매 시에 두 가지 조건을 넣고 사전분양을 한다. 하나는 시청허가 조건, 또 하나는 은행의 융자조건이 만족되는 것을 전제로 한다.

은행은 프로젝트의 성공 여부를 대개는 60~70% 선 사전분양을 보고 판단한다. 개발업자는 자금대출을 받기 위해 이 선을 넘겨야 하는데, 이를 threshold라 일컫는다. 은행 문을 넘게 된다는 뜻이다. 그래서 시청의 허가와 은행승인의 두 가지 조건을 만족시켰을 때, 비로소 개발업자는 프로젝트의 성공을 평가받아 착공을 할 수 있다.

김 사장과 나는 사전분양을 시작해 96년 6월까지 60% 이상 판매를 마치고 거의 사업승인 단계까지 도달했지만, 외지에서 온 신출내기 개발업자를 은행에서는 쉽게 받아들이질 않았다. 김 사장과 나는 조금이라도 더 팔기 위해 이 프로젝트를 들고 한국으로 출장 가는 것도 마다하지 않았다. 그러한 노력에도 불구하고 자금조달의 어려움을 극복할 수가 없어 프로젝트를 현지 개발업자 데이빗 핸더슨에게 넘길 수밖에 없었다.

프로젝트를 넘기는 과정에서 김 사장은 잔여 아파트의 일부를 넘겨받았다. 그동안 판매에 대한 나의 커미션 협상이 시작되었다. 나는 일부 깎일 것이라고 각오했지만 그렇게도 무자비하게 출혈을 요구할 줄은 전혀 예상하지 못했다. 당시 커미션을 협상하던 베일리스 금융담당 직원의 비장한 말이 생각난다. "큰 상어가 목표물을 물어뜯어 피를 흘리게 하고, 주변의 모든 상어들이 달려들어 희생자는 순식간에 사라진다."고 한 말이 머리를 맴돈다.

당시 내가 받아야 하는 커미션은 약 50만 불(약 4억)이었다. 하지만 회사가 나에게 제시한 금액은 고작 20만 불(1억 6천)이 전부였다. 그것도 지금 받아 갈 것인가 아니면 소송을 하여 2~3년 후에 변호사 비용까지 날려가면서 빈털터리가 될 것인지 선택하라는 협박이었다. 그때 난 베일리스를 떠나 임프레션을 설립, 운영하고 있을 때였기 때문에 한 푼이라도 먼저 받는 게 좋겠다는 생각에 20만 불이라도 받고 손들고 말았다.

또 타워힐 프로젝트를 수행하면서 구매자들에게 가슴 아픈 사연이 많았다. 이민 초창기였기 때문에 사전에 분양을 받아 놓으면 입주 시에 오를 거로 예상하고, 잔금을 생각하지 않고 무조건 계약을 했던 사람들이 있었다. 막상 완공이 될 때 부동산 시세가 하락함에 따라 잔금을 치르지 않고 계약금 10%를 날렸다. 당시 서양인들은 그런 경우가 없었는데, 우리 교민 몇 분이 에이전트인 나를 원망했다. 한동안 이 일로 나도 마음이 아팠다. 부동산 구입은 본인의 판단과 결정에 의해 이뤄질 수밖에 없고, 가격의 등락은 수요와 공급에 따라 결정되기 때문에 에이전트에게 책임을 묻는 건 합리적인 행동이 아니다.

이러한 어려움을 겪고 조금 후 인근에 새로운 아파트 프로젝트를 진행하게 되었다. 당시 포항제철의 오세아니아권 독점판매권을 가진 모X아의 최 사장과 친구 세 분이 동업 형태로 비교적 순조롭게 아파트 프로젝트가 진행되었다. 이 프로젝트의 명칭이 아전트홀로 결정된 것은, 그 자리에 오래된 Argent Hall이라 불렸던 모텔 건물이 있었기 때문이다. 그 모텔을 다른 곳으로 이전하고 그 자리에 아파트를 신축하는 것이다.

잘 알려진 바와 같이 뉴질랜드는 영국인들의 관습과 전통이 곳곳에 남아 있다. 그래서 이처럼 오래된 건물은 국민들이 보존하고자 하는 의지가 강하다. 뉴질랜드 온라인판매 플랫폼 Trade Me에 오래된 집을 파는 게 흔한 일이다. 오래된 건물을 구입해 리모델링하는 사업이 성행하고 있다.

타워힐 프로젝트와 달리 아전트홀 프로젝트가 성공할 수 있었던 것은 자금 동원에 무리가 없었다. 사업을 할 때 든든한 자금줄이 확보되지 않으면 사업의 위기를 언젠가 맞이할 수 있다는 걸 단적으로 보여 준 예였다.

이 당시 오클랜드는 이 두 프로젝트뿐만 아니라 시내 여러 군데에 신축 아파트를 계획하고 분양하는 붐을 타고 있었다. 메트로폴리스, 퀴웨스트, 피더랄 등등 많은 아파트 프로젝트가 있었다.

이때부터 부동산중개회사 설립에 대한 나의 꿈은 한 발짝 다가서고 있었다. 오클랜드 시내에 이처럼 많은 아파트가 완성돼 입주를 하게 되면, 아파트의 관리, 임차 및 판매에 대한 물건이 많이 나올 게 예상되기 때문이다.

또 다른 한편에서는 내가 부동산중개를 하는 동안 이민자가 겪어야 하는 문화적 압박을 이 시점에 겪기 시작했다. 이 두 프로젝트를 맡을 때, 베일리스 경영진은 다른 에이전트를 나와 함께 동참을 시켰다. 그것도 커미션 분할에선 언제나 나에게 불리하도록 배분했다. 소위 죽 쒀서 개 주는 꼴이었다. 미국의 이민사에서 있을 법한 소수민족의 정착 과정에 있었던 동화현상(Assimilation)이 이때부터 고개를 들기 시작한다.

다행히 아전트홀 프로젝트는 사업주 세 분의 넉넉한 자금줄을 배경으로 판매가 순조롭게 진행되었다. 문제는 아파트를 완공하고 입주하면서 뒤늦게 생겼다. 내가 소개한 모X아 측의 회계를 담당하던 현지인 토니가 젊은 나이에 심장마비로 사망했다. 토니가 죽기 전에 개발업자를 대신해 우리 회사 임프레션을 '건물관리인'으로 지명은 해 놓은 상태였다.

토니의 갑작스러운 사망으로 아파트 주민이 위임하게 되는 집합건물 관리가 STA로 넘어갔다. STA가 인계를 넘겨받은 이후 내가 아파트관리인으로 데려다 놓았던 R버트와 X드리언의 페이스에 말려 뒷날 임프레션을 그들에게 넘길 수밖에 없는 처지로 몰렸다.

11.

부동산회사 창업

외지에서 온 이주자가 작은 회사를 설립하여 큰 회사들과 경쟁하면서 부동산중개회사를 운영하는 게 쉽지 않다는 건 이미 알려진 사실이다. 하지만 약 4년 동안 부동산중개를 하며 이 바닥에 살아남을 수 있겠다는 자신감이 충만했다. 거기에다 시기적으로 이민 바람이 뉴질랜드로 한창 불고 있었기 때문에 중개회사를 차릴 수 있는 적기라고 판단했다. 기회는 누구에게나 찾아오지만 시도하지 않는 데 그 차이가 있을 뿐이라고 생각했다.

누구에게도 알리지 않고 오클랜드 빅토리아 마켓 부근, 웰리슬리 111번지에 직원 장승표 씨를 데리고 대형 부동산 사무실을 준비하고 있었다. 상업용 부동산 및 주거용 부동산의 판매 및 관리를 맡을 계획을 세우고 타워힐, 아전트홀 및 다른 아파트 프로젝트에서 많은 경험과 고객을 확보할 수 있는 자신감이 있었다.

회사 매니저는 내가 부동산을 처음 시작할 때 만났던 R버트와 그의 부인 일레인을 초청했다. R버트가 같이 있던 X드리안을 데리고 왔다. 그 외 한국, 키위, 중국 등 다국적 에이전트를 확보하면서 영업할 준비를 마쳤다.

회사 이름을 정하기 위해 다양한 조사를 했다. 이전부터 알던 키위 친구에게 좋은 이름을 의뢰도 하고, 신문을 펼쳐 놓고 기사 중 가장 빈번하게 등장하는 단어를 찾기도 했다. 뉴질랜드 헤럴드 기사에 '인상'이라는 단어가 제일 빈번하게 등장하는 걸 알았다. 마케팅은 결국 사람들의 기억에 오래 남을 수 있는 이름이어야 한다는 아이디어다. 이때 머리에 꽂힌 이름이 Impression이다.

사업의 성공은 고객에게 좋은 첫인상을 심어 주는 것에 달려 있다고 판단하고 정한 이름이다. 고객에게 자신의 인상을 남기는 데 걸리는 시간은 단 7초. 이 시간이 지나면 기회는 두 번 다시 돌아오지 않는다. 그래서 많은 사람들이 첫인상이 매우 중요하다고 강조한다. 영어권에서는 이를 두고 First Impression Counts라 한다.

그때가 1997년 8월 30일이었다. 교민신문에 '교민 최초의 부동산회사를 창립한다'는 기사가 나가고 느닷없이 전화 한 통을 받았다. 예상하고 있던 베일리스 매니저 존이었다. 그는 낮은 톤으로 조용하게 회사에 아직 남아 있는 자료와 서류를 챙겨서 떠나라고 했다. 같이 있을 때 친하게 지내던 사이라 큰 선심을 쓴 것이다.

이를 누가 회사에 고자질했는지 알고 있다. 정X배라는 친구다. 회사에서 한글을 읽을 수 있는 사람은 딱 한 사람. 우리말 속담에 "사촌이 땅 사면 배 아프다."라는 말이 있다. 당시 그는 내 뒤만 쫓아다녔다. 내가

Vision을 떠나자 그도 Colliers Jardine으로 자리를 옮겼다. 거기서 제대로 정착하기 어려웠다.

사전에 시장조사를 하지 않고 무턱대고 자리를 옮기면 되는 줄로만 알았다. 정착하기 어렵게 되자 다시 나를 쫓아 베일리스까지 왔었다. 그가 베일리스로 옮기면서 "베일리스가 자신을 스카우트했다."고 광고를 올릴 정도로 거짓말에 능한 사람이다. 다행히 그가 베일리스로 옮기고 그의 고등학교 선배가 한동안 그에게 많은 도움을 주었다. 하지만 다른 부동산 거래를 통해 불미스러운 일이 생겨 둘 다 베일리스를 영원히 떠나야 했다.

그를 원망하거나 섭섭한 마음은 전혀 없다. 왜냐하면 어차피 시간이 지나면 알려질 일이었고 창업 준비를 마치고 회사에 알릴 생각을 하고 있던 참이었다.

1997년 9월 3일 오전 11시경, 사무실 직원 장승표 씨와 창업 준비를 하는 중에 나는 잠시 죽음의 문턱을 넘나드는 사고를 당했다. 그날이 다이애나가 죽고 3일째 되는 날이었다. 새로 구입한 차를 몰고 북쪽으로 손님을 만나러 가다가 타카푸나 골프장을 지나칠 때였다. 왼쪽 차선에서 달리는 차량이 방향지시등도 켜지 않은 채 내 앞으로 끼어들었다. 그 순간을 피하려고 무의식적으로 오른쪽으로 핸들을 돌렸다. 내 차는 달리는 속도를 이기지 못해 오른쪽 중앙 분리선을 연속적으로 들이받으며 정지하고 말았다. 몇 초의 순간에 일어난 사고였다. 그 순간 내 머릿속이 하얗게 되면서 시간이 아주 느린 속도로 지나는 걸 느꼈다. '이 중앙선을 넘으면 나도 죽는다. 다이애나가 이렇게 죽었다.'는 생각이 뇌리를 스치고 지나갔다.

그 순간 내 뒤를 따르며 사고를 전부 목격한 젊은이가 있었다. 그와 함께 내 차는 그대로 둔 채 전속력으로 도주하는 앞차를 추격했다. 둘이서 그 차가 들어가는 주소지와 차 번호를 확인한 후 사고 현장에 돌아왔을 때, 경찰이 출동해 사고조사를 벌이고 있었다.

이 현장을 목격한 교민이 사람들과 신문사에 신한옥이 교통사고로 죽었다고 알렸다. 소식을 전해 들은 가까운 분이 아내에게 조심스럽게 전화를 했다. 아내가 전화를 받자, "초록아," 하고는 말을 채 잇지 못했다. 아내가 "아니, 무슨 일이 있어요?" 하고 되물었다. "초록이 애비가," 하고 말을 끊었다. 조금 후 사고를 직접 목격한 교민이 집으로 다시 전화를 해 남편이 교통사고를 당했다고 소식을 알렸다.

그 시각, 사고 현장으로 돌아온 나는 증인과 함께 경찰조사를 마치고 집으로 전화를 했다. 아내가 "당신, 지금 어디야? 죽었다고 난리가 났는데." 하고 물었다. 나는 "방금 지옥까지 갔다 왔어." 하고 아내를 진정시켰다. 나는 이 같은 심각한 사고를 당하고도 이틀 후에 아는 분들과 고객을 초청해 간단한 개업식을 마치고 부동산중개업에 들어갔다. 부동산중개회사를 내 이름으로 시작했다는 자부심을 그때 가졌다.

회사를 시작하고 당분간은 그동안 쌓았던 인맥과 관록으로 순조롭게 사업을 이어 나갔다. 직원들의 사기를 북돋우기 위해 매주 금요일 퇴근 시간에 맞춰 간단한 다과회를 베풀었다. 이 시간에는 에이전트의 손님들, 친구와 가족들도 참석시켰다. 이렇게 매주 금요일에 약간의 다과회를 가진 것은, 일주일간 업무에서 오는 스트레스를 풀 기회를 주는 게 목적이었다.

그리고 부동산중개의 성패는 결국 물건(Listing)에 있기 때문에 어떻게 하면 Listing을 많이 할 수 있을 것인가에 대한 교육에 시간을 많이 투자했다. 문제는 제아무리 좋은 교육을 제공하고 동기를 부여해도 본인이 하고자 하는 의욕과 노력이 없으면 강요할 수 없다는 거였다. 인간은 스스로 배가 고프다고 느껴야 그 고픈 배를 채우기 위해 조금이라도 노력하는 동물이다.

하지만 시간이 흐르고 회사에서 가지고 있는 Listing이 하나둘씩 팔려나감에 따라 물건은 고갈되어 갔다. 에이전트들이 새로운 Listing을 가져올 노력은 하지 않고 팔 물건이 고갈되자 하나씩 회사를 떠났다. 마지막에 남은 것은, R버트와 X드리안 - 그들이 끝까지 남았던 이유는 뒤에 밝혀질 것이다 - 이었다. 또 엎친 데 덮친 격으로 97년부터 시작된 한국의 IMF 위기가 뉴질랜드까지 영향을 미쳐 왔다. 이때 교민들 모두 큰 타격을 입었다.

하는 수 없이 시내 사무실을 닫고 북쪽으로 사무실을 옮겨야 했다. 북쪽의 포레스트 힐 대로변에 전 주인이 차고를 사무실로 개조를 해 놓아 부동산 사무실 용도 - 이때는 우리가 살던 집을 팔고 위층으로 살림집을 옮겼다 - 에 안성맞춤인 집을 발견했다. 아래층 사무실에 R버트와 X드리안을 옮겨 놓고, 나는 물건을 확보하기 위해 사방으로 뛰었다. 아내가 하루 그 둘의 관계가 이상하다고 나에게 귀띔을 해 주었다. 하지만 난 그렇게 심각하게 받아들이지 못했다.

얼마간의 시간이 흐르고 내가 분양했던 시내의 아전트홀 아파트가 완공됐다. 빌딩 관리로 X드리안을 보냈다. 그런데 R버트는 북쪽 사무실을 지키지 않고, 시간만 나면 시내로 가 버렸다. 어느 날 그들의 이상한 관계가 드디어 내 눈에 포착되었다. 아파트 룸에 점검을 하고 내려온다는데,

둘의 얼굴이 벌겋게 달아 있었다. 둘이 무슨 짓거리를 하고 내려온 것이다.

이 시기에 모X아(아파트개발업자)의 회계를 맡고 있는 토니가 갑자기 심장마비로 사망했다. 그가 맡았던 Body Corp의 업무는 STA회사로 넘어갔다. 후에 알게 된 일이지만, R버트와 X드리안이 회사를 나로부터 가져가기 위한 모략이 이전부터 있었다. 나는 회사를 살리기 위해 동분서주하느라 이런 조짐을 까마득히 모르고 있었다.

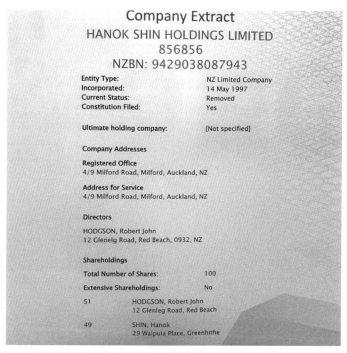

회사가 그들에게 넘어갈 무렵 드러난 임프레션의 지분에, 회사 출발 시에 벌써 내가 채용한 R버트가 회사 주식을 51%를 소유, 회사 지배권을 가지고 있는 것으로 회계사를 통해 등재. 그것도 얼마 후 내가 사임한 것으로 등재해 허수아비로 만들어 놓았다.

후에 알려진 것이지만, X드리안은 천사의 탈을 쓴 XX였다. 전남편에게서 낳았던 아이 셋은 모두 심장병이나 다른 병을 앓고 있다. 일레인의 가정을 파탄에 몰아넣고 R버트를 일레인으로부터 빼앗아 결국엔 결혼까지 했다. 나로부터 가져간 회사는 바지사장을 두고 운영하며 현재 둘은 모처에서 승마를 하며 하루하루를 즐기고 있다.

그의 비행은 나를 만나기 훨씬 전부터 시작되었다. 그가 전남편과 이혼하고 어려운 시기에 일레인이 그를 거두어 주었다. 자신들이 살고 있던 아래층 여유 공간에 거처를 마련해 주었다. 그런데 그는 이를 악용해 일레인의 두 아들과 그 짓을 일삼으면서 R버트까지 유혹하고 살았다고 주변 사람들이 일러 주었다. 결국 소원대로 R버트를 빼앗아 결혼까지 해 살고 있으니 본인은 성공한 셈이다.

우리말 속담에 "물에 빠진 사람 구해 줬더니 보따리 내놓으라 한다."란 말을 이럴 때 두고 하는가 보다. 일레인이 물에 빠진 사람을 구해 줬더니 나중에 구해 준 사람 집안을 모두 뒤집어 놓고 불까지 지르고 떠났다는 말이 된다. 그러니 주변 사람들이 그녀를 XX라고 하지 않겠느냐고 말한다. 결국 이주자는 그들(뉴질랜드 주류사회)에게 이용만 당하고 창업한 회사마저 그들에게 넘기는 낭패를 겪을 수밖에 없었다.

회사를 운영하면서 힘들었던 시기는, 주중에 부동산을 계속하며 주말이면 택시를 몰았던 때이다. 주말에 있는 오픈홈 시간은 운전복을 벗어 트렁크에 넣고 손님들을 맞는다. 이 시간이 지나고 운전을 계속해 겨우 일주일 치 생필품을 구입하면서 생계를 이어 갔다.

집에 도착해 저녁 식사 시간이 되면, 아내와 아이들에게 눈물을 보이지 않기 위해 몰래 화장실로 갔다가 식사가 끝날 때쯤 나왔다. 아이들을 등교시키는 아내의 차는 월부금을 내지 못해 매일 끌려 갔다. 이때 아이들은 먼 거리를 걸어서 학교에 가거나 간혹 아시는 분이 애들을 학교까지 데려다 주었다. 하지만 아이들이 상처를 입을까 봐 아내 차는 끝까지 팔지 않고 버텼다.

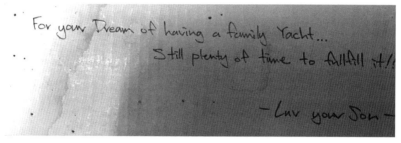

큰애가 내 생일날 종이 판지 위에 이렇게 써, 아버지 꿈을 이룰 시간을 넉넉하게 주었다.

같이 사는 아이들이 이를 모를 리 없다. 큰애가 내 생일날 '골판지의 꿈'을 선물했다. "아버지, 아직도 가족의 요트를 가질 충분한 시간이 있어요." 하고 나에게 용기를 부여하기 위해. 이때 받은 골판지의 꿈은 지금 내 책상 앞에서 인사를 하고 있다. 그때 이걸 건네준 큰아들이 이제 동생과 함께 자신들의 꿈을 일구어 가고 있다.

주말에 투잡을 뛸 때 큰애가 새벽이면 나를 차주 집까지 데려다 주고 저녁이면 다시 나를 픽업하러 와야만 했다. 이런 세월이 지나고 현재 내가 아이들과 함께 근무하고 있는 바풋앤톰슨회사에 인터뷰를 마치고 자리를 잡았다.

당시 회사를 시작한 내 판단은 옳았다고 자부한다. 하지만 실패한 데는 몇 가지 이유가 있었다. 사람을 제대로 관리하지 못한 것이 그 첫 번째 이유. 운도 따라주지 못했다. 누가 1997년에 IMF가 터질 줄 알았겠나? 그 무엇보다 '로마에 가면 로마인이 되어야 한다.'는 로마 주교의 뜻을 모르고 있었다는 것이다.

12.

하필이면 바풋앤톰슨인가?

현재 내가 몸담고 있는 Barfoot&Thompson은 어떤 회사일까? 오클랜드 전역과 북쪽 왕가레이까지 약 85개 이상의 지점을 가지고 있는 뉴질랜드 최대 부동산중개회사다. 활동하고 있는 중개사만 3,000명 이상. 보조원을 포함하면 3,500명 수준.

바풋과 톰슨 가족이 1923년에 처음 설립해 거의 100년의 전통을 가지고 있다. 모든 지점은 직영 형태로 운영되고, 연 판매금액은 210억 불(2021년 말 기준, 16조). 매매는 주 평균 400건이 된다. 오세아니아에서 제일 큰 회사로, 매년 상을 받아오고 있다. 현재 이사들은 창업자의 3세대 후손. 주거용 부동산 시장 점유율이 약 40% 이상. 10채 주택 중 4채가 바풋앤톰슨을 통해 거래되고 있다.

임프레션에서 힘든 시간을 보내고 있던 어느 날, 전부터 알고 지내던 마이클이 바풋앤톰슨 시티지점에 자리가 났다는 소식을 알려 주었다. 매니저에게 전화로 인터뷰 날을 잡았다. 그리고 Garth 회장의 최종 인터뷰를 마치고 다음 날부터 출근했다. 그날이 2000년 8월 10일.

이때는 큰애도 대학 다니며 아버지 일을 도울 수 있는 나이가 어느덧 되었다. 그동안 여러 가지 어려움을 딛고 타워힐과 아전트홀 아파트를 구매한 고객들이 아파트를 되팔기 위해 문의가 서서히 오기 시작했다. 혼자모두 감당하기 어려워 팀을 만들어 비지니스의 폭을 넓혀 나갔다. 중국에이전트 둘, 한국 에이전트 하나, 큰아들, 나를 포함해 다섯 명이 한 팀이되어 일사불란하게 움직였다.

한동안 수그러졌던 부동산 시장이 되살아나면서 모처럼 아파트 개발업체의 발걸음도 빨라지기 시작했다. 사무실 가까운 곳에 맨션그룹이 착수하는 Silo 아파트를 팔 수 있는 행운이 나에게 찾아왔다. 사일로는 뉴질랜드에서 제일 건실한 건축회사로 알려진 맨션그룹이 제분공장을 리모델링하는 프로젝트다. 판매 책임자로 있었던 Steve Clark은 나와 같은 시기에어려움을 겪은 절친으로 나에게 많은 도움을 베풀었다. 절호의 기회를 타면서 단번에 판매 성적이 상위 1%대로 진입했다.

이 같은 좋은 성과는 부동산 중개수수료를 착공 전에 한꺼번에 받을 수있는 데 있었다. 뉴질랜드의 경우, 아파트 프로젝트의 중개수수료는 착공시 50%, 완공 때 나머지 반을 지불하는 게 관례다. 하지만 맨션그룹은 자금력이 탄탄했기 때문에 착공 전에 커미션을 한꺼번에 지불한다.

이 회사에 입사하고 반년만인 회계연도 2001년 3월 31일 기준 전체 30위를 달성했다. 다음 해에는 27위. 2003년엔 11위를 기록했다. 2004년은톱 30등을 유지하며 매년 상위 1% 안에 들어갔다. 연간 커미션은 70만 불(6억) 정도. 판매를 위해 들어가는 비용 또한 만만치 않다. 같은 팀에 일하는 에이전트 커미션 및 마케팅 비용이 많이 소요된다. 무엇보다 에이전트가 돈을 모을 수 있는 방법은 커미션을 어떻게 재투자하는가에 달려 있다.

하지만 언제나 그랬듯이 여기에 정착해 가는 동안 새옹지마 같은 사건이 어느새 찾아 들었다. 나와 내 아들을 시기하는 비방에서부터 커미션을 빼앗기는 사건까지 크고 작은 사건들이 나를 기다리고 있었다.

새옹지마의 시작은 이러했다. 사무실 매니저는 까무잡잡하고 몸매가 날씬한 여성을 특히 좋아했다. 어느 일요일 아침 뜬금없이 매니저가 나에게 전화를 해서 한인교회 중 어느 곳이 좋으냐고 물어왔다. 잘 모른다며 답을 피했다. 그때 M키라는 여성과 같이 교회에 갈 참이었다는 걸 뒤에 알았다.

시간이 흐르고 그에게 다른 여성이 생기게 된 모양이다. 이때 M키에서 N탈리로 바뀌는 과정은 더욱 재미있는 화젯거리다. 한 교민이 사건의 진상을 이메일로 보내왔다. 'N탈리라는 여자가 웰링턴에 살다가 최근 오클랜드로 올라와 나와 큰애에 대해 온갖 욕설과 비방을 일삼고 다닌다'는 소식을 알려 주는 이메일이었다.

더 정확하게는 사무실에서 지척에 있던 M키가 일하는 카페에 드나들고 있는 사무실 동료가 나에게 이 사실을 확인시켜 주었다. N탈리가 매니저가 다니고 있는 체육관에서 날씬한 몸매로 접근해 그를 꼬신 것이다. 그때 M키와 교제가 교착상태일 때였다. N탈리가 등장하면서 매니저가 M키를 등한시한다는 소식을 사무실 동료에게 호소하듯 했다.

얼마 후 이게 정리되는 걸 여러 사람들의 눈으로 볼 수 있었다. 회사의 경매장에서 아파트 한 채를 변호사를 시켜 M키에게 사 주었다. 그 후 그녀는 또 다른 유럽계 남자를 만나 그 아파트에서 한동안 사는 게 여러 사람들 눈에 띄었다.

이런 일이 있고, 어느 날 사무실에 N탈리가 나타나기 시작했다. 처음 입사를 하면 기존 직원들과 돌아가면서 인사를 나누는 게 관례이다. 그런데 N탈리는 입사 후 사무실에서 만나면 그저 고개만 까닥하고 지나쳤다.

그 후에도 앞에서 이메일을 보냈던 사람으로부터 N탈리가 심지어 친구 남편을 꼬시기 위해 저녁 식사를 한 후 추잡한 짓거리를 다 하고 다닌다는 추가 이메일을 받았다. 이러한 이메일을 받으면 즉각 지워 버리고 전혀 반응을 하지 않는 게 상책이다. 결국 시간이 지나고 N탈리가 사무실에 적응하지 못해 떠나고 말았다. 그때 재미있는 가십거리를 전해주던 두 동료도 떠났다.

하지만 바풋앤톰슨에 몸을 담은 지 22년이 흘러간 지금 내가 이루어 놓은 자산은 'TEAM SHIN'이란 브랜드. 현재 사무실에서 팀을 이끌고 있는 신초록은 2014년부터 나의 권유로 입사해 2년 차가 되면서 판매에 두각을 보였다. 2016~2018년 연속 사무실 톱 자리를 달성. 형을 따라 늦게 합류한 신푸른솔도 타고난 판매의 기질을 가지고 있는 듯하다. 팀에는 그동안 내 밑에서 경력을 쌓아온 아파트 전문가들 일본인 야수, 한국인 로렌, 나 그리고 두 아들 5명이 한 팀을 이뤄 전 오클랜드를 대상으로 꾸준하게 판매를 이어 가고 있다.

시간이 뒤죽박죽이지만, 내가 바풋앤톰슨에 입사한 후 5년 차가 되는 2005년 5월에 있었던 일이다. 교민 잡지 기자가 몇 번씩이나 인터뷰 요청을 했지만 매번 거절을 했다. 그러다가 자꾸 거절하면 잘난 척한다는 소문이 날까 봐 결국 인터뷰에 응했다. 그 잡지는 소위 뿌리를 내린 교민을 대상으로 기사를 내고 있었다. 기자의 질문을 받고, 우리 가족은 아직 '뿌리를 내릴 사람들'이란 표현이 적합하다고 말한 기억이 난다. 이때 교민 잡지에 실린 내용은 이렇다:

자신을 아직도 '뿌리를 내린 사람'이 아니라 앞으로 '뿌리를 내릴 사람'이라고 말하는 바풋앤톰슨의 신한옥 씨. 그가 지난 93년 4월에 뉴질랜드로 건너온 후 올해로 13년 차인 이민 1세대임을 생각해 보면 무척이나 겸손함이 배어 있는 말이다. 부동산 업무가 본인의 적성에 맞고 무척이나 즐겁다는 신한옥 씨는 "물론 법이나 제도 면에서 한국과 이 나라는 많은 차이가 있지만, 사람을 상대하는 직업이라는 면에서 한국의 부동산 업무와 이곳의 일은 비슷한 점도 많아요. 한국에서의 그간 부동산 경험이 이곳 생활에 적응하는 데 많은 도움이 됐습니다."라고 말한다. 신한옥 씨는 한때 교민이 직접 개발한 TowerHill 아파트, ArgentHall 아파트 등의 대형 프로젝트를 총괄 분양한 실력자다. 그리고 현지 개발업자들의 다양한 프로젝트를 수행했으며 최근에는 이들 아파트의 Resale에 열중하고 있다. 그동안 오클랜드 시내를 중심으로 한 아파트 판매에 집중해 온 만큼 그의 주변에는 언제나 그를 믿고 찾아주는 단단한 고객층이 형성돼 있다. 그동안 쌓아 놓았던 다양한 고객들의 협조에 힘입어 2001년부터 지금까지 바풋앤톰슨의 전체 에이전트 판매 순위에서 항상 상위 1%의 위치를 유지해 오고 있다. 자신의 성격을 "항상 도전적이고 뭔가 새로운 것을 추구하고자 하는 의욕으로 가득했다."고 말하는 신한옥 씨. 매사를 준비하고 노력하는 자세로 새로운 일에 임해 현재의 자리에 올 수 있었다고 한다. 이렇듯 부동산중개에서 누구보다 자신감이 넘쳤던 그였지만, 98년 IMF 당시에는 신씨 역시 많은 어려움을 겪었노라고 당시를 회상했다. 그때는 본인이 직접 차린 회사 Impression을 운영해 나가던 시기라 그 어려움이 한층 더했다. 그러나 그는 자신이 좋아하는 비즈니스에 만족하고 가족의 도움에 힘입어 더욱 노력하고 준비하는 자세로 그 위기를 극복할 수 있었다고 토로한다. 앞으로도 계속해서 부동산을 천직으로 생각, 뉴질랜드에서 뿌리를 내리는 그날까지 하루하루 즐겁게 살아갈 것이라고 강조한다.

그로부터 13년이란 세월이 또 흐르고 2018년 12월 어느 날 점심을 먹고, 오클랜드대학 교정에 있는 알버트 공원을 거닐고 있는데 핸드폰이 요란하게 울렸다. 몇 마디를 주고받으면서 단번에 누구인가를 알았다. 내가 떠난 후 한전 종합조정실에 근무한 마삼선 후배였다. 반가워서 오클랜드 시내로 나오라고 해 식당에서 우리는 만났다. 앉으면서 30년 전으로, 현재로, 미래로 오가며 깊은 이야기를 나눴다.

그는 현재 에티오피아 아다마 과학기술 대학에 교수로 재직 중이다. 그를 만난 후 그해 말 한국을 방문했을 때 페이스북에 올라온 〈고목을 전율케 하는 빅히스토리〉란 제목으로 시작된 그의 이야기를 어디 한번 들어보자.

살다 보면 다시 한번 만나고 싶은 사람이 있다.

모든 회사에는 선망의 부서. 빠른 정보와 넓은 연결망으로 인맥 형성과 줄서기가 용이한 곳이다. 선망부서를 박차고 홀연히 이민을 간 사람을 만나면 왜, 어떻게, 무엇이 챌린지로 끄는지 묻고 싶다. 종합조정실이란 부서에 내가 가니까 가히 잘난 분들이 많았다. 난 언제 저렇게 될까? 대단함을 동경하는 속물적 사고를 깨 주는 사람이 있었는데, 그는 뉴질랜드로 이민 가 버리고 무용담만 무성했다. 얼마 후 옆자리 차장 두 명도 그를 따라 떠났다. 휴가를 오클랜드에서 보내면서 옛 생각이 나서 수소문해 보니 쉽게 그분을 찾을 수 있었다. 28년 전 가물거리는 기억 속에서의 만남은 과거보다 현재를 이야기했다. 고희를 앞두고 일은 줄이고 공부에 푹 빠졌단다. 먼저 소개한 것은 알버트 공원의 수백 년 된 고목 밑동 뿌리였다. 여기에 쓰인 역사를 보란다. 그러면서 빅뱅, 우주, 지구, 생명, 뇌를 포괄한 빅히스토리를 공부하는 재미를 이야기한다. 인생 후반기에 궁금했던 팩트를 아는 재미에 순간순간이 너무 값지다고 강조한다. 박문호의 자연과학과 세상이라는 사이트를 통해서 빅히스토리를 접한 후 공부가 재미있고 존재에 대한 외경심, 그리고 모든 지식이 손 안 스마트폰에 있는 지식 포화 시대에 통섭적 갈 길을 찾았다고 했다. 선배 이야기를 듣고 보니 나의 관심과 닮은 점이 많았다. 삶에 대한 경외감, 생명, 물질, 역사 등 존재에 대한 통섭적 공부인 빅히스토리로 세상을 활보했던 한 모험가의 말년에 꽂히다니… "왜 여기로 오려 했냐고?", "그냥 하늘이 푸르러서 무작정 오게 됐다고." 나의 가슴을 울리던 무용담은 무작정이었다!

13.

이민자의 서러움

하늘을 보면 푸르게 보인다. 이는 하늘이 푸르러서 그렇게 보이는 건 아니다. 빛의 파장에 의해 우리 눈에 그렇게 투영돼 푸르게 보이는 것이다. 1871년 영국의 레일리 경은 빛이 가지고 있는 파장보다 짧은 미립자는 빛을 산란시킬 수 있다는 걸 과학적으로 처음 설명했다. 이 현상을 레일리 산란이라고 부른다. 레일리 경에 따르면 태양 빛이 대기를 통과할 때 짧은 파장의 빛일수록 더 많이 산란되기 때문에 하늘이 푸른빛을 띠게 된다. 푸른빛 파장(400㎚)의 산란율은 붉은빛 파장(640㎚)에 비해 약 6배가량이 크기 때문에 푸른빛이 더욱 강해져 우리의 눈에 쉽게 들어오게 된다.

해 질 무렵과 해 뜰 무렵 하늘이 붉게 물드는 이유도 같은 원리로 설명될 수 있다. 두 경우, 태양 빛은 더욱 먼 거리를 통과해야 하기 때문에 푸른빛은 산란되어 사라지고 지구에 직접 도달하게 되는 것은 파장이 긴 붉

은색이나 주황색이 대기층에 존재하여 우리 눈에 들어오게 된다.

세상 만물은 그 현상과 우리 눈에 보이는 게 언제나 일치되는 것은 아니다. 멀리 이국땅에서 동족끼리 협동하고 당겨 줘도 모자랄 판국에 서로를 헐뜯고 이용하는 걸 보면 우리 인간도 역시 자연의 이치를 크게 벗어날 수 없구나 하는 생각이 든다.

바풋앤톰슨으로 옮긴 지 4년이 되었을 때 현지의 주류를 등에 업고 옆에서 기생하고 있는 사람들이 나의 커미션을 갈취한 사건이 일어났다. 이 때문에 내가 몸담은 회사를 상대로 커미션 반환소송을 제기했다. 나뿐만 아니라 회사 입장에서도 반가운 일은 아니다.

첫 번째 사건은 20 Shortland St에 위치한 주차장 부지. 대지 면적은 2,010㎡(608평). 현재도 개발되지 않고 주차장으로 사용되고 있다. 나는 이 부지가 시장에 나와 있다는 것을 알고 2004년 7월 15일 자료를 매도자로부터 입수하여 현지 한국개발회사 DJ 측에 전달. 7월 20일 DJ직원 S사장, 고X일 소장, 박X빈 씨를 데리고 현장을 안내하고 상세하게 설명. 2004년 7월 26일 H회장으로부터 직원들이 보는 앞에서 스카이 시티에서 첫 오파를 1,200만 불에 받아서 매도자 호주회사의 카틀로와 협상을 시작했다. 밀고 당기는 몇 번의 협상이 그간 있었고, 8월 4일 후 협상은 나의 급한 용무로 외국에 가야 하기 때문에 신초록이 맡아서 진행할 것을 양측에 통보하고 순조롭게 인계되었다. 그 후 몇 번의 어려운 고비를 넘기면서 신초록이 8월 23일까지 계약금액 1,375만 불로 구두 합의, H회장의 최종사인만 남긴 상태로까지 진행됐었다. 8월 24일이 되면서 DJ회사의 마X스 변호사가 이 계약진행 사실을 알고부터 개입하기 시작했다. 자신의 부인과 회장 부인을 동원해 그날까지 진행돼 오던 계약서를 조항의 표현이 잘못됐다는 핑계로 직원 박X빈을 시켜 신초록에게 계약서를 받아오게 만들었다. 그와 동시에 마X스는 새 계약서를 판매자 변호사로부터 받아 H회장이 출국하는 날인 8월 27일, 1,375만 불에 계약서 서명을 직접 받아 내 자신의 절친 바풋앤톰슨의 커머셜 매니저 하W드가 한 것처럼 서류를 조작해 하W드가 커미션 $270,703을 수령하게끔 만든 사건. 나는 신초록에게 이 소식을 전해 듣고 9월 12일 귀국과 동시에 회사를 상대로 커미션 청구 소송을 제기했다. 이 소송은 원고 신한옥 씨가 회사를 피고로 커미션 청구를 한 것이기 때문에, 판매자와 구매자는 제삼자의 위치에서 소송의 증인이었다. 약 2년간의 소송기간 끝에 2006년 4월 28일, 고등법원의 최종 중재합의 판결에서 양측 변호사의 합의에 따라 총 커미션 $270,703 중 일부를 받았다. 바풋앤톰슨이 1923년도에 설립된 후 100년 동안 회사를 상대로 소송을 처음 제기했던 나는 현재 20년 이상 회사에 근무하고 있다. 당시 DJ 측 변호사와 짜고 커미션을 챙기려 했던 하W드는 커미션을 몰수당하고 회사에서 옷을 벗었다.

왜냐하면, 이 사실이 세상에 알려지게 될 경우, 서로의 신분과 이름에 치명타가 될 여지를 안고 있었다. 나는 잘못하면 회사에서 잘릴 수도 있고, 회사는 경쟁사에 빌미를 제공할 수 있었다. 다행히 그러한 일은 일어나지 않았고, 현재까지 나는 건재하게 내 자리를 지키고 있다. 그날 재판관이 최종 협상을 시작하기 전에 회사의 가스 회장에게 이런 질문을 던진다. "만약 원고가 소송에 패할 경우 회사에서는 그를 어떻게 처리할 것인가?"를 물었다. 가스 회장은 재판관 앞에서 결과와는 상관없이 신한옥을 회사에 그대로 유지할 것을 서약했다.

여기에 설명한 사건의 개요는 법정에 제출된 내용과 계약진행 사항을 매일 기록한 나의 일지를 참조한 것이다. 간혹 내가 직접 현장에 없었던 경우, DJ직원들이나 가까이에 있었던 사람을 통해 정보를 입수했다. 이 사건의 큰 영향력 행사자인 회장 부인 H씨와 마X스 부인 M쎌 간에 있었던 대화와 직원들에게 하달된 어명은 그들이 드나들고 있던 미용실을 통해 정보를 수집했다.

나 대신 그동안 계약을 맡아 온 신초록으로부터 뒤틀린 계약에 대한 소식을 전해 듣고, 나는 9월 12일 급히 독일에서 입국했다. 사무실 동료 직원 George로부터 몇 가지 조언을 듣고 뉴질랜드에서 유명한 변호사를 고용해 회사를 상대로 고등법원에 커미션반환청구소송을 바로 제기했다.

뉴질랜드는 부동산 중개법에 판매수수료는 판매자가 에이전트회사에 지급하도록 되어 있다. 그리고 바풋앤톰슨 회사 내규에 의하면, 부동산 중개수수료는 해당 부동산을 구매자에게 물리적으로 처음 안내한 에이전트가 갖도록 규정하고 있다.

이 규정에 따라 판매자가 지불한 커미션은 처음부터 끝까지 구매자 DJ회사에 해당 부동산을 물리적으로 안내하고 계약서를 진행해 온 신한옥씨가 받아야 함은 법적으로 분명한 사실이다. 그런데 DJ 측과 한 번도 만난 적이 없고, 해당 부동산을 물리적으로 소개한 적이 없는 엉뚱한 사람 하W드가 왜 이 커미션을 받게 되었을까?

큰 줄기는 로마에 가면 로마인이 돼야 하는 것이다. 법적인 해석 이전에 사회문화적 배경이 더 중요한 요소로 작용하고 있었다. 부동산의 판매자가 호주 회사로 현지 사회에서 주류이다. 구매자를 대행하고 있는 변호사가 주류인으로서 DJ회사를 마음대로 주무르고 있었다. 그 곁에 기생하고 있는 H회장과 변호사를 움직이고 있는 두 빅시스터즈의 알 수 없는 힘이 한 곳에 어우러져 일어난 사건이다.

거기에다 소송이 진행되는 동안 원고인 나에게 불리하게 작용한 것은 증인들이다. DJ직원들은 모두 H회장의 위력에 의해 증인 출석을 거부했다. 나의 매니저도 마찬가지였다. 그동안 매일 계약진행을 보고 받아 누구보다 잘 알고 있는 그가 회사 상사의 눈이 두려워 공개적으로 증인이 돼 줄 수 없다고 나에게 알렸다. 물론 계약의 서명자 H회장 본인은 말할 것도 없고. 자신이 뒷날 이 사건으로 인해 한국에서 어떠한 낭패를 당할지 생각도 못 하면서. 만약 끝까지 증인대에 서길 거부할 경우 강제 소환장을 발부해서라도 증인대에 세울 계획이었다.

문제는 또 다른 데 있다. 소송의 피고는 바풋앤톰슨이지만 결국 돈을 받아 내야 하는 곳은 보험회사다. 일반적으로 보험회사로부터 돈을 받아 내기란 하늘의 별 따기처럼 어렵다는 게 상식이다. 이러한 어려움과 비용이 추가로 들어갈 모든 요소를 감안해 내 변호사는 최종판결까지 가지 않고 중재합의를 권장했다.

H회장의 출국일이 가까워지자 M쎌의 사주를 받은 H씨가 남편에게 그날까지 진행되고 있는 계약서를 신초록으로부터 받아오도록 부하직원 박X빈 씨에게 하명을 내렸다. 마치 첩보 영화에서나 나올 법한 영화의 한 장면이었다. 그 날이 2004년 8월 24일이었다. 이 시각에 마X스는 판매측 변호사 브라운으로부터 그가 만든 새 계약서를 받아서 회장이 출국하는 날인 8월 27일에 자신이 직접 회장으로부터 서명을 받았다. 마X스는 서명받은 계약서를 자신의 절친 하W드에게 넘겨 그가 계약을 한 것처럼 봉합했다.

그 후 판매측의 카틀로, 변호사 마X스, 하X드가 서로 연락을 주고받으면서 해당 부동산을 보여 준 것뿐만 아니라 계약을 모두 하W드가 마무리

한 것처럼 꾸몄다. 그래도 설득력이 떨어지니까 마지막으로 꾸며낸 이야기는 H회장이 DJ직원들 모르게 자신들과 이중 플레이를 하고 있다고까지 이야기를 만들어 냈다. 하나는 커머셜 직원 하X드와 계약을 추진하고, 또 하나는 주택 담당 신한옥과 계약을 진행했다는 것이다. 아무리 멍청한 사람이라도 구매자가 둘이면 가격이 올라가는데 그런 짓을 할 사람이 있을까? 만들어도 그럴싸하게는 해야지.

이러한 사실들을 내가 보지 않은 상태에서 어떻게 아느냐고? DJ회사 직원들이 비록 증인은 거부했지만, 이 사실까지는 감추지 않고 나에게 낱낱이 알려 주었다. 그리고 이때 그들이 조작한 이메일, 편지 등은 법정 증거서류로 버젓이 위조돼 상대편 변호사가 법정에 제출했다.

이 사건의 뒤에서 무서운 힘을 쓰고 있는 두 여인은 같은 동향이다. H씨가 회장과 함께 뉴질랜드에 도착하면 매번 M쎌은 통역한다는 명목으로 24시간 그녀를 수행하면서 누구든 곁에 접근하지 못하게 만든다는 사실을 그들이 단골로 다니던 미용실을 통해 알았다.

드디어 2년 동안 밀고 당기는 소송을 마치고, 2006년 4월 28일 중재합의 판결이 있던 날, 재판장이 다시 한번 가스 회장의 생각(원고의 향후 방향)을 묻고 양측 변호사의 반대심문이 오전에 오갔다. 오후가 되면서 하W드가 자리에 보이질 않았다. 오전에 원고측 변호사의 정곡을 찌르는 질문에 답변을 거짓말로 일관하다가 실수를 많이 하는 바람에 재판장에게 혼쭐이 몇 번 났다. 가스와 피고측 변호사가 그를 오후 심리에는 출석시키지 않았다. 마지막으로 양측 변호사의 합의금액이 제시되고 재판장이 최종 커미션 금액을 원고에게 $$$를 지불하라는 중재판결을 내렸다. 이 2년간 주고받았던 소송사건에 관한 서류 한 박스 분량을 집에 고스란히 보

관하고 있다.

두 번째 사건이 일어날 조짐을 보였다. 소송이 진행되는 중간에 H회장은 이 사건의 진상을 속속들이 알고 있는 현지 S사장을 불러들이고, SS사장으로 인사이동을 단행했다. 축구 경기 중 어려운 순간일수록 게임을 즐기라는 히딩크의 말에 따라 나는 이 시기에 맞춰 개발부지를 SS사장에게 소개하여 마X스의 뛰어난 재능을 시험대에 올릴 계획이었다.

SS사장이 새로이 부임해 오면서 2005년 8월 5일, 아파트를 개발할 수 있는 부지를 찾아 달라는 요청을 받았다. 새로 부임하면서 자신의 역량을 과시하기 위해서라도 부동산 개발을 전임보다 더 적극적으로 할 수밖에 없다. 이번엔 마X스의 개입의 정황을 파악하기 위해 나와 함께 또 다른 증인을 확보하기 위해 다른 회사 DTZ International agency와 함께 물건을 소개하기로 했다.

두 번째 사건의 부지는 85~89 Greys Ave에 주소지를 두고 땅 크기는 5,225㎡(1,580평)였다. 그때까지 주차장으로 사용되고 있었다. 물론 이 글을 쓰고 있는 아직도 그대로이다. SS사장이 취임하면서 2005년 8월 5일에 부지를 찾아 달라는 요청을 받는다. 나는 다른 상업용 전문 에이전트로 일하고 있는 DTZ International의 Collin Mckenna에게 연락을 취해 이 부지에 대한 자료를 수집, SS사장에게 8월 16일까지 전달했다. 이때까지 사장 두 분이 교체되는 시기였기 때문에 같이 움직였다. 8월 23일 계약서를 준비해 SS사장의 요청대로 자신들의 변호사 사무실에 모여 모든 걸 설명하기로 내가 회의를 주선했다. 회의 석상에는 마X스, 두 사장 및 직원 둘, 판매측 대리인, 나 그리고 DTZ직원 등 9명이었다. 회의 석상에 앉자마자 마X스가 대뜸 욕을 섞어 가며 부지의 중개를 자신이 모두 알고 있는 것처럼 떠들기 시작했다. "This is a bullshit. This property has already been sold at $1.5m. The purchaser is the same of 20 Shortland St. Hanok, do you try to sell the property to DJ company… etc?" 그가 마치 정신 나간 사람처럼 떠들기 시작하길래 내가 중간에 만류를 하고, 그 얘기는 뒤에 하자고 하면서 그의 말을 막았다. 하지만 마X스는 나와 같이 참석한 DTZ직원에게 "Who the fuck are you?"란 욕설을 섞으면서 묻는 바람에 그는 황당한 눈치를 지으며 자신을 소개했다. 회의는 이렇게 아무런 소득 없이 마X스 방해 때문에 끝이 나게 되었다.

그 자리에서 회의가 끝나고, 마X스 말했던 것처럼 대상 부지에 대한 구매자가 과연 지난번 20번지 숏틀랜드 부지와 같은 회사(DJ)라는 것을 나는 확인하기로 했다. SS사장과 나는 그 자리에 남아 판매측 대리인과 마X스를 따져 갔다. 문제의 부지를 당사자인 SS사장이 여기에 버젓이 앉아 있는데, 어떻게 그런 거짓된 말을 하느냐고 추궁하였다.

단지 판매측 대리인으로 초대된 피터 뉴이쿱이 이미 그 땅을 $15m에 조건부로 계약했다고만 강조했다. 그리고 그 계약에는 다른 구매자가 나타나 더 유리한 계약조건이 있을 경우 앞 계약을 파기하고 두 번째 오파를 받을 수 있는 특약을 넣고 계약한 상태라고 옹색한 설명을 내놓았다. 여기서 SS사장이 서두르는 기미를 보이자 내가 만류하면서 피터에게 그 계약서를 보여 달라고 요청했다. 하지만 보여 줄 생각은 않고, 땅의 감정가가 기존의 조건부 계약한 금액보다 높은 $18m이라는 것만 강조했다.

회의가 끝나고 다음 날 8월 24일, 나는 SS사장으로부터 $11.7m에 오파를 받아 협상을 시작했다. 이렇게 시작된 이 부지도 결국 마X스의 농간에 의해 2005년 9월 2일 H회장이 한국으로 출국하기 전 $15.05m에 계약이 체결되었다고 그 회사의 직원이 귀띔해 주었다. 이 계약과정 또한 앞에서 있었던 똑같은 수법으로 계약이 진행되었다. 출국일이 가까워지자 마X스의 와이프 M쎌이 동업자 H씨를 개입시켜 H회장을 설득해 최종 사인하게 됐다는 전갈을 그쪽 직원들에게 전달받았다.

DJ회장이 출국한 후, 두 번째 사건의 직접 당사자 SS사장에게 2005년 9월 15일 자로 이 두 사건에 대해 DJ회사 측의 조속한 해결책을 촉구하는 편지를 보냈다. 하지만 전과 후에 여기에 대한 한마디의 답변도 받지 못했다(SS사장에게 보냈던 편지 내용은 지면상 생략).

더욱 흥미 있는 건 이 첫 번째 사건에 대한 재판이 진행되고 있을 때, 한국에 잠시 가 있는 교민인 것처럼 가장한 사람으로부터 '정의'라는 이름으로 7통의 이메일을 받았다. 나를 일부러 모른 척하기 위해 '한' 선생님이라고 부르면서까지 위장하는… 흥미롭지만 나는 이메일을 출력하고 지워버렸다. 자신들의 이익 - 실제로 이익이 될지 악이 될지는 모르는 일 - 을 위해 온갖 만행을 저지르고 있는 걸 보고 불쌍한 생각마저 들었다.

이 사건에 대한 회고록을 쓰고 있는 이 순간, - 15년이란 시간이 지나고 2020년 3월 어느 날 - 우연히 유튜브를 보면서 H회장의 모습을 보고 깜짝 놀라운 사실을 접하고 있다. 한국에서 있었던 2010년 HJNY사건이 위에서 언급한 두 사건과 관련이 있다는 사실을 알게 되었다. 그래서 당시에 그렇게 많은 한국의 기자들이 뉴질랜드에 건너와 교민들과 면담을 하고 조사를 했구나 하는 생각이 스치고 지나간다.

하지만 두 사람의 관계가 끝나고, 그 사건의 부지는 손도 대지 못하고 되팔아 H씨에게 넘어간 걸로 전해진다. 그들 주변에 모였던 사람들은 하나둘 떠나고 오도 가도 못하는 기러기들만 남아 있는 것 같다. 길에서 우연히 그들과 마주치면 당시를 떠올리기조차 싫어 외면해 버린다.

세 번째 사건은 2013년 11월. 2002년 아파트 전체를 분양하고 완공이 된 후 꾸준하게 재판매를 이어 오고 있는 사일로 아파트에서다. 전부터 몇 번의 거래 경험이 있는 주인이 판매계약서에 사인을 하고 첫 오픈홈을 하면서 일어난 것이다. 당시는 워낙 부동산 시장이 좋아지고 있었기 때문에 팔리는 데 걸리는 시간이 짧았다.

첫 오픈홈에 많은 구매자들이 몰렸다. 그중 보다 적극적인 구매자그룹 맥타베 가족은 토요일에 아파트를 본 후 계약서를 쓰고, 일요일 다시 보고 최종적으로 구입하기로 결심한 상태였다.

그런데 일요일 오픈홈 시간이 끝나고 떠날 준비를 하는데, 다른 부동산 회사 직원의 소개를 받은 ○○○○라는 여자가 그 아파트를 보기 위해 늦게 도착했다. 그 여자는 황급히 아파트 입구에 차를 세우고, 열쇠를 들고 있는 나의 작은애를 데리고 본인이 직접 아파트를 보았다. 그 순간 주차 단속원이 아파트 입구에서 벌금티켓을 발부하고 있었기 때문에 내가 그에게 몇 분간의 양해를 구하고, 그녀의 차를 대신 봐 주어야 했다.

아파트를 보고 나온 후 그녀와 나는 그 아파트에 대해 몇 가지 대화를 나누고, 그녀도 오파를 하겠다는 의사를 밝혔다. 이 경우 부동산 용어로 Multiple Offer 상황이라고 설명을 그녀에게 한 후, 바로 인접 공원에 앉아 계약서를 쓰기 시작했다. 계약서를 쓰기 전 나는 구매자가 유의해야 할 사항을 그녀에게 설명했다.

- Multiple Offer 인지 양식에 구매자의 서명 날인이 필요
- 경쟁상황이기 때문에 구매자 입장에서 최선의 오파를 해야 한다.
- 쌍방의 오파 내용은 서로에게 공개할 수 없으며
- 판매자는 둘 중 하나를 선택할 수도 있고, 둘 다 거절할 수도 있다. 그리고 하나를 선택하여 협상을 요구할지도 모른다.

저녁 6시 30분에 주인과 만나기로 약속이 돼 있다고 알려 주었다. 그런데 이게 웬일인가? 그녀가 오파 하겠다는 금액이 이미 오파를 받은 액수와 같았다. 단지 그녀는 자신이 추가로 알고 싶은 내용이 있어 그것에 대한 조건을 붙였고 잔금일도 약간 늦은 날짜였다. 그녀가 같은 블록의 다른 아파트를 이미 놓친 경험이 있다는 말을 나에게 반복했다.

약속 시간에 맞춰 두 오파를 들고 매도자를 만났다. 그는 당연히 같은 금액인데 조건이 없고 잔금일이 가까운 다른 계약에 최종 서명을 마쳤다. 계약서에 사인이 되었다는 소식을 두 사람에게 전화로 즉시 통보를 해 주었다. 나중에 오파를 한 ○○○○가 나의 통보를 받으며 언짢은 눈치를 보였다. 며칠 후 그녀가 우리 회사의 법률담당자에게 자신의 불만사항을 적어 놓친 것에 대한 손해배상을 요구했다:

- 아파트를 볼 때 에이전트가 아닌 사람이 보여 주었다. 그래서 물어볼 시간이 충분하지 않았다.
- 필요한 자료를 받지 못했다.
- 계약서의 금액, 조건, 잔금일을 자신이 결정한 게 아니고 에이

전트가 권장하는 대로 했다.

- 사무실에 앉아서 차분한 시간을 갖고 오파를 쓰지 못하고 시간에 쫓겨 공원에 앉아 에이전트의 독촉에 밀려서 오파를 작성했다.

- 같은 아파트에서 두 번째 구입 기회를 놓쳐서 부동산 시장에 멀어지게 되어 개인적인 손해를 입게 되었다.

에이전트로서 내가 그녀에게 베풀었던 서비스 내용과 전혀 다르게 위처럼 꾸미며, 회사에 금전보상을 요구했다. 난 그날 있었던 사실대로 회사 담당자에게 보고했다. 회사에서 그녀의 부당한 요구를 거절하게 되자 그녀는 REA에 고발하여 2년간 법정투쟁이 있었다.

그녀가 법에 호소한 내용은 에이전트로서 법적인 실수나 잘못을 따진 것이 아니다. 그 아파트를 자신의 불찰에 의하여 살 수 없게 된 것에 대한 책임을 나를 핑계로 삼았다. 서양 사회에서 Scape Goat라는 표현을 사용하는데, 내가 그녀의 희생양이 된 셈이다. 더구나 당시 그녀의 아버지가 그녀와 같은 성씨인 ○○○○로 변호사 일을 하고 있었다. 그녀는 은근히 대화 중에 내색을 하며 이를 압박용 위력으로 사용했다.

아파트를 내가 직접 보여 줄 수 없었던 것은, 그녀가 오픈홈 시간이 지나 늦게 황급히 도착했기 때문이었다. 아파트 입구에 주차하고 그 차를 봐 달라고 부탁까지 한 후 꼬투리를 잡았다.

또 한 가지, 그녀가 아파트를 보면서 나의 작은애에게 부동산에 대해 물어볼 시간이 없었다는 이유를 댔다. 하지만 이 또한 그녀의 옹졸한 핑계일 뿐이다. 그녀가 놓친 아파트를 작은놈과 보고 나온 후 밖에서 나하고 충분한 대화를 한 후 계약서를 쓰기로 결심했다.

그래도 한 가지 그녀가 미진한 내용에 대해선 조건을 붙인 것이다. 심지어 그전 그 아파트의 구입에 대한 실패한 경험이 있었기 때문에 그 아파트에 대한 정보는 나보다 더 많이 알고 있는 척하며 반복해서 말했다.

특히 이중 오파 사항이기 때문에 에이전트로서 상당한 주의를 요한다. 계약서의 작성은 철저하게 구매자 요구대로 기재하는 걸 중개사의 의무로 알고 그대로 이행했다. 사무실에 앉아 오파를 쓸 수 없었던 이유는, 주인과 약속된 시간까지 1시간도 채 남아 있지 않았기 때문에 사무실까지 가서 서류를 작성할 시간적 여유가 없다는 걸 자신이 더 잘 알고 있었다.

그녀와 몇 마디를 주고받으면서 그녀 마음속에 도사리고 있는 동양인에 대한 우쭐함은 그녀의 표정과 말에서 쉽게 묻어 나왔다. 즉, 현지 사회 주류인으로 이방인에 대한 적대감이 가득히 나타나 보였다.

그간 밀고 당기는 2년간의 소송 시간이 지나고 최종 판결이 있던 날. 그녀는 오히려 뉴질랜드가 아니고 호주에 살고 있다며 그날 참석하지 못하고 REA변호사의 대독으로 시작되었다. "존경하는 재판장님, 원고인 저는 그때 그 아파트를 놓치는 바람에 부동산 가격이 올라 자녀와 함께 뉴질랜드에서 살기가 어려워 호주(주택가격이 더 비싼 거기는 어떻게 살 수 있을까?)에 살고 있습니다. 그때 입은 손해에 대한 배상을 최대한 받을 수 있게 판결을 내려주시기를 바랍니다."는 판단을 재판장에게 요청했다.

회사에서 지정변호사를 통해 그녀의 요구와 불만족 사항이 사실이 아님을 입증하게 됨에 따라 그녀의 배상 요구는 받아들여지지 않았다. 만약 그때 내가 이민자가 아니고 뉴질랜드 중개사였더라도 그녀가 그렇게 나왔을까 하는 의문을 남겼다.

네 번째 사건은 내가 뉴질랜드에서 부동산중개를 하면서 경험한 중국인의 상술에 대한 흥미로운 이야기다. 흔히 중국인은 장사에 뛰어나다고 한다. 그게 사실일 수도 있다. 하지만 그들은 자국민끼리 서로 돕고 밀어주는 등 좋은 모습을 보이지만 타국민에 대해선 매우 배타적인 근성을 보인다.

지금도 뉴질랜드 은행 모기지 세일의 대부분은 바풋앤톰슨의 시티 모기지 팀에서 해 오고 있다. 이 팀에서 폴과 필립이 오랫동안 노하우를 쌓아 왔기 때문에 은행에서 모기지 세일이 있게 되면, 그들에게 의뢰를 보낸다. 그중에 아파트 모기지 세일일 경우, 내가 그들과 함께 판매를 맡아 해 온 적이 있었다. 아파트 판매는 오클랜드에서 자타가 공인하는 내가 최고로 정평이 나 있었기 때문이다.

사건의 Tetra 아파트는 오클랜드대학 바로 인접한 위치, 85 Wakefield Street에 방 2개, 화장실 2개를 갖춘 약 40㎡의 크기. 위치가 대학에서 가깝기 때문에 학생들이 대부분 살고 있었다. 당초 오클랜드 카운실이 이 아파트의 건축을 허가할 때도 주인은 오직 일 년에 90일간만 살 수 있도록 제한을 두었다.

이러한 이유로 소규모 투자가에게 인기가 높기 때문에 광고가 나가고 4주간 오픈홈 시간에 많은 구매자가 몰렸다. 경매가 한창 진행되는 날 수많은 경쟁자들이 서로 사겠다고 불이 붙었다. 그리고 마지막 한 사람이 낙찰받기 직전에 중국 여자 에이전트가 뛰어들면서 분위기는 반전되었다. 그녀가 데리고 온 고객이 경쟁자를 압도하면서 손을 드는 바람에 그쪽이 이 아파트를 사게 되었다.

문제는 경매가 끝나고 시작되었다. 아파트의 구매자와 중국 에이전트가 나에게 다가와 지금 그 아파트를 볼 수 있느냐고 물어왔다. 나는 즉시 "무슨 말씀인가요? 그럼 그 아파트를 보지 않고 샀다는 거예요?" 하고 되물었다. 그들이 고개를 끄떡이며 구입한 아파트를 지금 볼 수 있게 해 달라고 요청했다. 나는 잠시 어안이 벙벙했지만 임차인과의 사전 약속 없이는 불가능하다고 했다.

그 아파트를 구입한 고객은 옥션 바로 직전에 에이전트의 소개를 받고 아파트를 보지도 않고 그냥 구입했던 것이다. 그래서 4주간 오픈홈을 하면서 그들을 한 번도 본 기억이 없었다. 아니나 다를까? 구매자는 잔금을 치르고 입주를 준비하던 중에 본인이 일 년에 90일밖에 살 수 없다는 조건을 그제서야 알게 되었다.

대부분의 사람들이 이럴 때 자신에게 아파트를 소개한 Selling Agent에 책임을 묻는 것이 일반적이다. 그런데 이 경우 구매자가 같은 동족인 Selling Agent는 아예 빼고, Listing Agent인 폴과 나를 상대로 REA에 클레임을 제기했다.

은행 모기지 세일의 경우 일반구매와는 차이가 크다. 구매자 스스로 대상 물건이 안고 있는 하자를 사전에 충분히 인지하고 구매자 책임하에 구입하도록 법에 정해 있다. 이러한 법과 관습을 무시하고 자신의 실수를 Listing Agent에게 책임을 묻는 건 중국 사람이 아니고서 도지히 상상노할 수 없는 일이다.

이후 알아본 결과, 아파트를 소개한 중국 에이전트는 이 사실을 알고 호주로 떠났다. 고스란히 폴과 내가 그 아파트의 Listing Agent로서 REA로부터 벌금을 물게 되었다. 결과적으로 폴과 나는 다른 구매자에게 팔리게 될 것을 그 중국 여자 에이전트의 침입으로 판매수수료도 잃고 벌금까지 물게 되는 이중 손해를 보았다.

이와 유사한 방법으로 경매장에서 그들이 행하는 걸 한번 들어가 보자. 보통의 경우 에이전트가 경매물건을 자신의 고객에게 판매하려면 사전에 그 손님에게 부동산을 보여 주고 그에 관한 정보를 전달하고 충분히 설명해야 한다. 한동안 Listing Agent가 공을 들여 준비한 경매장에 물건을 구입하고자 혼자 나타난 중국인에게 접근한 에이전트가 그 구매자를 자신의 고객으로 둔갑시키는 재주를 가지고 있었다.

왜냐하면 구매자 입장에서 보면 자신이 구입하고자 하는 물건만 구입하면 되지, 누가 부동산 수수료를 받건 상관이 없는 문제다. 영어가 부족한 돈 많은 구매자는 불안한 심정으로 조심스럽게 경매장에 나타났는데, 같은 언어를 사용하는 에이전트가 옆에서 도와준다는 말이 얼마나 위안이 될까? 그 결과, 경매가 끝나고 판매자가 부담하는 수수료를 그 에이전트는 본인 손님에게 판 것처럼 하여 판매수수료를 챙겨 간다.

다섯 번째 사건은 앞에서 살펴본 부동산이 관련된 것과는 다르다. 뉴질랜드 이민 2세대가 겪게 되는 문화의 충돌 현상을 보여 주는 것이다. 이민자의 동화과정은 비단 이민 1세대만이 겪는 건 아니다. 그들의 자녀 세대가 자리를 잡아가는 과정에서 드디어 이러한 문화적 갈등이 속출하고 있다. 학교, 스포츠, 직장 및 사회 등 모든 면에서 이러한 현상들이 일어나고 있다.

이민 2세대가 겪고 있는 문화적 갈등의 한 단면을 뉴질랜드 사회 곳곳에 만연해 있는 '키 큰 양귀비 증후군' 현상을 중심으로 살펴보자.

신푸른솔이 초등학교에 입학하면서는 영어를 모른다는 이유로 학생들과 선생님으로부터 심한 왕따(Bullying)를 겪기 시작했다. 그리고 이것이 극복된 후에는 동네 축구를 시작으로 지역별 축구팀에 발탁되는 과정과 청소년 대표팀으로 선출되는 모든 과정에서 팀 내의 동료들로부터 크고 작은 왕따를 끊임없이 겪어 왔다.

지역예선전에서 나는 푸른솔의 부모로서 상대방 코치로부터 "느네 본국으로 돌아가라."는 욕설은 예사로 듣는다. 이럴 때면 나도 한 치의 물러섬 없이 축구장 밖에서 그들과 얼굴을 맞대고 싸웠다. "뭔 소릴 하는 거야? 이게 나의 나라다. 느네 조상들은 어디서 왔지? 이주자이기는 마찬가지 신세인데 주둥이 닥쳐라!" 이렇게 외치면서 나는 그들에게 한 치의 양보도 없었다.

그가 고등학생이 되면서 자기 학교를 1부 리그의 정상 자리에 올려놓았다. 매 경기 한두 골을 넣어 12경기에서 15골을 넣으며 리그에서 최고 득점을 고수하고 독일로 떠난다. 경기가 시작되면 상대 팀 코치는 그를 요주의 선수로 지목하고 키 큰 수비수를 시켜 손으로 가격하거나 태클로 고의로 부상을 입힌다. 만약 이때 그가 아무리 사소한 반응이라도 보이면 주심은 여지없이 그에게 레드카드를 꺼내 든다.

그가 13세가 됐을 때 이러한 난관을 극복하고 뉴질랜드 유소년대표팀으로 발탁되었다. 동양인으로서 험난한 경쟁의 벽을 뚫고 그 자리까지 오르게 되는 동안 힘든 역경이 많았다. 같은 팀에 주전 공격수 자리를 놓고 경쟁하는 선수들이 연습경기가 있을 때마다 일부러 공을 엉뚱하게 보내면서 넌지시 "넌 그것도 못 잡나?" 하고 골려대기 일쑤다.

그에 대한 왕따는 다양한 형태로 행하여진다. 지역팀끼리 붙는 유소년 대표팀 선발전에서는 소속 감독은 자신이 좋아하는 선수를 대표팀에 발탁시키기 위해 고의로 선발출전에 그를 빼고 경기를 진행한다. 그러다 상대 팀에 곤욕을 치르다 운동장 안팎에서 그를 빨리 출전시키라는 원성을 듣고 코치는 그때 부랴부랴 출전시킨다. 경기장에 들어가는 즉시 게임을 뒤집어 놓는 일은 허다하게 일어난다.

유소년대표팀에 선발된 후 지역팀과 연습경기가 시작되면 팀 내 선수들이 그의 공격을 따돌리기 위해 의도적으로 패스타임을 늦추거나 다른 선수에게 공을 보내 무기력한 경기 운영을 일관한다. 감독은 이 사실을 알고 있으면서 팀 운영을 위한다는 목적으로 모른 체하고 넘어간다.

푸른솔이 독일에서 2년간의 청소년 축구를 마치고 뉴질랜드로 귀국하면서 왕따는 확연하게 드러났다. 축구협회는 2007년 20세 이하 월드컵 대표팀 공격수로 기다렸다는 듯이 그를 선발했다. 하지만 오세아니아주 예선전을 치를 때였다. 피지팀과 첫 경기가 시작과 동시에 피지팀에게 일격을 당해 1-0으로 뒤지게 되었다.

후반전에 그가 빠른 스피드를 이용하여 공격 포인트를 올린다. 감독은 그를 빼고 자신이 끼는 선수로 교체해 버린다. 평소에도 그 선수는 특히 푸른솔을 질투하던 중이었다. 운동장 안팎과 선수선발 책임자의 즉각적인 항의에도 감독은 아랑곳하지 않는다.

예선전이 계속되는 동안 신푸른솔에 대한 Bullying은 선수촌에서 며칠 동안 계속되었다. 결국 갖가지 압박을 받으며 수면과 휴식을 취하지 못해 그는 선수촌을 나왔다. 이 소식을 듣고 내가 잠시 감독진을 만나서 대화를 했지만, 그가 다시 선수촌으로 돌아오면 받아주겠다는 빈 약속뿐이었다.

심지어 팀 전체가 그를 이단자로 취급하여 정신병자로 몰아가고 있었다. 이 사건이 있고, 결국 그는 캐나다의 2007년 20세 이하 축구 월드컵 본선에 참가하지 못했다. 팀에서 경쟁의 위치에 있는 선수들이 자신의 불안한 위치로 인해 의도적으로 그에게 시기와 질투로 일관하는 것이다.

양귀비 증후군의 어원은, 헤로도토스가 자신의 책에서 이를 언급하면서 시작된다. 로마의 황제가 신하를 시켜 제국을 어떻게 하면 잘 다스릴 수 있을까 하는 조언을 구하는 사신을 현자에게 보낸다. 현자는 아무런 대답 없이 정원을 걸으면서 다른 것보다 '높이 솟은 양귀비만'을 골라 잘라서 땅에 버렸다. 사신은 돌아와 황제에게 현자의 이상한 행동을 아뢰었다. 황제는 그가 주는 뜻을 이해하고 제국을 현자가 가르쳐 준 대로 다스렸다고 한다.

현대로 오면서 자식을 키우는 부모들은 자식을 '키 큰 양귀비'로 키우지 않으려고 노력하게 된다. 여기에 좋은 예가 있다. 노무현 대통령 모친이 "야 이놈아, 모난 돌이 정 맞는다. 계란으로 바위 치기다. 바람 부는 대로 물결치는 대로 눈치 보면서 살아라!"라 그에게 가르쳤다. 지금 와서 지난 시간을 되돌아보면 노 대통령이나 나의 작은놈이 이 현상의 희생자가 되어 '정'을 맞지 않았나 하는 생각이 든다.

동화라는 용어가 등장하게 된 배경은 고대 로마제국이 주변의 정복지로부터 들여온 많은 용병들과 이주자를 로마인으로 동화시키는 과정에서였다. 당시 피지배 민족은 지금과는 달리 오히려 로마인으로 동화되는 것을 스스로 자랑스럽게 여겼다.

시간이 지나게 됨에 따라 동화개념이 변화를 맞게 된다. 18세기 미국이 처음 건설될 당시 영국의 청교도들은 불모지의 원주민을 말살하고 아프리카 흑인 노예들을 들여와 반목과 갈등으로 나라를 건설하기 시작했다.

1920년대가 되면서 아메리칸드림을 이루고자 전 세계로부터 이주자들이 미국으로 몰려들었다. 이 과정에서 이주자들이 먼저 정착한 주류사회와의 관계를 경쟁, 화해, 동화로 거치는 과정을 학자들이 하나의 용광로(Melting Pot)라는 이름을 붙였다.

세상이 변하여 이주가 급격히 늘어나게 됨에 따라 기존의 이론에 수정이 불가피해졌다. 이주자들이 자신의 본래 문화를 보존하려는 욕구가 강하게 일어났다. 그래서 이러한 다양성을 전제로 한 새로운 동화이론이 생길 수밖에 없다.

다문화사회를 국가의 정체성으로 표방하고 있는 캐나다와 같은 나라의 등장을 불러오게 된다. 각 이주자들이 자신의 전통문화를 유지하는 속에 캐나다라는 더 큰 상위문화에 융합하면서 큰 그림을 완성해 가는 모자이크 사회를 완성하는 것이다. 캐나다는 다양한 문화와 각기 다른 배경의 사람들이 모여 사는 다문화사회를 정책이념으로 선택하게 되었다.

내가 살고 있는 뉴질랜드도 다문화사회이기는 마찬가지다. 마오리 원주민이 약 1,500년 전에 정착해 살고 있는 바탕에, 유럽인들이 유입해 들어와 새로운 뉴질랜드 사회를 건설해 놓았다. 최근에는 아시아의 이주자들이 급증하면서 뉴질랜드도 이제는 캐나다에 못지않은 다문화사회로 발돋움하고 있는 나라다.

2018년 통계청의 자료에 의하면 뉴질랜드 인구 구성은 유럽계 66%, 마오리 원주민 16%, 아시아계가 15%, 기타 3%로 다양하게 변모해 가고 있다. 앞으로 20년이 흐르면 아시아인이 전체 인구의 20%에 육박할 거로 예상하고 있다. 그야말로 문화의 다양성을 전제한 모자이크 사회가 되어 가고 있다.

어차피 인간은 혼자만이 살아갈 수 없다. 다 같이 어울려서 살아가야 할 운명을 안고 타고 난다. 공생만이 인류가 지향해야 할 생존 가치이다. 따라서 앞에서 일어났던 몇 가지 사건도(내가 뉴질랜드에 정착해 오는 동안 몇 가지 사례만 들었다) 이러한 다문화사회를 지향해 가는 과정이라고 봐야 한다. 특히 2019년 말부터 발생한 코로나 현상은 기존 가치를 흔들어 놓고 있다. 세계는 이제 다양성을 전제로 한 협력과 공존만이 우리 인류가 지향해야 할 생존 가치라는 걸 명심해야 한다.

4장

사랑이 남긴 선물

삶이란 지나고 보면
잠시도 멈출 수 없는 것만 같아
숨 막히도록 바쁘게 살아온 세월

인생에 주어진 특권인 젊음도
흘러가는 세월 속으로 떠나가 버리고
지나간 추억 속에 잠자듯
소식 없는 친구들이 그리워진다.
그리움 너머로
보고 싶던 그 얼굴도 하나둘 사라져 간다.

어느 사이에
황혼빛이 다가온 것이 너무나 안타까울 뿐이다.
흘러가는 세월에 휘감겨서
온몸으로 맞부딪히며 살아왔는데
벌써 끝이 보이기 시작한다.

휘몰아치는 생존의 소용돌이 속을
필사적으로 빠져나왔는데
뜨거웠던 열정도 이제 그 온도를 내려놓는다.

삶이란 무엇인가?
지나고 보니 바로 나로 사는 나의 시간이다.
자신이 지향하는 방향과 자신의 내면적 욕망이 일치하기 때문이다.
내가 꿈을 꿀 때 비로소 진정한 나로 존재한다.

그러나 꿈을 꾸고 있을 시간이 이제는 한순간이기에
남은 세월에 애착이 가고 서러워진다.
부디 곁에 있는 친구와 의좋게 세월을 보내세요.
인생에 인연은 단 한 번이다.
울지도, 아프지도 말고 살아요!

- 블로그 아톰, 2021년 3월 25일 -

　어느 날 오클랜드 시내 식당에서 식사를 하면서 두 젊은이의 이야기를 엿듣게 되었다. 서로가 친구에 대한 자신의 의견을 주고받는 중이었다. 과연 이들이 이야기하고 있는 진정한 친구는 누구인가? 하는 의문을 품는 계기를 맞았다. 나는 남들에게 이러한 진정한 친구일까:

　친구A : 너는 나를 진정한 친구로 여기고 있는 게 확실하지?

　친구B : 물론이지. 근데 왜 그걸 갑자기 물어봐? 내가 아니면 누
　　　　가 너를 진정한 친구로 생각하겠나?

　친구A : 하지만 내가 어려울 때 네가 진정으로 그 어려움을 알고
　　　　나를 도울 수 있는가를 알고 싶어. 실은 지금 내가 하고
　　　　있는 사업에 빨간 불이 켜지게 됐거든.

　친구B : 자네가 아플 때, 그 아픔을 나눌 수 없으면, 내가 어떻게

자네 친구라고 자부할 수 있겠나? 자네가 필요하면 무슨 일이든지 뛰어갈 자신이 있으니 염려 말고 하던 사업을 계속해서 용기 있게 밀고 나가. 내가 도와줄게. 그래야 내가 필요할 때 네가 날 도와줄 게 아닌가?

친구A : 고맙다. 친구야! 나는 행운아다. 너 같은 진정한 친구를 가지고 있다는 게 자랑스럽다. 우리 술 한잔씩 들자! 그래, 네 말에 용기와 자신감을 얻었다. 자신 있게 하던 사업을 끝까지 밀고 나갈게!

이 대화를 들으면서 내가 임프레션을 시작하고 어려울 때 저런 친구가 있었다면 용기를 잃지 않고 계속해 나갔을 텐데! 하고 나를 되돌아보게 된다.

여기까지 이야기를 듣고 나는 마음속으로 혼자서 '그래 맞다. 진정한 친구는 그가 아프고 괴로워할 때 그를 위로해 주고 같이 그 아픔을 나눌 수 있는 친구여야 한다.'고 생각하게 된다. 서로가 편안하고 정상일 때는 친구를 그렇게 필요로 하지 않을 수 있다. 만날 때마다 허심탄회하게 재미있는 일과 인생의 담론을 나누면서 즐겁게 지내면 된다.

하지만 친구가 아프거나 사업으로 곤경에 처할 때, 친구의 도움이 절실해진다. 이럴 때 친구를 도울 수 있는 친구가 진정한 친구다. 내가 살아오면서 이러한 친구를 과연 몇이나 두었을까?

우선 진정한 친구를 원하기 전 내가 먼저 남의 진정한 친구가 되기 위한 노력이 있어야 한다. 또 모든 사람의 친구가 될 수는 없다는 것도 알아야 할 것 같다. 내가 좋아하고 서로가 마음에 와닿는, 그러한 친구를 사귀면 된다. 인간은 누구나 긴 여정을 함께 할 몇 사람의 친구가 필요하다. 이제 껏 살아오면서 진정한 친구는 최소한 이런 정도는 돼야 하지 않을까 하는 것을 나름대로 정리해 보았다.

진정한 친구는; 내가 없는 곳에서 나를 칭찬해 준다. 인간은 누구나 경쟁의식을 가지고 살아가게 마련이다. 친구 간에도 보이지 않는 경쟁은 있다. 내가 보이지 않는 곳에서 나를 칭찬해 줄 수 있는 친구는 약과도 같은 친구다. 필요할 때 언제나 나의 아픈 곳을 치료해 줄 수 있다.

진정한 친구는; 진심으로 친구를 걱정해 준다. 사람들은 남에게 바라는 것이 있을 때만 나타나게 된다. 동창회에 나타나는 놈은 친구에게 돈을 꾸거나 자식 결혼식이 있을 때만 나타난다고 한다. 이를 뒤집어 생각하면, 우리가 필요할 때 우리를 위해 있어 줄 수 있는 진정한 친구를 찾을 수 있다는 이야기도 된다. 이러한 친구들은 몇 달 혹은 몇 년간 보지 못하더라도 늘 함께 있는 것처럼 느껴진다. 이것이 바로 진정한 우정이다.

진정한 친구는; 서로를 믿고 신뢰를 쌓을 수 있어야 한다. 다른 사람들이 아무리 둘 사이를 갈라놓으려고 험담을 하거나 비방을 해도 친구를 끝까지 믿어 준다. 그래서 우정에도 오래도록 유지하기 위해 잘 관리하고 영양분을 수시로 주입할 필요가 있다. 친구가 필요한 순간에 같이 있어 주고 참여하는 노력이 필요하다. 친구가 잘됐을 때 축하해 주고, 친구가 넘어졌을 때는 같이 아파해 주고, 친구가 힘든 시간을 보낼 때 어깨를 맞대 줄 수 있어야 한다.

회고록을 쓰면서 나를 되돌아본다. 나는 나의 친구들에게 어떠한 사람이었을까? 세상의 모든 사람을 똑같이 사랑하길 좋아한다. 구별하지 않고 대등한 사람으로 남을 사랑하고자 하는 게 나의 기본적인 사랑관이다. 거창하게 말하면 세계시민주의라고 할까? 이는 종교적인 사랑이 아니고 어느 한쪽으로 치우치지 않는 평등한 사랑의 실천이라고 하고 싶다.

14.

유년기 친구

지금까지 길을 걷다 돌부리에 넘어지기도 하고 돌을 차면서 발을 다치기도 했다. 한결같이 서로가 아픈 발을 어루만져 주고 아픔을 같이하면서 살아왔다. 일일이 그들을 위로하고 감사의 말을 전하지 못했지만 나를 사랑해 준 그들에게 감사의 말을 전하고 싶다.

혼자서 곰곰이 생각해 본다. 평생을 살면서 내가 준 것보다 더 많은 사랑을 친구로부터 받았다. 남이 나에게 사랑을 베풀기 전에 내가 먼저 사랑을 시작했다. 사랑은 기다림이 아니고 주는 데 있다. 베푸는 사랑에는 선악을 크게 구별하지 않는다. 사람은 누구나 선하고 평화로움을 사랑하는 것으로 난 본다. 그 때문에 낭패를 당하기도 했다. 하지만 선하고 착한 사람들이 세상에는 더 많다. 그것이 우리가 지구상에서 살아남은 이유이다.

일찍이 학교에 오가는 양촌에 나의 종씨며 한두 살 밑이던 신외둘(아래 졸업사진 셋째 줄 왼쪽에서 네 번째)을 동생처럼 좋아했다. 내가 막내였기 때문에 동생이 있어 오빠라고 불리는 게 좋았다. 그는 나를 오빠라고 부르며 따랐다. 학교를 오가는 길에 수시로 그 집에 들렀다. 부모님과 오빠, 언니들을 만나고, 그들 모두 나를 가족처럼 여겼다. 이날도 나는 나의 동생 꿈을 꾸었다. 2021년 1월 12일 새벽에 나는 어릴 때 학교에 오가면서 했던 것처럼 외둘이 집에 들어선다:

> 집을 들어서는 순간, 저만큼의 거리에 앉아서 무얼 하고 있었다. 반가워 쫓아가 그를 안으려고 했는데, 그가 약간 멈칫거렸다. 그러면서 저편에 있는 자기 애를 부른다. "철구야!" 하고. 그놈이 "엄마 친구야?" 하고 다가서면서 우리 사이에 끼어들었다. 그제서야 외둘은 나를 향해 "오빠!" 하고 반기며 안겼다.

초등학교 시절에 사랑을 나누던 소꿉친구들이 많다. 우리 동네 신기선, 신경자, 신차수, 구종임. 아랫동네에 살던 안영희, 연극 파트너 정순남이, 태섭이 누나 등.

신기선(둘째 줄 오른쪽으로부터 네 번째)은 나와 같은 해 우리 동네에서 태어난 동갑내기다.

학교에 늦게 간 것도 같고, 여러 면에서 서로가 비슷한 게 많았다. 내가 부산으로 오고 난 후 그도 부산으로 와 큰형수가 다니던 조선방직공장에 형수의 소개로 다니면서 우리 집에 얼굴을 자주 비쳤다. 지금 기억해 봐도 기선은 초등학교에 다니는 내내 나의 경쟁자이면서 또 언제나 나의 여자 동업자였다(내 여자 친구 문제는 그가 중간에서 해결했다).

거기에 비해 우리 동네 신차수(제일 뒷줄 왼쪽에서 두 번째)는 남자 친구로서 언제나 나의 협조자였다. 내가 시키면 군소리 없이 나를 따라주었다. 그런데 그가 일찍이 세상을 떠났다는 가슴 아픈 소식을 전해 들었다. 차수야, 네가 내 곁에 같이 있을 동안에 너무 즐거웠다. 부디 좋은 곳에서 다시 만날 수 있으면 좋겠다.

1965년 운곡초등학교 제16회 졸업식 사진. 맨 뒷줄 왼쪽에서 다섯 번째가 신한옥이다.

1학년 말 학예발표회에서 〈토끼와 거북이〉 우화의 연극 파트너이던 정순남(넷째 줄의 왼쪽에서 다섯 번째)은 지금쯤 어디에 있을까? 그는 졸업 사진에 보이는 것처럼 늘 단발머리를 하고 다니며 아주 깜찍하게 예뻤다. 약간은 개성이 있는 성격이었다.

아랫동네에 살았던 코흘리개 안영희(둘째 줄 오른쪽에서 두 번째)는 지금쯤 살아 있을까, 죽었을까? 나는 어느 날 네가 보고 싶어 기선이랑 차수

랑 같이 야밤에 동네까지 찾아가 빈집에 모여 앉아 눈이 큰 네 얼굴을 쳐다보고 놀았던 그때 기억이 선하다.

71년 고등학교를 졸업하고 입영하기 위해 신체검사를 받으려 창원에 들렀다. 이때 동네 동생뻘이던 신이목, 이천호와 같이 마산 4·19탑 앞에서 사진을 찍었던 기억이 난다. 이목이 아버지는 내가 어릴 때 우리 동네 목수였다. 나도 어릴 적에 무얼 만들기를 좋아했다. 만약 내가 중학교에 다니지 않았으면, 이목이 아버지에게 목공 일을 배워 동네 목수가 됐을지도 모른다. 항상 마음속에 목공 일을 동경하고 있었다.

15.

청소년기 친구

중학교를 부산에서 다니게 되면서 초등학교 친구들은 기억에서 멀어져 갔다. 이 시절에 친하게 지냈던 친구들은 이미 성장기에서 많이 언급했다. 별도로 생각나는 친구는 이찬교. 그는 얼마 후 이름을 이운찬으로 개명했다.

운찬은 키도 크고 잘 생겨 동네 계집애들에게 인기가 많았다. 우리가 만나면 동네 애들이 그만 졸졸 따랐다. 나는 키가 작아서 그랬는지 별로 거들떠보지 않았다. 살던 집이 해운대였기 때문에 우리는 만나면 해운대 백사장, 동백섬, 태종대 등 바다를 다니며 놀았다. 물 밑에 잠수하면 3분 이상 숨 쉬지 않고 고동, 멍게, 미역 등 해조류를 건져 먹고 놀았다.

고등학교에 다니던 어느 날 그와 연락이 닿게 되어 아끼던 외돌을 그에게 소개했다. 이후 둘은 펜팔(당시 편지로 사랑을 주고받는 걸 이렇게 불렀다)을 주고받다 양촌에서 만났다. 외돌은 그에게 홀딱 빠졌지만 운찬은 열정이 식었는지 연락을 끊었다. 외둘은 나를 통해 운찬을 만나고 싶어 했지만 변심한 바람둥이 마음을 돌리기는 어려웠다. 서울에서 군 생활을 할 때, 이사 간 인천집을 찾았지만 헛수고만 했다.

중학 시절 그렇게 각별한 사이였던 두수는 한동안 잊고 있었다. 그가 군 생활을 할 때 부산의 차량재생창에 근무하던 나의 큰형을 알아냈다. 그후 조심스럽게 내 소식을 물었지만 큰형 생각에 혹시 피해가 갈까 봐 내 연락처를 알려 주지 않았다고 한다.

그러다 마침 군 친구 한 명이 뉴질랜드에 있는 걸 알고 그를 통해 나에게 연락이 왔다. 중학 친구 중 유일하게 아직도 소식을 전하며 연락하고 있다. 한국에 갈 때면 제일 먼저 그를 만난다. 중령으로 제대하고 기장에서 인력회사를 끌어가고 있다. 화목한 가정을 꾸려 가족끼리 골프 및 여행으로 돈독한 친목을 다지고 있다는 소식을 전해 듣고 있다.

중학교 시절에 잊을 수 없는 선생님 세 분이 계신다. 한 분은 내가 야간에 입학할 때 만난 구태봉 은사. 선생님은 내가 교복을 입고 배정중 야간반에 문턱을 넘어서는 순간부터 나를 좋아하셨다. 물어보지도 않고 바로 나를 반장으로 지명하셨다. 이유는 나도 모른다. 선생님은 나와 김두수, 이종근을 3학년이 되면서 주간에 올려 주셨다.

그 후에도 내가 필요할 때마다 가정교사 자릴 매번 구해 주셨다. 그런데 나는 그에 대한 보답을 제대로 해 드리지 못했다. 뒤늦게 선생님에게 감사의 표시를 할까 하고 몇 년 전에 학교를 찾았다. 학생 수가 줄어서 중학교는 폐교되고 찾을 길이 없었다.

또 한 분은 주간반에 올라오기 전 야간에 있을 때 서봉태 영어 선생님. 선생님은 술과 여자를 하도 좋아하는 편이라 우리가 선생님 집에서 영어

과외를 받을 때도 사모님과 치고받고 할 정도로 두 분의 사이가 좋지 않았다. 그때 내 눈에 비친 선생님의 인상은 털이 복슬복슬하며 잘생겨 뭇 여성들에게 인기가 있었을 테다. 그러니 사모님은 남편 걱정을 늘 했다. 하루도 바람 잘 날이 없었다. 간혹 얼굴에 반창고를 붙이고 수업에 나타나곤 했던 기억이 난다.

그리고 내가 3학년 주간반으로 올라올 때 우리 반 담임을 맡았던 차상열 수학 선생님. 선생님은 당시 뱃심이 좀 있었다. 학교재단에서 특수반을 구성하여 부산고와 경남고 입학을 목표로 삼고 집중적으로 공부를 시켰다. 우리는 하루에 도시락을 두 개씩 들고 다녔다.

우리 반 담임 차상열 선생님은 수학 담당이었다. 다른 과목 성적이 괜찮은 편이었지만, 수학은 별로 좋지를 않았다. 그래서 선생님이 다른 애들에게 과외공부를 할 때 집안 형편이 그렇게 넉넉하지 않은 걸 알고 나를 공짜로 끼워 주셨다. 대신 주말이면 내가 선생님 집을 봐주고 가족과 함께 야외로 나갔던 기억이 난다. 선생님의 너그러움 덕에 내가 부산고등학교에 무사히 입학할 수 있게 되었다. 선생님은 건강이 좋지 않아 일찍이 돌아가신 걸로 들었다.

때는 1976년 12월 한 날, 서울에서 행정고시 19회 2차 시험을 치고 사공술 선배와 기차를 타고 부산을 내려오는 중이다. 공부, 세상, 경제, 데모, 현정권 등 시국에 대한 열변을 토하면서 우리는 소주잔을 기울이고 있었다. 동문, 학연 등과 같은 고리타분한 연고에 대한 생각을 떠나 같은 각자한 인간으로 친구처럼 느껴지게 되었다.

선배는 대뜸 "야! 한옥아, 비록 학교는 내가 먼저 나왔지만, 세상은 네가 선배잖아? 우리 이제 그만 말 놓고 지내자!" 하고 말 트기를 원했다. 그건

안 될 말이라고 대답했다. 먼저 태어나고 조금 더 살았다고 정해진 질서와 법은 바뀌지 않는다. 학교나 사회에 나왔을 때도 나는 그를 선배로 깍듯이 대접해 왔다.

그 후 선배는 부산대 경제학과에 재학 중 몇 번의 휴학과 복학을 거듭하였다. 1980년대 부산지역 학생운동을 이끌며 조직책으로 연행되어 수사관으로부터 구타를 당해 허리를 다쳐 평생 그 후유증에 시달렸다.

선배는 제17회 사법고시 1, 2차를 통과했지만 3차 인터뷰에서 데모 전과자로 낙인찍혀 떨어지는 수모를 겪었다. 그로 인해 기업체 취직이 어려워 부산은행(뒤에 국제신문 기자)에 적을 두고 생계를 이어 갔다. 학생운동을 한창 할 땐 야당 서석재 의원의 연설문을 작성해 나와 같이 그에 대한 의견을 주고받던 기억이 어제와 같다.

왼쪽으로부터 동기 김병곤 열사, 사공술 선배, 동기 하상조 교수.

그는 결국 자신의 꿈이 이뤄지는 걸 보고 세상을 떠났다. 당시 부산대 운동권 학생 양영진, 최종철 열사와 함께 5·18 민주화운동 유공자로 인정돼 2011년 10월 12일에 광주 국립 5·18 민주 묘지에 잠들어 있다.

고등학교 동기생 중 민주화운동에 37년이란 짧은 생을 바친 사람이 있다. 김병곤 열사는 1953년 김해에서 태어나 그곳 한림초등학교를 졸업했다. 1971년에 서울상대 입학을 하고부터 1973년 10월 박정희 유신체제 반대운동으로 구속되기 시작했다. 이듬해 그는 이철, 유인태 등과 함께 민청학련 사건으로 다시 구속돼 사형이 선고되었다. 사형선고를 받고, "영광이다. 아무것도 한 일 없는 저에게 이렇게 사형이라는 영광스러운 구형을 내려주니 감사하다."며 웃었다는 일화가 있다.

병곤은 1978년 동일방직 사건, 1980년 계엄령 위반, 1984년 민청련상임학련 사건 등 15년 동안 박정희, 전두환의 두 군사정권에 맞서 우리의 민주화운동을 한 장본인이다. 사형선고 및 여러 번의 투옥 생활을 한 끝에 위암 3기를 넘기지 못하고 1990년 12월 6일 서른일곱 짧은 삶을 마감했다.

졸업 후 병곤이와 만나게 된 것은, 새한자동차 중부산사무소에 취업해 있을 때였다. 그가 자주 나를 찾았다. 그때 우리는 광복동 일식집에 앉아 세상 한탄을 털어놓으며 서로를 달래며 위로하던 시간이 많았다. 우리가 만날 때도 구속 중에 하도 많이 구타를 당해 허리는 힘을 쓸 수 없고 구부정했다. 하지만 카랑카랑한 목소리만은 여전했다. 그와 이야기하는 동안 살기 위해 바둥거리고 있는 내 모습이 구차하게 느껴졌다. 37세라는 짧은 생을 살다 간 그에게 오늘을 살고 있는 우리는 큰 짐을 지고 있다. 우리가 즐기고 있는 오늘의 자유와 민주에 대해 그들의 헌신에 감사해야 한다.

그들은 조국이 억압받거나 침략당할 때 여기에 맞서 저항운동을 하며 자신의 목숨을 초개같이 버렸다. 그래서 그들의 정신과 행동이 더 값지고 가치가 있는 것이다. 하지만 내가 사랑하고 존경했던 동기생 하상조는 무슨 이유 때문에 일찍이 생을 마감하게 됐을까?

같이 학교 밑에서 하숙을 하면서 언제나 머리를 맞대고 의논을 해 오던 서로가 서로에게 정신적 기둥이던 하상조. 그와 같이 이야기를 하다 보면 머리에는 세상 그 무엇에 대한 저항이 가득한 반골이라는 걸 쉽게 알 수 있다. 왜 그럴까? 이러한 정신적인 고통과 고뇌는 스스로의 몸을 빨리 쇠퇴하게 만드는 것일까? 아니면 뇌사라도 일어나는 것일까? 그 이유를 묻고 싶다.

그래도 학문에 대한 사랑과 열정의 끈을 끝까지 놓지 않고 어렵사리 부산 동의대 교수 자리를 얻었다. 학생들에게 민생경제 및 풀뿌리경제를 가르치다 자신이 가진 '한'의 꽃망울을 다 피우기도 전에 그는 죽었다.

자신의 내일을 한 치도 몰랐던 그는 나를 데리고 이곳저곳 무료 치료할 수 있는 곳만 찾아다니는 수고를 마다하지 않았다. 결국 상조의 노력으로 나의 치아는 회복되었다. 지금 그가 살아 있다면 눈물 고인 소주를 마음껏 마시면서 한바탕 웃음을 터뜨릴 수 있을 텐데! 웃을 때 덧니가 희멀겋게 보이던 상조의 얼굴이 눈앞에 아롱거린다.

16.

대학 친구

재수 후 부산대 행정학과를 들어가서 한 여성을 만나고 가슴앓이를 하다 입영하게 된 짧은 시간. 이때 만난 여상범은 제대 후 복학했을 때도 상당히 가깝게 지냈다. 상범은 내가 입영을 할 때 나에게 스스로 약속한 게 있다. 내가 제대하고 돌아올 때까지 그녀를 고스란히 지켜 주겠다던 약속.

휴가를 받아 그녀를 만나기 위해 대학을 찾았다. 유학에서 돌아온 오빠들의 간섭이 있는 것 같다는 소식을 전해 주며 나보다 더 안타까워하는 모습이 눈물겨웠다.

내가 제대 후 복학했을 때 상범은 정신적인 질환을 겪었다. 지금 생각해 볼 때 일종의 조현병과 같은 피해망상증인 것 같았다. 이때는 내가 오히려 상범이의 보호자 역할을 자처했다. 그 당시 영도 누님 집에 살고 있을 때다. 집에 가면 자형이 꼭 자신을 죽일 것 같다는 공포에 휩싸여 집에 들어갈 수 없다는 피해의식에 사로잡혀 있었다. 내가 같이 누님 집에 동행하기도 했다. 또 우리는 만날 때마다 많은 대화를 나누면서 언쟁을 하고 틀어지기도 했다.

뉴질랜드로 이민 온 후 들리는 소문에, 고향 하동에 있는 절에 들어가 이름난 중이 되었다고 한다. 지금도 여러 채널을 통해 찾으려 해도 눈에 띄질 않는다. 혹시 무슨 일이 생겼을까?

약간 별다른 만남이 있었다. 서울에서 군 생활을 하면서 만나 제대 후 대학교정에서 또 만난 사람. 정경퇴 사장은 군에서 나의 졸병이었다. 제대 후 어머님이 운영하던 서면 롯데상가 근방 약국에서 자주 만났다.

군 생활을 할 때 알고 지내던 예쁜 여인이 면회를 와서 나도 잘 아는 사이가 되었다. 그런데 정 사장이 제대 후 복학하면서 같은 과 학생을 사귀면서 옛 애인을 멀리하기 시작했다. 이때 그 여인이 법대 독서실로 찾아와 정 사장을 만나게 해 달라는 부탁을 많이 받았다. 하지만 정 사장 마음은 물리학과 학생에게 이미 가 있었다. 이후 결혼을 하고 내가 이민을 올 무렵에는 삼촌이 하던 일본과의 생선 수출 비즈니스를 이어받아 운영하고 있었다.

어느 날 훈련을 하러 갔다 돌아오는데 얼굴이 새까맣게 그을린 신병이 내무반의 식기를 닦고 있었다. 내 밑에 신병이 생겼다는 기쁨에 몇 가지를 물으면서 그가 부산에서 왔다는 걸 알았다. 그때부터 난 그를 무척 끼고 살았다. 다른 병들에게 기합을 줄 때도 그를 일부러 교대근무를 시켜 내보냈다. 그가 제대하고 부산에 왔을 때 내가 다니고 있는 새한자동차에 취직까지 시켰다. 서로가 무슨 일이 생기게 되면 손발을 벗고 나서는 절친이었다. 탈무드의 첫 번째에 해당하는, 언제나 필요한 빵과 같은 친구라고 할까?

내가 한국을 떠나고, 그가 부인과 헤어진 후 아이 둘을 남겨 두고 세상을 떠났다는 소식을 새한자동차 후배를 통해 들었다. 내가 이전에 알고지내던 동아대학 출신 박Y복을 그에게 소개하여 한동안 둘은 사귀었다. 박Y복 씨가 그와 사귀던 중 도태신이 대학을 마치지 못했다는 이유로 둘은 헤어졌다. 박Y복 씨는 어머니의 강요로 다른 남성과 결혼을 했지만, 그 사람이 심각한 병을 앓고 있다는 소식을 박Y복 씨 친구를 통해 뉴질랜드에서 들었다.

이 소식을 전해준 공모 씨는 당시 몰래 태신을 짝사랑했다고 뉴질랜드에서 만났을 때 나에게 귀띔해 주었다. 그리고 박Y복 씨도 그때 그를 배신한 것에 대해 후회하고 있다는 것까지 들었다. 하지만 태신은 그러한 사실을 전혀 모르고 세상을 떠났다. 이민 온 후에도 나는 그를 무척 그리워했다. 비록 가정 형편으로 대학은 마치지 못했지만, 사람을 끄는 매력 있는 친구였다. 그가 살아 있다면 손에 꼽을 수 있는 몇 친구들 중 한 사람일 게 틀림없다.

복학을 하고 대학 및 대학원을 다니는 동안 존경하는 교수 몇 분이 있다. 모두가 공부에서부터 세상 살아가는 법까지 인도해 주신 분들이다. 내가 제일 좋아했던 교수는 김학노 교수. 교수님은 아버님이 부산대 총장을 지내셨던 자식으로 훌륭한 교육계의 가풍을 이었다. 내 결혼식의 주례를 의뢰했지만 본인이 고사하고 고령이신 이완영 교수에게 양보하는 미덕을 가지신 분이다. 나의 실력을 솔직하게 평가하고 질책을 아끼지 않았고, 장학금 지급에 앞장서 주신 분이셨다.

고시 공부를 할 때 많은 도움을 받았던 형법학 출제자 이완영 교수는 나를 무척 아끼셨다. 남들 앞에서 나를 자신의 수제자로 서슴없이 소개했다. 교수는 내 결혼식 주례로 예정돼 있었지만 늦게 오는 바람에 주례사를 못 해 준 짐을 졌다.

특히 당시 법정대학 정 학장을 잊을 수 없다. 학교 다닐 동안 법대 독서실장 자리를 누구에게도 내주지 않고 끝까지 나를 앉혔다. 당신 밑에 조교로 있는 여학생을 서슴없이 나에게 소개까지 해 주셨다. 비록 나의 왜소한 키 때문에 실패로 끝나게 된 일이었지만 학장은 나를 그렇게 작다고 생각하지 못했던 것 같다.

17.

사회에서 만난 이들

　우리는 한평생을 사는 동안 여러 가지 이유로 사람들을 만나고 헤어진다. 가정, 학교, 직장, 군대, 취미, 종교 등 다양하게 사람을 접하게 된다. 이들의 만남은 우연에 의한 경우가 많다. 우연도 자주 만나게 되면 인연이 된다.

　만남을 인연으로 만들려면 다른 점보다 비슷한 점을 찾아야 한다. 서로 공감할 만한 것은 무엇인지, 무슨 대화를 하면 저 사람과 가까워질 수 있는지를 찾다 보면 어느새 친해져 있다. 처음부터 마음을 터놓고 만나기는 어렵다. 서로가 자주 만나고 대화를 하다 보면 가까워지게 마련이다. 한평생 터놓고 이야기할 수 있는 진정한 친구 세 명만 있으면 성공했다고 한다. 《탈무드》에 나오는 세 친구 이야기를 어디 한번 들어 보자.

　어느 날 한 남자가 궁궐에 있는 왕의 부름을 받게 된다. 갑작스러운 왕의 부름을 받자 그는 자기가 혹시 무슨 잘못을 저질러 벌이라도 받는 것은 아닌지 덜컥 겁이 났다. 그 남자에게는 세 명의 친구가 있었다. 한 사람은 자신이 가장 친하다고 생각하는 단짝 친구. 다른 한 사람은 그만은 못하지만 그래도 상당히 가깝다고 여기는 친구. 마지막은 별로 친하다고 생각하지 않는 가끔 연락하는 친구였다. 남자는 걱정되는 마음에 제일 먼저 단짝 친구에게 전화를 했다. 왕에게 갑작스러운 부름을 받고 궁궐에 가게 되었는데 동행해주면 힘이 되겠다고 이야기하니 그 친구는 "어휴, 정말 안됐구려. 그런데 폐하께서 나를 부른 것이 아니니 함께 가는 것은 좀 그렇지 않겠나? 자네 혼자 조심해 갔다 오게나."라고 이야기했다. 다음으로 단짝 친구는 아니지만 그래도 평소 가깝다고 여기는 친구에게 전화를 하니 "자네 마음은 이해하지만 나도 궁궐에 들어가는 것은 너무 무섭네. 정 원한다면 궁궐 문 앞까지는 같이 가 주겠네."라고 이야기했다. 남자는 깊은 한숨을 내쉬며 어쩔 수 없이 별로 친하다고 생각하지 않은 친구에게 마지막으로 전화를 했다. 그런데 그 친구는 너무도 흔쾌히 "걱정하지 말게. 내가 자네와 같이 궁궐에 가겠네. 또 자네가 무슨 오해를 받고 있다면 폐하에게 자네가 잘못이 없다는 것을 잘 설명 드리겠네. 나만 믿게." 하며 든든한 지원군이 되어 주는 것이 아닌가.

과연 내 주변에 이 세 친구 중 어떤 사람들이 많은가? 역으로 나는 이 세 친구 중 어디에 속하는가? 사실 아무런 문제가 없이 평온한 일상에서는 서로가 친구를 모르고 지내는 경우가 흔하다. 그래서 인생에 있어 어려운 시기를 겪고 나면 잃은 것도 많지만, 진정으로 소중한 친구를 얻는다는 말이 있다.

대학을 마치고 방황 시기에 새한자동차에 입사할 때였다. 부산 중부사무소에 근무하게 되면서 처음 만나게 된 사람이 박태호 부장이다. 독실한 가톨릭 교인. 그가 자신 밑에 있는 직원들에게 베푸는 상사로서의 모습이 너무 좋아 결혼 후 신혼집도 부장 집 근방으로 얻었다. 그를 따라 가톨릭 신자가 되기도 했다.

새한자동차의 체제가 직영에서 대리점으로 변경될 때 박태호 부장을 중심으로 내가 반대운동에 앞장섰다. 결국 대리점으로 바뀔 수밖에 없었다. 이후 나는 대학원 입학과 동시에 회사를 그만두기는 했지만.

이태 전에 부산에 갔을 때 우리가 당시 옹호했던 박태호 부장을 만났다. 당시 같이 일하던 신철규 씨의 장례식에서. 그때 같이하던 고시환 선배, 현후성 후배, 주철수 동기를 만났다. 주 사장은 내가 뉴질랜드로 이민 온 지 30년이 지났는데도 잊지 않고 있다. 이국땅에서 외로울 것이라고 시마다 철마다 친구들의 소식을 꼬박꼬박 전해 온다.

한때 뉴질랜드에서 둘째가라면 서러워할 큰 건설회사를 운영하다 부도를 맞았다. 내가 그와 인연을 맺게 된 것은 1997년부터 시작한 타워힐 아파트 분양을 하면서였다. 김수현 사장이 시작한 아파트 프로젝트에 대한 자금줄이 막혀 결국에는 데이빗 핸더슨에게 넘어갔다. 우리는 시간이 지나면서 서로 친구처럼 지내는 사이로 발전했다. 그가 한창 잘나가는 시기에 오클랜드 바닷가 항만청 부지에 건축한 프린세스 와프(Princes Wharf) 아파트는 뉴질랜드 명물 중의 명물이다.

데이빗은 잘나갈 때 재산관리를 제대로 하지 못하고 방만한 시간을 보냈다. 거기에다 여자 문제 및 마약 소지 등으로 파산선고까지 받았다. 아직 그 후유증을 극복하지 못하고 힘든 시간을 보내고 있다. 그가 프린세스 와프 아파트를 건축할 당시 나에게 요청해 큰놈을 자신 밑에 데리고 거의 일 년 반 이상 경영수업을 시키기도 했다.

우리 집과는 또 다른 인연을 가지고 있다. 우리가 살던 바닷가 집을 내 큰놈을 통해 구입해 파트너와 같이 현재 살고 있다. 간혹 용돈이 떨어지면 몇천 불이라도 큰놈에게 빌려 간다. 돈이란 있다 가도 없어지는 걸. 네가 있을 때 나에게 좀 더 잘하지, 하고 사석에서 만나면 농담을 하기도 한다.

오클랜드 시내에서 흔하게 만나고 있는 앤드류 크룩지너는 나의 자식들에게 롤모델이다. 유대인 핏줄로 타고나 대학 시절 부모로부터 돈에 대한 교육을 철저히 받아 왔다. 그도 중간에 파산선고까지 경험을 했지만 이를 잘 극복해 나가는 전형적인 유대인 비지니스맨이다.

그를 아이들과 하는 식사에 초대하면 자신에게 영광이라고 즉각 응하는 회신을 보내 온다. 상대방을 최선의 인격으로 대해 주는 비즈니스맨의 자세는 가히 따라가기 어렵다. 하지만 사석에 만나면 격의 없는 농담으로 만남의 분위기를 상대방에게 넘긴다. 그의 부와 사회적 위치는 나하고 비교할 수 없지만, 어쩌다 나의 아이들을 길에서 만나면 그들을 통해 아버지 소식을 아끼지 않고 묻는 그의 기지는, 우리가 배워야 할 사회적 기준이 훨씬 넘는다.

이곳에 살면서 잊을 수 없는 교민 몇 분이 있다. 해밀턴 전원주택에서 농사를 지으며 조용히 살아가고 계시는 오클랜드 한인회 회장을 역임한 용경중 씨. 내가 이분을 처음 뵌 것은 판넬에 있는 모텔에서였다.

미국에서 가족들이 도착하기 전에 먼저 오셔서 정착 준비를 할 때였다. 집을 보여 주고 바로 계약을 체결했다. 송금한 계약금이 부족해 내가 보충해 드렸다. 이후 부동산 일이라면 두말할 것 없이 나를 찾았다.

한인회 회장으로 계실 무렵, 백방으로 뛰어다니면서 한인회관을 마련해 볼 생각으로 자신의 사비를 털어 가면서 부동산을 구입했다. 하지만 그러한 그 분의 진정성에 대한 주변 시선이 곱지만은 않았다. 그리고 사모님이 무리하게 사업을 확장하는 바람에 결국 파산선고까지 겪어야만 했다. 이런 일이 겹치면서 한인회 회장 자리를 명예롭게 퇴진하지 못했다.

지금은 끈 떨어진 갓 신세가 되었다. 이전에 '회장님' 하며 졸졸 따라다니던 사람들마저도 찾아오지 않는 초라한 신세. 지금도 나하고는 꾸준히 연락을 주고받으며 안부를 묻고 있다. 워낙 책을 좋아해, 내가 펴낸 책을 간절히 요청하는 바람에 지난주에 책을 들고 회장님을 찾아뵈었다. 이전의 화려했던 시절의 몰랐던 이야기를 재미있게 듣고 왔다. 집에서 재배한 고추와 감을 싸 주는 통에 이를 들고 와 아내와 함께 과거 이야기를 하며 맛있게 먹었다.

아들 창하는 현재 오클랜드대학에 애니메이션 교수로 재직 중이다. 창하가 고등학교 다닐 때, 오는 잠을 이기려고 바늘로 몸을 찌를 정도로 공부에 독종이라고 들었다. 결국에는 자신의 꿈을 좇아 대학교수로 자리를 잡았다.

뉴질랜드에서 만나기 전까지는 서로 같은 시기에 한전에서 근무한 걸 몰랐다. 당시 한전의 직원 수는 4만 5천 명이나 된다. 거대한 조직에서 부서가 다르고 본사와 지역에 따라 근무지가 다르기 때문에 서로가 알 수 없다. 곽중송 장로는 독실함을 넘어 지독한 기독교 신자이다. 지금도 일주일에 2번 이상 그룹 문자로 나에게 성경에 나오는 내용 및 좋은 잠언을 보낸다. 인생의 훌륭한 안내자이다.

장로는 나와 매달 한 번 꼴로 만나 식사를 하면서 세상 살아가는 이야기를 나누는 격의 없는 인생 선배이다. 책을 쓸 때도 여러 가지 조언을 해 주신다. 장로는 나에게 한 가지 불만이 있다. 내가 하느님을 믿지 않는다는 것이다. 그래서 나에게 죽으면 천당 가는 길을 하나 가르쳐 주셨다. 당신이 묻힐 묘지 가까이 나도 묻히면 장로님 가시는 버스에 노자 없이 탑승하면 된다고 했다. "돈 안 들이고 업혀 천당 갈 생각을 해야지." 하신다.

비교적 최근에 만나게 된 회사 후배이자 대학 후배인 마삼선 박사. 이태전 모르는 번호로 나를 찾는 반가운 전화가 걸려 왔다. 한전을 운운하길래 무조건 시내서 만나자고 했다. 우리는 만나자마자 과거에도 그랬다는 듯이 25년 전으로부터 생명. 역사. 천체 물리학. 시간과 공간을 가로질러 종횡을 왔다 갔다 했다. 나의 공부에 대한 긴 이야기꽃을 피웠다. 오랜만에 마음에 확 와닿는 후배를 만났다. 나선 김에 부인과 함께 집으로 초대해 맛 나는 세상 이야기를 나누었다. 그동안 시내에서 자주 만나고 있는 김태현 씨 가족도 같이 동석해 재미를 돋우었다.

그는 현재 에티오피아 아다마 과학기술대학에 재직하고 있다. 첫 번째 책을 내면서 추천서를 부탁했더니 서슴없이 보내왔다. 내가 왜 진작 이 후배를 몰랐을까 하는 후회가 막심하다.

너무 가까이 지내다 보면 잊고 사는 사람들도 있다. 한전 신규사업추진처에서부터 인연이 돼 자회사 '세일정보통신회사'를 만들 때도 같이 움직였다. 그게 또 다른 인연이 되어 작은놈이 연세대 외국인 특채 지원서를 낼 때 한국에서 내가 해야 하는 서류접수 - 영어를 한글로 번역해 공증하는 등 모든 일 - 를 도맡아 주었던 이기영 씨를 잊을 수 없다. 기영 씨는 어떻게 보면 전생에 내가 그에게 큰 업보를 졌는지 이 생에는 그가 나를 돕는 입장으로 바뀌어 있다.

그의 늦둥이 준호가 며칠 전 수능시험을 잘 봤는지 궁금해 나와 기영 씨가 한참을 수다를 떨었다. 13년간 한전 생활을 하는 동안 그만큼 내 가까이에서 서로를 아끼고 사랑했던 친구가 또 있을까 싶다. 아마 우리는 죽기 전까지 윤향기의 친구가 되어 '바람 불고 파도치는 넓은 바다에서 등댓불을 찾아가는 용기와 희망을 주는 친구'가 될 것이다.

한국에서 국민은행 지점장을 지내다 은퇴해 뉴질랜드에 살고 있는 자식들을 보기 위해 온 김홍준 내외가 있다. 이분을 처음 알게 된 것은 이전부터 시내에서 자주 만나고 있는 에어뉴질랜드 승무원으로 근무했던 김태현 씨를 통해서다. 몇 년 전 아내가 한국 가고 없을 때 어설프게 준비도 없이 집으로 초청했다.

그런데 내가 한국을 가면서 서울에 들렀을 때는 김 지점장은 성의를 다해 서울의 명소 음식 코너의 안내까지 받고 왔다. 최진희 가수가 운영하는 음식 대접을 받고 식품 소스까지 한 병 들고 왔었다. 선수는 감을 빠르게 느끼기 마련이다. 김 지점장과 나는 서로가 존경하고 대접을 할 수 있는 친구로 발전할 생각을 하고 있다. 마음에 와닿는 친구만으로도 바쁜 세상이라는 걸 우리는 알고 있다.

영화 〈작전〉에서 이런 대화가 나온다. "동창회에 나오는 놈은 딱 두 종류야. 하나는 돈 자랑하려고 나오는 놈. 또 하나는 돈 꿀 데가 없어서 나오는 놈." 뉴질랜드로 이민 온 다음 해부터 내가 앞장서 고등학교 동문회를 개최했다. 한전에 있을 때 한 것처럼 동문들이 모여 먹은 만큼 내고 헤어졌다. 별도로 회비를 거두지 않고, 회칙을 만들지 않은 자유스러운 분위기로 몇 년 이어 오다, 몇 선배들이 만나게 되는 이유와 목적이 뚜렷하지 않다고 하는 바람에 해체하고 말았다.

이때 위의 대화에서 나오는 것과 다른, 순수한 뜻을 같이한 후배가 있다. 양현식 후배. 그와는 같은 업종에서 일을 했기 때문에 서로 필요하면 언제든지 상의도 하고 좋은 것 나쁜 것 가리지 않고 의견을 늘 교환하고 있다. 우리는 인생살이 진정한 친구처럼 서로가 정을 통하고 있다.

18.

우리 가족

표현이 원색적이지만 암컷 없는 생명을 생각할 수 없다. 인류학자들이 인간의 혈통을 미토콘드리아 이브 DNA(모계)에서 실마리를 찾을 수 있다고 한다. 진화생물학자 리처드 도킨스는 인간은 유전자 보존을 위해 맹목적으로 설계된 기계에 불과하다고 설명한 적이 있다. 어떻든 한 가정에는 아내만큼 중요한 사람도 없다.

오죽하면 유대인들이 아내를 신 다음의 위치에 갖다 놓았겠는가? 대신 아내는 남편을 받들어 자식 교육을 떠맡는 중대한 의무도 함께 한다. 하지만 아내는 남편을 지배하려고 해서는 안 된다고 《탈무드》는 우리에게 가르치고 있다.

아내를 맞아보지 못한 이들은 한 사람의 남자로서 인정받지 못한다고 한다. 이상적인 남자는 남자의 강인함과 여성적인 부드러움을 겸비한 것이라고 했다. 그래서 《탈무드》에는 '당신의 아내를 당신 자신을 사랑하듯이 사랑하고, 귀중하게 지켜라. 여자를 울려서는 안 된다. 신은 그녀의 눈물을 한 방울씩 셀 것이다.'라고 아내의 존재 가치를 칭송하고 있다.

아내와 나는 1979년에 만나 지금까지 43년 이상 한 침대에서 좋으나 싫으나 뒹굴면서 살아왔다. 그는 워낙 본인을 남 앞에 드러내길 꺼리는 성격이라 여기서 거론하는 것조차도 두려워진다. 그래도 아내를 언급하지 않고 지나치게 되면 혹시 내게는 부인이 없는 것이 아닐까 하고 의심받을까 봐 살짝은 언급한다. 이름 없는 사람으로 봐 주면 좋겠다(나의 뿌리를 설명하면서 아내의 이름을 밝혀야 하느냐 마느냐 하는 부분에서 상당히 망설였다). 그를 제대로 설명하려면 이름, 성격, 만나게 된 사연, 연애 시절, 취미, 특별한 사건과 재미있는 시간 등 모두 꺼내 놓아야 한다. 만약 그랬다간 내일 당장 나는 쫓겨난다. 그래서 모두 생략하고, 나를 만나 아들 둘 낳아서 잘 키워 준 것에 대한 고마움으로 대신할까 한다.

차라리 아내에 대한 과거의 이야기보다는 앞으로 닥쳐올 우리 둘의 사후 문제를 말하는 것이 좋지 않을까 생각하고 있다. 이것이 마지막 장에서 등장하게 될 안사람과 나의 죽음에 대한 이야기로 이어질 것이다. 아내는 천성적으로 밤이 무서워 잠을 제대로 못 이루고 살아왔다. 그 두려움이 우리 둘 사이를 더 결속시키고 지금까지 강하게 지탱해 올 수 있게 만들었던 응고제 역할을 한지도 모른다.

지금도 내가 밖에 나갔다 늦게 들어오게 되면 혹시 바깥에서 무슨 일이라도 없었나 하고 걱정하고 기다려 주는 유일한 사람이다. 우리 부부는 바깥에 나갈 때 이렇게 인사를 한다. "여보 갔다 올게!" 단순히 간다는 의미가 아니고 '갔다가 반드시 다시 돌아오겠다'는 의지를 듬뿍 담은 적극적인 인사를 하고 나선다.

밤에 혼자 남겨질 것이 두려워져 그러는지는 모르지만, 내가 돌아올 때까지 잠 못 이루고 있다. 나를 만나서 40년 이상 호강을 시켜 주진 못했지만 그래도 입에 풀칠하고, 밤이면 편안하게 머물 수 있는 한 칸의 잠자리는 마련해 주지 않았소? 사랑해요, 당신!

아버지는 내가 3살 때 돌아가셨다. 비록 그렇게 일찍 돌아가셨더라도 아버지는 나에게 여러 가지 측면에서 영향을 미쳤을 것이다. 실제로 자식들이 아버지를 볼 때 아버지의 겉모습을 보게 된다. 하지만 인간이 성장해 가는 과정에는 아버지와 어머니의 공동참여와 협동에 의해 유년기의 인격이 완성된다.

나의 유년 시절은 아버지의 부재로 이러한 결손을 입었을 것이다. 아버지를 통해 배울 수 있는 남자만의 세계는 아주 부족한 편이다. 내가 고등학교 친구 최성현의 밀양집에 초대되어 갔을 때, 그가 아버지로부터 받는 사랑을 내 눈으로 확인하고 돌아오면서 얼마나 울었는지 모른다.

어머니가 평소에 하시던 말씀이 생각나 결혼식 앨범을 꺼내 봤다. 어머니 모습도 보이고, 고모 두 분도 보인다. 어릴 적에 했던 말이 기억난다. "나를 보고 싶거든 이모를 보고, 아버지를 보고 싶거든 고모를 보라."고 하셨다. 아버지에 대한 그리움은 이제 자식들에게 사랑으로 남길까 한다. 그들이 어려울 때 손이 돼 주고, 그들이 외로울 때 술이 돼 줄 것이다. 내가 받지 못했던 아버지의 사랑을 내 자식들에게 두 배로 보낼까 한다.

두 누님은 언제나 우리 가족들 중에 남자들의 뒤에 가려서 평생을 살면서 소리 한번 제대로 못 치고 살아왔다. 누님들! 이제는 한 번 큰 소리를 마음껏 질러 보십시오. 이 더러운 세상, 너희들이 나 없이 이렇게 잘 살 수 있었냐고? 저는 누님들이야말로 진정한 영웅들이었다고 알고 있습니다.

"야! 나 신한순과 신행자는 안 죽고 살아 있다고!" 부디 건강하게 오래 사십시오! 누님.

큰형님은 어릴 적부터 나에게는 아버지 같은 분이셨다. 내 뒤에서 언제나 든든한 응원꾼으로. 이제 저는 충분합니다. 형님, 당신의 자식들을 응원하십시오. 영수가 젊은 나이에 카이스트 교수가 된 걸 돌아가시기 전에 모르고 가셨지요? 학생들로부터 제법 존경받는 교수로 자릴 잡았습니다.

작은형은 언제나 나의 우상이었다. 작은형이 하는 것을 모두 흉내를 내고 다녔다. 형이 노래를 부르면 따라 부르고 운동을 하면 따라서 했다. 학교에서 웅변대회가 열리면 원고를 만들어 주었다. 밤새도록 형 앞에서 연습을 하고, 다음 날 학교에서 상을 타다 형에게 바쳤다. 어머님은 항상 작은형에게 불만이셨다. 농사는 짓지 않고 놀기만 한다고. 그러나 나는 그러한 형이 좋았다. 형은 당시 가수가 되는 게 꿈이었다. 특히 남인수의 노래를 좋아했고 그의 흉내를 곧잘 냈다. 그래서 지금도 나는 남인수의 '청춘고백', '추억의 소야곡', '이별의 부산정거장', '감격시대' 등을 곧잘 부르곤 한다.

우리 두 공주는, 아버지 엄마의 사랑을 최대한 요구하고 즐기다가 너희들 아이에게 우리 가족이 하고 있는 모습을 그대로 전달해 주어라. 가족의 유산과 전통은 저버릴 수 없고 잊을 수도 없는 의무이자 유산이다. 가족의 전통은 소중하게 유지해야 할 최고의 가치이기도 하다.

이 세상의 어느 가족도 우리와 똑같은 전통을 지닐 수 있는 곳은 아무데도 없다. 오직 우리 가족만이 가질 수 있는 유일한 전통이라는 점을 명심해라. 할아버지가 책의 마지막에 너희들에게 가르치고자 하는 인생의 실천 덕목 14가지를 편지 형식으로 남긴 것이 있다. 이들을 잘 지켜 너희

가정에 행운이 있길 바란다.

　마지막으로 우리 두 며느리에게 시아버지가 한마디 할까 한다. 어느 부모인들 제 자식 싫다는 사람은 없을 것이다. 내 눈에는 세상에서 제일 좋은 남편감인데 그래도 너희들 입장에서 볼 때 남편으로서 부족한 점이 많을 것이다. 다 이 아비의 못난 탓으로 보고 이해해 주길 바란다. 나의 자식에 대한 사랑 이야기는 다음 장에서 후회로 대신할까 한다.

5장

시간을 되돌릴 수 있다면

전자담배 제조업체 일렉트릭 지브라사가 최근 약 2,000명의 영국인을 대상으로 삶의 후회에 대한 설문조사를 실시한 결과, 응답자의 75%는 '전혀 후회하지 않는 삶을 사는 것은 불가능하다'고 대답해 사람이 후회하는 동물이라는 걸 뒷받침하고 있다. 응답자는 일주일에 45분 정도 후회하는 것으로, 하루 평균 6분 이상 후회를 하고 있다. 후회에 대한 주요 영역을 살펴보면 삶(20%), 가족(18%), 경력(16%), 건강(14%), 금전(14%) 순으로 나타나고 있다. 살면서 가장 후회했던 일에 대한 순위를 한번 들여다보자.*

1위 더 많은 돈을 저축하지 못한 것.

2위 학창 시절 더 열심히 공부하지 못한 것.

3위 좀 더 운동하지 못한 것.

4위 세계 여행을 하며 견문을 넓히지 못한 것.

5위 담배를 배운 것.

6위 사람과의 인연을 소중히 하지 못한 것.

7위 젊은 시절 더 건강을 조심하지 못한 것.

8위 부모님이 돌아가시기 전에 효도하지 못한 것.

* 〈인생에서 가장 후회되는 10가지〉, 작성자: 낫도마을, 2012년 2월 29일

9위 추억 등의 경험을 좀 더 사진으로 남기지 못한 것.
10위 결혼을 빨리한 것.

이외에도 개인에 따라 차이가 크게 있다. 어떤 이들은 헤어질 때 '사랑한다고 말 못 한 것', '친구와 다툰 일', '용기를 가지지 못한 것', '결혼하기 전에 다른 여자를 사귀지 못한 것', '부모님이 하지 말란 일을 한 것' 등 수없이 많다. 하지만 후회로 지난 일을 바꿀 순 없다. '이렇게 했더라면' 하는 반성일 뿐이다. 현재와 내일에 더 많은 시간을 보내야 한다. 지나친 후회는 독과 같다. 후회는 파도처럼 밀려와 내 모든 기억을 쓸어 간다. 내일 다시 밀려올지 모른다.
하지만 후회는 아름다울 수 있다. 아름답던 시간으로 초대해 준 다. 잃어버렸던 소중한 사람을 만날 수 있다. 못살게 굴었던 부 모를 만날 수 있다. 천진한 어린 시절로 돌아갈 수 있다. 공부하 지 않고 애먹이던 시절로 돌아갈 수 있다. 괴로웠던 시간으로 나 를 초대해 준다. 하지만 지나친 후회는 나의 현재를 망칠 수 있 다는 걸 명심해야 한다.

19.

행정고시 낙방

이 세상 누구도 완벽한 삶을 살아가기 어려운 것 같다. 아무리 노력해도 결코 완벽해질 수는 없다. 부모는 자식을 너무 사랑해서 망치고, 반대로 너무 사랑하지 않아서 망칠 수도 있다. 젊은 시절에 건강을 챙기지 못해서 나이 들어 행복한 노년을 맞이 못 하는 경우도 있다. 한 번뿐인 내 삶을 마음대로 살지 못한 것일 수도 있다. 친구와 약간의 다툼으로 맺힌 한을 풀지 못해 지금도 눈물을 흘리고 있다.

나도 70년 세월을 살아오면서 마음속에 맺혀 있는 게 몇 가지 있다. 행정고시 2차 시험에 떨어진 것. 어릴 때 어머니가 나에게 자신의 한탄을 털어놓을 때 어머님께 호강시켜 드린다고 한 약속을 지키지 못한 것. 대학에서 만났던 그녀에게 사랑한다고 말 한마디 못 한 것. 두 자식을 키우면서 아버지로서 좋은 모습을 보여 주지 못한 것 등을 후회하고 있다.

제대 후 복학과 동시에 시작된 행정고시 실패담에 관한 이야기를 먼저

해 보자. 행시 준비를 하고 몇 개월 안에 있었던 1차 시험에 합격했다. 이때 법대에 재학 중인 후배 한 명과 함께였다. 몇 개월밖에 준비를 하지 않아서 그렇게 쉽게 1차 시험에 합격할 것이라고 나도 전혀 예상하지 못했다.

그리고 연말에 있는 2차 시험을 착실히 준비했다. 교수님들의 강의를 열심히 듣고 과목마다 자신이 붙기 시작했다. 학교에서 2차 시험에 대비한 중간 테스트가 있을 때마다 좋은 점수를 받았다. 또 법대의 장학생 선발 시험에서도 때마다 좋은 성적을 낼 수 있어 2차 시험에 자신감이 넘쳤다.

드디어 1976년 12월 17일 서울에서 제19회 행정고시 2차 논술고사를 보는 시간이 되었다. 학교에서 평소 준비한 대로 민법, 형법, 행정학, 경제학을 착실하게 120분 동안 꽉 채워 답을 써 내려 갔다. 마지막 재정학 문제를 앞에 놓고 안도의 숨을 쉴 수 있었다. 재정학 과목에서 출제된 문제는 내가 가지고 공부한 책에서 나왔다. 답을 도표를 그려 가면서 신나게 책에서 설명한 대로 120분을 활용해 답을 제출하고 일어섰다.

그런데 발표하는 날, 신문에 내 이름 석 자를 찾을 수 없었다. 정신이 혼미해지는 걸 느낀 후 전화로 시험점수를 알아본 결과, 평균점수는 합격선에 들어갔는데 재정학에서 과락을 하여 떨어졌다는 통보를 받았다. 나는 더 이상 할 말을 잊고 독서실에 앉아 넋을 잃고 말았다. 한참을 그렇게 있다 하숙집으로 돌아와 하상조와 같이 슬픔을 달래면서 중국집에서 짬뽕과 함께 고량주를 먹었다. 다음 날부터 이가 흔들리기 시작했다.

병원에 갈 돈이 없어 며칠 동안 미적거리다 무허가로 운영하는 치과에서 이를 뽑았다. 약 처방도 없고 약을 살 돈도 없어 그렇게 며칠을 지내면서 내 입은 다물어지지도 않고 열리지도 않았다. 그 후 고시를 계속 이어 갈 여건이 되질 않아 포기할 수밖에 없었다.

그때 왜 내가 재정학에서 과락을 받았을까? 출제 문제를 받고 출제자의 의도를 파악하지 못했던 게 실패의 원인으로 볼 수 있다. 당시에는 이러한 판단을 할 수 있을 정도로 정신적으로 성숙하지 못했다. 출제자가 요구한 답은, 책에서 설명한 대로 누구나 답할 수 있는 답이 아니고, 응시자의 답을 요구한 것이다. 그렇지 않고는 도무지 재정학에서 과락을 받을 수준이 아닌 거로 자부할 수 있다. 이유야 어쨌든 결과적으로 나는 제19회 행정고시에 떨어졌다.

그때 만약 내가 행정고시에 합격을 했더라면 내 인생이 지금과는 어떻게 달라졌을까? 나는 무엇을 했으며, 지금은 내가 무엇을 하고 있을까? 여기에 대한 의문이 생긴다. 그래서 내가 살아오면서 확립된 내 가치관과 삶의 방향대로 그때 떨어졌던 것을 후회하고 있기보다는 차라리 미래를 위해 더 도움이 되는 방향으로 진취적인 생각을 하게 되었다. 만약 내가 제19회 행시에 합격하여 한국에서 공무원 생활을 했다고 가정한다면 나는 과연 공직 생활을 어떻게 하였을까? 무엇을 달성했을까 하고 여기에 답을 찾아보는 시나리오를 써 볼까 한다.

참고로 작년에 행정고시에 합격해 2021년도에 5급 사무관으로 임용되는 공무원들의 배치에 대한 선호도를 간단히 알아보았다. 일반행정직과 재경직 각각의 성적 최상위 5위권 안에 드는 10명 중 3명이 국세청에 배치되기를 원했다. 이처럼 행시에 합격한 신진 사무관들이 국세청 선호도가 높은 이유는, 국민들의 국세청 직원에 대한 사회적 인지도와 자기 계발에 균형을 꾀할 수 있는 기대 때문에 국세청 근무를 선호하고 있는 거로 통계에 나타나고 있다. 현대인의 생각과 맞물려 일과 삶의 균형을 꾀하고자 하는 경향이 뚜렷하다.

하지만 이 시나리오는 현재 한국 사회에서 일어나는 현실과 전혀 관계없는, 내가 행시에 애석하게 떨어진 것에 대한 후회를 담은 것이다. 이러한 가정하에, 연수를 마치고 교육부에 지원한다. 거기에 몸담아 여러 부서를 거치면서 경험을 쌓은 후 후세 교육에 내 몸을 바쳤을 것이다:

나는 그때 근무 희망지를 교육부의 학교혁신지원실을 지망하여 한국교육의 새로운 설계를 맡았을 것이다. 교육은 한 나라가 앞날을 내다보고 거기에 맞춰 실행해 가야 하는 민족의 생사가 달린 지상과제이다. 교육은 장기적이고 먼 앞을 내다보는 미래지향적이어야 한다. 현재 우리가 안고 있는 한국의 교육 실정은 그렇지 못하고 있다. 먼 미래를 보고 차근차근 성취해 가야 할 장기교육 목표가 없다. 정권이 바뀌고 교육부 장관이 바뀌게 되면 그에 따라 하루아침에 바뀌고 마는 단기성 교육에 치중되어 있다. 그래서 교육은 먼 안목을 가지고 몇 가지 단계별 교육목표를 세워 추진해 나가야 한다.

첫째, 우리 민족의 역사를 새롭게 재조명하고 민족의 우수성과 장점을 최대한 발휘할 수 있는 방향으로 전문가집단을 구성해 우리 역사를 깊이 연구하고 이해해야 한다. 즉, 유대 민족처럼 랍비들이 유대인들의 역사 및 삶에 대한 생활철학을 연구하여 누구나 쉽게 응용하고 실천할 수 있는 장기적인 교육 대계를 만들어 내야 한다. 우리의 역사에서 참고할 수 있는 한 가지 예인 고려시대 팔만대장경처럼 팔만 자가 넘는 덕목을 만들어 내야 한다.

둘째, 세계의 역사를 두고 봐도 세계를 호령했던 강대국들은 언제나 시간이 지나게 되면 약소국으로 소리 없이 사라진다는 역사의 진실을 명심해야 한다. 기원전부터 세계를 지배하고 호령해 왔던 그리스도 로마제국에 무너졌다. 그리고 그 찬란하던 로마제국도 1453년 오스만제국에 의해 무너졌다. 중세의 포르투갈과 에스파냐가 14~15세기에는 아시아와 미대륙을 분할 정도로 강력했다. 하지만 그들 역시 네덜란드와 영국의 힘에 밀려나게 되었다. 산업혁명을 통해 자본과 기술의 발전을 가지고 해가 지지 않던 대영제국도 결국에는 두 차례의 세계대전을 겪고 미국이라는 강대국에 자리를 양보해야 했다. 오늘날 지상에 남아 있는 유일한 강대국 미국은 과연 영원할까?

셋째, 그동안 세계를 호령했던 모든 강국들이 바다를 끼고 있는 지정학적 위치를 잘 이용함으로써 그들의 위치에서 살아남았었다. 하지만 현대는 바다를 넘어 우주로까지 그 영역을 넓히고 있는 상황으로 발전하고 있다. 앞으로 미래는 바로 우주를 어떻게 지배하고 이용하는가에 따라 세계를 지배하는 시대가 올 것이다. 여기에 우리의 지정학적 장단점을 충분히 파악하고 이해하여 우리도 우주 개발에 적극 동참할 자세를 가져야 한다. 이것만이 우리가 살길이라는 점을 명심해야 한다.

넷째, 그러려면 우리가 가진 인적자원을 최대한 개발하고 세계 시장 어디에다 내놓아도 경쟁력이 있어야 한다. 이 점이 바로 우리 민족이 나아가야 할 중요한 방향이다. 유대인들이 4천 년 역사의 고난의 뒤안길에서도 오늘날같이 굳건히 살아남은 것은 오직 그들만의 교육이 있었기에 가능한 것이다. 우리는 우리 민족의 피에 숨어 있는 우수성과 장점을 최대한 개발하고 이용해 세계에 우뚝 설 수 있는 DNA를 가진 민족이라는 자긍심을 가져야 한다.

다섯째, 교육의 출발은 가정이다. 부모들이 자녀들과 함께 식탁교육부터 시작해야 한다. 교육의 출발을 부모의 인성교육부터 시작해 보자. 학교 교육은 창의성, 비판과 토론을 위주로 학생들의 자율성을 부여해야 한다. 그리고 교육자를 우대해 줘야 교육에 헌신할 수 있다. 이러한 교육 대계를 세울 수 있는 범국민적 위원회가 구성되어야 한다.

여섯째, 우리의 역사에서 드러난 분열과 편 가르기, 지역주의를 하루아침에 청산할 수 있는 절체절명의 해결책을 세워야 한다.

일곱째, 우리 자손들이 살아갈 지구의 환경 지속가능성을 연구하고 실천해야 한다. 이를 위해 새로운 지구촌 연합국을 구성하거나 현재 유엔총회를 좀 더 환경보존 차원으로 방향을 바꿔야 한다. 지구는 이제 죽어 가고 있다. 우리의 후손을 위해 인류역사상 제일 키가 작은 유엔사무총장 후보에 도전장을 냈을 것이다.

20.

어머님 효도

내가 태어났을 때 어머님은 남편의 협조 없이 홀로 가정을 꾸려 가기 무척 힘드셨다. 대쪽 같은 시부모와 책만 들고 사는 시동생을 거느리며 혼자 집안을 책임지고 살았다. 농사일 하랴, 집안일 하랴, 우리 5형제를 돌보느라 무척 힘드셨다. 머슴들이 있어도 그들이 하는 일은 어머니 성에 차질 않았다.

아버지는 집안일에는 손톱만큼도 도움이 안 되는 노름꾼으로, 어머니 속만 썩이는 건달로 일생을 보냈다. 그것도 내가 세 살이 되던 해에 돌아가셨다. 어머니가 산에서 나무를 해다 머리에 이고 칠원장이나 남지장까지 내다 팔기 위해 다니는 게 안타까웠다. 겨울에 감기 걸린 날이면 학교를 결석하고 어머니를 따라 몇십 리 길을 같이 갔다 오곤 했다. 장터에 가면 언제나 어머님이 따뜻한 돼지국밥을 사 주시던 기억이 난다.

내가 말귀를 알아들을 수 있게 되면서부터 어머님의 한탄은 모두 내 몫이었다. "욱아, 내가 글자를 알았더라면 한평생 살아온 험난한 인생길에 대해 수십 권의 책을 쓰고도 모자랐을 것이다."라고 막내인 나를 당신의 무릎에 앉히고 신세타령을 늘어놓는다. 그때마다 나는 어머님께 실현하지 못할 공약을 수없이 남발했다. "엄마, 내가 커서 어른이 되면 엄마를 편안하게 모시고 맛있는 고기를 많이 사 줄게." 했지만 결국 약속을 지키지 못하고 이민을 왔다.

내가 어머니 젖을 제법 커서까지 물고 있었다고 한다. 이를 떼기 위해 어느 날 어머니 젖에 쏨 냉이를 붙이자, "우리 엄마 젖이 꿀처럼 달았는데 왜 이렇게 쓰지?" 하고 다시는 젖을 물지 않았다고 한다.

돌아가시기 전 베개 밑에, "욱아, 기죽지 말고 살아라!"고 남기신 유언대로 살기 위해 무척 애써왔다. 그게 여기까지 나를 지탱해 준 힘이 되었다. 그런데 나는 어머님께 한 약속을 지키지 못했다. 어머니, 이제 또다시 약속을 할게요. "어머님 자서전을 꼭 써 드릴게요! 제가 죽어 어머니를 다시 만날 때 고기도 많이 사 드릴게요!"

고시 공부를 하고 있을 때 공부하는 데 조금이나마 보탬이 될까 하고 아픈 몸을 이끌고 남의 집 식모살이를 해 번 돈으로 책값이랑 용돈을 쥐여 주셨다. 어머니한테 어느 자식인들 아깝지 않은 자식이 있을까 마는 유달리 막내인 나를 끼고 사셨다.

뉴질랜드로 이민 오기 전 형님댁에 계시던 어머님께 출국 인사를 드렸다. 그것도 외국으로 회사 출장을 간다는 핑계를 대면서. 그 후 내가 어머님을 다시 뵌 것은 돌아가신 후 납골당에 모셔진 어머니 영정이었다.

아버지가 일찍 돌아가시고 어머니의 어려운 입장을 일찍이 이해하고 부담을 덜어 줘야 한다는 생각에 또래 아이들보다 일찍 철이 들긴 했다.

하지만 애어른이 되는 것은 아니었다. 고작 나에게 일어난 문제는 스스로 해결하는 수준이었다. 그래서 어머님은 내가 어릴 때 나에게 이래라저래라 간섭을 하거나 잔소리를 일절 하지 않았다. 스스로 알아서 할 수 있게 말없이 가르치려고 하신 것 같다. 다행히 크게 나쁜 길로 빠지지 않고 제대로 성장해 올 수 있었던 것은 모두 어머님의 훌륭한 안내 덕분이었다.

2021년 4월 26일 6시 26분에 눈이 뜨였다. 잠자리에서 일어나기 전 어머니와 같이 다니던 그때 시장의 한 코너에서 컵을 고르는 장면을 꿈꾸게 되었다. 가게 여 주인(그녀)이 계산을 위해 일일이 컵에 숫자를 매기면서 옆에 다른 사람들과 얘기를 하고 있었다. 이 장을 시작하면서 도입 부분에 '후회는 아름답다. 아름답던 시간으로 초대해 준다. 잃어버렸던 소중한 사람을 만날 수 있다'라 기술한 문구를 그녀가 그대로 나에게 재현해 주었다.

21.

그대가 외로울 때

아일랜드 시인 예이츠에게 어느 봄날 그의 마음을 송두리째 앗아간 여인이 나타났다. 영국으로부터 독립을 꿈꾸는 아일랜드 여성의 이름은 모드 곤. 그녀를 향한 예이츠의 사랑은 식지 않았다. 그녀는 번번이 예이츠의 구애를 거절했다. 결국 사랑은 결실을 보지 못하고 사랑에 대한 열망은 1923년에 노벨문학상을 탄생케 했다. 파란만장한 사랑의 상처가 그의 문학에 자양분이 된 것이다:

금빛 은빛 무늬로
수놓은 하늘의 융단이,
밤과 낮과 어스름의 푸르고
침침하고 검은 융단이 내게 있다면,
그대 발밑에 깔아드리련만.

나 가난하여

오직 꿈만을 가졌기에

그대 발밑에 내 꿈을 깔았으니

사뿐히 걸으소서,

그대 밟는 것

내 꿈이오니.

에이츠의 사랑만큼이나 나의 사랑도 크다고 할 수 있다. 또 그 어느 것과 비교할 수 없이 애절하다. 간혹 그녀를 머리에 떠올려 보려고 하지만, 그 모습은 언제나 아련하다. 함께했던 다른 학생들 모습은 선명하게 떠오르지만, 그녀는 언제나 희미하게 윤곽만 스치고 지나간다.

오늘 잠자리에 들면서 제발 오늘만이라도 그 모습이 선명하게 나타나 주길 바랐다. 새벽(2021년 4월 26일 6시 26분)에 나타난 꿈은 어릴 때 어머니와 같이 다니던 시장에서 컵을 파는 여인으로 나타났다.

그녀를 처음 만난 날은, 72년 이른 봄날 부산대학 입학 첫날이었다. 우리 반은 법대, 상대, 인문 사회과학 학생들이 섞여 있었다. 경남에 있는 모 여고를 나온 학생을 보는 순간 나는 그녀에게 빠지고 말았다. 우리는 만나는 순간 이미 오래전부터 서로 알아 온 것 같았다. 고개만 끄덕이며 옆자리에 앉았다. 다음 날 우리는 아무런 약속 없이 옆자리에 앉는다. 그다음 날도 그랬다. 내가 교실에 먼저 도착해 있으면 그녀가 소리 없이 내 옆에 와서 앉는다. 그녀가 먼저 도착해 있으면 나도 마찬가지였다. 토요일에 고향으로 부모님을 뵈러 갈 때면, 같이 고향역까지 가서 기다렸다 부산역으로 돌아왔다. 기차를 타고 오갈 동안 우리는 많은 이야기를 나눈다.

그렇게 9개월의 짧은 사랑을 나누고, 나는 군에 입대했다. 내가 곧 곁을 떠날 것이라는 걸 서로 알고 있었다. 하지만 앞날의 이야기는 한마디도 주고받지 않는다.

그리고 내가 휴가를 받아 그녀를 만나기 위해 학교를 찾았을 때 이미 그녀는 학교를 떠나고 없었다. 내가 돌아오면 그녀가 언제나 그 자리에 있을 거로 생각했다. 3년이란 긴 시간을 잊고 있었다.

내가 한전에 근무할 당시 그녀가 회사 가까운 곳에 살고 있다는 걸 그녀와 같은 과 동창을 통해 들었다. 하지만 그녀의 생활에 누를 끼치고 싶진 않았다. 긴 시간이 흘렀지만 마음에 남아 있는 그녀는 언제나 그때 그 모습이다.

그해 말 그녀를 떠날 때 비록 이루어질 수 없는 짧은 사랑이었지만, 나는 왜 사랑한다고 말 한마디도 못 하고 헤어졌을까? 하고 후회하고 있다. 그녀가 건강하게 잘 지내길 희망하면서 2021년 2월 17일 새벽녘에 잠자리에서 일어났다. 역시 자신의 모습을 드러내지 않은 채 간밤에 그녀가 왔다 갔다:

기차를 타고 어딘가를 가는 중이다. 어떤 여인과 이야기를 나눈 것으로 기억하면서 자리에 앉았다. 옆자리에는 전혀 모르는 서양 여인이 있다는 걸 느낌으로 알았다. 조금 지나 앞에서 이야기를 나눈 것 같은 그녀가 자리를 비집고 둘 사이에 앉았다. 그리고 아무 말 없이 몇 분 있다가 자리를 떴다. 나로부터 몇 좌석 앞의 왼쪽에 있는 제자리로 돌아갔다. 앉기 전에 뒤돌아보면서 자신의 모습을 보이는 듯했다. 과거와 전혀 다른 모습이었다. 화장도 예쁘게 하고 투피스(그때 그녀는 언제나 바지를 입었다)를 입은 신세대의 모습이었다. 그 순간 그녀의 얼굴에서 미묘한 표정을 읽을 수 있었다. 옆자리에 와서 잠시 앉았던 이유를 설명하고 싶었던 것이다. 자신이 나의 연인이란 걸 주변 사람들에게 보여주기 위한 것이라는 표정을 지었다.

잠자리에서 일어나기 전, 속으로 '좀 더 리얼한 그때 모습으로 다가오지 그랬어요?'라고 잠깐 생각했다. 혹시 그랬다간 다음번에 정말 리얼한 모습으로 등장하지 않으면 어떡하나 하는 염려 때문에 생각을 내려놓았다.

그녀가 처음으로 내 꿈속에 나타난 것은, 이 책의 30쪽(2020년 12월 31일)에서다. 어릴 적 고향 집으로 아이를 데리고 온 후 계속해서 꿈속에 나를 찾아오고 있다. 이날도(2021년 6월 13일 일요일) 아침 7시경에 눈을 떴다. 이제는 학생 신분으로 변신해 내가 살고 있는 이곳까지 짧은 기간 공부하기 위해 왔다:

그녀가 다니는 학원에 갔다가 돌아오는 길에서 만났다. 내가 먼저 입을 열면서 "학원에서 만난 다른 언니는 자기가 계획했던 걸 성취하고 한국으로 간다고 들었다."고 그녀에게 설명하는 중에, 자신은 아무것도 이루지 못하고 좀 있다 떠난다고 알려 주었다. 그 말을 듣자 나는 이렇게 말했다. "내가 살아가는 낙은 오직 널 만나는 것인데, 네가 떠나면 난 외로워서 어떻게 살지?" 하고 만류하면서 비로소 나름의 사랑 고백을 하면서 잠에서 깨었다.

이제는 그녀가 나를 두고 떠나는 꿈을 꾸는 단계까지 발전했다. 내가 그녀를 두고 아무 말 없이 논산훈련소를 향해 떠났을 때, 그녀가 얼마나 외로웠을까를 그동안 미처 생각하지 못했다. 자신의 외로움을 나에게 알려주려고 오늘 아침에 왔다 갔나 보다. 나보다도 그대가 더 외로웠을 때를 난 생각하지 못했다. 그동안 내가 그녀에게 하지 못한 사랑 고백을 이렇게라도 한 것 같다. 옆에 누워 있는 아내 얼굴을 쳐다보면서 그대마저 내 곁을 떠나면 그땐 외로워 어떻게 살지 하며 잠자리에서 일어났다.

22.

아버지 역할

이상적인 아버지상은 "내가 커서 아버지와 닮은 사람이 되겠다."라는 말을 자식에게서 듣는 거라고 누가 말한 적이 있다. 나도 같은 생각이다. 자기 자식을 훌륭하게 키우겠다는 마음은 어느 것과 바꿀 수 없는 모든 부모의 공통된 바람이다. 거기에다 부모로부터 사랑과 관심을 받고자 하는 것 또한 어느 것에도 양보할 수 없는 자녀의 특권이다. 이것이 서로 만나 영향을 주고받게 됨으로써 가정교육이 원만하게 이루어지게 된다.

교육은 인류가 출발한 이래 시대와 국경을 초월한 영원한 과제다. 하지만 교육이 갖는 시대의 특성, 나라의 전통과 역사, 가정의 분위기, 각 개인의 인생관 등에 따라 달라질 수 있다. 한 가지 변하지 않는 것이 있다면 교육의 주체도, 교육을 받는 것도 인간이란 점이다. 인간은 나면서 죽을 때까지 불완전한 존재로 삶을 마감하게 된다. 일생 교육을 받으면서 완전한 존재로 나아가는 과정 중에 생을 마감한다고 할 수 있다.

우리 집에 전 주인이 남겨 놓고 간 고양이 한 마리가 있다. 알록달록한 무늬의 타이거는 예쁘게 생겼다. 내가 집안일을 하기 위해 창고 문을 열고 들어가면 어느새 그놈이 들어와 여기저기를 헤매고 다닌다. 고양이는 늘 호기심으로 살아간다. 우리 인간도 이들처럼 구석구석을 헤매고 다니며 인생의 큰 그림을 완성하기 위해 마음의 문을 열고 늘 탐색하는 삶을 살아간다. 인생은 완성이라는 게 없는 긴 배움의 여정이다.

결국 배우지 않으면 성장할 수 없고 성장하기 위해서 배우게 된다. 배움을 통해 우리는 성숙한 사회인으로 발돋움을 할 수 있다. 교육의 목적은 한 인간으로서 태어나 소속된 사회에서 건전한 삶을 살아갈 수 있도록 성숙한 인격을 육성하고 완성하는 데 있다. 자식 교육에 책임과 의무를 다해야 하는 게 부모라고 본다.

내 아이들에게 이러한 부모로서 의무를 다했다고 자신할 수 있을까? 그렇지 않다면, 지금이라도 뒤돌아보고 잘못이 있었다면 반성하고 더는 그 다음 후손들에게 전가되지 않도록 노력이라도 해야 하겠다.

아버지는 아무리 생각해도 '자식들이 스스로 닮고 싶은 모범적인 아버지의 상'은 아니었던 것 같다. 젊을 때 허구한 날 바깥에서 술만 마시고 집에는 새벽에 들어갔다. 아이들 얼굴을 제대로 볼 시간이 없었다. 일요일이면 하루 종일 피곤을 핑계로 잠자느라 바쁘고, 기껏해야 매달 한 번씩 같이 가는 대중목욕탕이 전부다. 그것도 엄마가 같이 갈 수 없으니까 마지못해 아버지가 따라 가는 것이다.

지금은 두 아들이 장성해 이것저것 간섭하면 오히려 귀찮아한다. 그들이 자라던 시기에 그들과 같이 놀아 주지 못하고 나 자신에 빠져 허우적거렸던 모습을 지금 깊이 후회하고 있다. 아버지로서 내 모습이 부끄러워질 뿐이다. 작은애가 나기 전 우리가 서울 강동구 길동에 살 무렵 어느 날이었다. 큰애를 데리고 논에 메뚜기를 잡으러 나갔다.

도착해서 그가 메뚜기를 신나게 잡을 줄 알았다. 메뚜기를 잡기는커녕 손으로 만지지도 못하고 있었다. 나는 단번에 귀싸대기를 한 대 올리면서 꾸지람부터 시작했다. "사내 녀석이 그깟 메뚜기 한 마리를 손으로 못 잡느냐?" 큰애는 나면서부터 허약 체질로 태어났다. 그렇게 성장해 가다가는 험난한 세상을 헤쳐 나가기 힘들 것이라 생각한 속내였다. 당연히 그 생각은 잘못이었다. 아이들은 자신을 이해해 주고 감싸 줄 포근한 아버지가 필요한데, 나는 그렇지 못했다. 독수리 아비처럼 스스로 나는 모습을 보여 주는 본보기가 필요한데 그걸 보일 생각도 하기 전에 꾸지람부터 했다. 절벽에 키우던 새끼들이 비상할 시간이 다가오면 독수리 아비는 먼저 나는 모습을 보인다. 용감한 놈이 아비를 따라 날개를 펴고 날아간다. 겁쟁이는 멈칫거리다 절벽 밑으로 굴러떨어진다. 이게 독수리의 생존이다. 우리 인간보다 더 냉엄하게 자기 새끼들에게 나는 법을 가르친다.

다행히 집에 도착해 아내가 나를 꾸짖고 큰애를 감싸 주는 바람에 그래도 상처를 덜 받았을 것이다. 인간이 태어나면서부터 사회생활에 필요한 생존법을 부모로부터 먼저 배우게 된다. 다양한 경험들을 부모를 통해 확인하고 부모에게서 인격 형성에 필요한 수업을 받는다. 내가 내 아이들에게 이러한 아버지 모습을 보이지 못한 것이 나의 아버지로부터 배우지 못한 것에도 그 영향이 있지 않았을까? 두 아이들의 성장 과정을 비교하며 살펴보자!

큰놈은 어릴 적부터 여러 분야에 다양한 재능을 조금씩 보이기 시작했다. 운동, 그림, 악기 및 자동차 레이싱에 흥미를 보였다. 그가 겨우 말을 할 무렵에 바이올린을 가지고 놀면서 제법 재미있어했다. 뉴질랜드에 와서도 한동안 혼자 바이올린을 연습하고 취미를 이어 갔지만 계속적인 관심과 지원이 없게 됨에 따라 차차 식어 갔다. 이때 사용하던 바이올린은 현재 우리 집 어딘가에 팽개쳐져 있다.

두 번째로 관심이 옮겨 간 것이 그림이었다. 그림에 소질을 가지고 있는 것은 아마 엄마 쪽의 유전인자 같다. 그런데 그림을 그리기 시작하면서 남다르게 그린다는 걸 알았다. 보통 사람과는 다르게 반대로 그리는 것이다. 사람을 그릴 때 발에서 시작해 위로 올라가면서 머리에서 완성했다. 한때는 '눈'을 집중적으로 그리는 시기가 있었다. 거실에 그리다 만 그림 한 점이 걸려 있다. 혹시 머릿속에는 완성한 거로 착각하고 있는지 모른다.

고등학교 때 그가 만든 포트폴리오 작품은 학교 후배들의 그림 모델이 한동안 될 정도로 뛰어난 재능을 보였다. 뒤에서 우리가 관심이나 독려를 하지 않게 되자 미대를 입학하면서 그림에 대한 열정은 차차 식어 갔다.

한때 이민 올 시기부터 열풍이 불고 있던 미니카 레이싱에 푹 빠져 있었다. 겨우 여기저기 데리고 다녔지만 계속해서 관심을 두지 않아 열정은 식어 버렸다.

그가 흥미를 느꼈던 것은 일정한 간격을 두고 있다. 그때그때 그가 가진 흥미에 우리가 제대로 관심을 주지 못했다. 지금에 와서 아버지로서 그에게 있었던 흥밋거리와 좋아한 것에 대한 지원과 뒷바라지를 다하지 못한 것에 대한 후회가 막심하다.

그의 농구에 대한 사랑은 남달랐다. 그린하이츠로 이사를 하면서 동네 친구들과 밥만 먹으면 농구대에 모여 살았다. 고등학생이 되면서 노소어 지역 농구팀에서 두각을 나타내면서 지역대표로 전국 농구대회에 늘 나갔다. 학교에서는 농구팀 주장도 맡았다. 지금도 농구에 대한 열정만은 식지 않고 있다. 사무실에서 TV를 틀어 놓고 미국 NBA를 수시로 보고 있다.

미국 NBA의 유타 재즈팀 포인트가드 존 스톡턴이 그의 우상이다. 당시 스톡턴은 NBA가 선정한 위대한 50인의 농구선수 중 한 명이며, NBA 역대 어시스트 1위다. 무려 9년 동안 어시스트 부분에 톱으로 군림한 레전드 중의 레전드였다. 스톡턴은 당시 단신이라 해도 무려 185㎝나 되었다. 그만큼 미국 농구 무대는 장신들의 숲이다.

신초록은 작은 키에도 불구하고 덩크슛을 예사로 한다. 가드로서 훌륭한 시야와 볼 패스력을 겸비하고 있다. 이 모든 기술을 열심히 스톡턴으로부터 배우고 익혔다. 그리고 자신의 꿈이 미국의 NBA에 가서 존 스톡턴과 같은 좋은 가드가 되는 것이라고 했다. 그가 나에게 자신의 꿈 이야기를 할 때 이를 묵살하고 귀조차 기울이지 않았다. 그는 성장 과정에서 자신의 나이에 맞게 갖가지 재능을 보였다. 이때 내가 아버지 역할을 제대로 했더라면 큰애는 자신의 꿈을 성취했을지도 모른다.

한편, 큰놈과는 대조적으로 작은놈은 마당발 아이로 시작했다. 겨우 세발자전거를 탈 수 있을 나이 때부터 밖에 나가 하루 종일 동네 사람들과 수다를 떨고 다녔다. 아침이면 경비아저씨와 친구가 되어 집에는 들어올 생각도 하지 않고 같이 놀았다. 늦은 저녁이 되어야 집으로 들어오는 게 부지기수였다.

유치원생을 데리고 뉴질랜드로 이민을 오면서 처음 그의 활동은 변함이 없었다. 이사한 곳 동네 구멍가게 주인과 앉아서 하루 종일 잘 되지도 않는 영어로 수다를 떨다 집으로 오곤 했다. 동네서 만나는 사람들은 금방 친구가 되는 넉살이 좋은 놈으로 자리를 잡아갔다.

그 후 그곳 초등학교에 입학하면서부터 운동을 시작했다. 장거리 및 단거리 육상종목을 모두 휩쓸었다. 특히 100미터 달리기에서 두각을 보였다.

그 후 육상에서 축구로 변화가 일어났다. 처음에는 그곳 동네 축구에서 지역 축구로 발전하면서 북쪽 지역 유소년 대표로 발탁되었다. 이때부터 나는 작은놈의 축구에 오로지 매진했다. 아내는 자식에게 지나친 지원과 사랑은 오히려 그놈 신세를 망친다는 이유로 나를 말렸다.

작은애는 편견 없는 좋은 클럽의 코치를 만나 북쪽 지역 선발팀에 추천되어 13세가 되면서 유소년 대표로 선발되었다. 동양인으로서 험난한 경쟁과 벽을 뚫고 그 자리까지 오르게 되는 힘든 과정을 다 겪었다. 고등학생이 되면서 그는 다니던 학교를 1부 리그의 정상자리로 올려놓았다.

운이 좋아 베를린의 한 클럽 Hertha 03 Zehlendorf 팀에 테스트를 받고, 2004년 8월 20일에 입단했다. 독일로 가기 전에 있었던 나이키 주최 파나케오 원형경기에서 초대 챔피언에 등극했다. 세계적으로 유행이던 Nike Panna KO 경기에서 뉴질랜드 전역에서 모인 청소년들 300명 이상이 총출동하는 결정전이다. 나이키로부터 개인 상금과 함께 스폰서를 받았다.

독일에서 두 해를 뛰면서 독일 북구 지역 분데스리가 U17 챔피언쉽, 베를린 지역 Pokal U17 경기에 코카콜라컵 챔피언 자리에 올랐었다. 마지막 코카콜라컵 결승전에서 두각을 보이면서 SV-Tasmania 감독의 눈에 띄어 베를린지역 U19 리그에 2006년까지 뛸 수 있게 되었다.

하지만 신푸른솔은 외국 생활에서의 적응 문제, 외국인에 대한 차별, 친구와 집에 대한 향수병 등을 극복하지 못하고 엄마와 함께 2006년 6월 뉴질랜드로 귀국. 그 후 '양귀비 증후군'에 휩싸여 희생자가 되었다.

두 놈을 키우면서 아버지로서 내가 잘못한 것은, 큰놈을 지나치게 엄격하게 키우려고 한 것이라고 볼 수 있다. 거기에 비해 작은놈의 경우는, 지나친 사랑과 지원으로 아이를 오히려 망친 것이 아닌가 생각된다.

만약 시간을 되돌려 나에게 다시 아버지 역할을 할 수 있도록 허락한다면, 그들의 개성과 특성을 최대한 인정해 주고, 올바른 길로 나아갈 수 있도록 방향을 제시하는 역량을 보일 것이다. 그래서 나의 엄한 훈육과 아내의 인자함이 합쳐진 엄부자모(嚴父慈母)의 이상적인 자녀교육 모델을 만들어 냈을 것이다.

6장

지금은 무얼 하고 있을까?

우주에서도 나선은하의 한 귀퉁이에 위치한 지구의 모서리 한국에서 나의 젊은 시절을 보내고 뉴질랜드로 이민을 왔다. 이곳에서 보낸 30년 세월도 잠시 흐르고 어느덧 인생 후반기에 접어들고 있다. 언제 죽을지 모르지만, 살아갈 날이 산 날보다 많지 않은 것 같다. 이 시점에 진정한 삶에 대해 의문을 가진다. "나는 무엇을 위해 살고 있는가?"

인간은 누구나 살면서 이런 의문을 가지고 살아간다. 지구에 살다가 간 인류를 정확히 알기는 어렵지만, 나름대로 1,170억(현 78억×15배)이라 추정해 보자. 그런데 이 많은 사람들 중 과연 몇 사람이나 여기에 대한 답을 내놓을 수 있었을까? 기원전 4세기, 아리스토텔레스가 여기에 하나의 답을 내놓았다고 한다. 인간이 사는 목적은 '행복 추구'라고. 많은 사람들이 여기에 동의를 하며 살아가고 있다.

동시대의 또 다른 철학자 디오게네스는 문명을 거부하고 무소유를 추구했다. 생애에 걸친 한 벌의 옷, 지팡이와 자루를 메고 통속에서 살았다고 한다. 이 소식을 전해 들은 알렉산더 대왕이 하루는 그를 찾아 이처럼 대화를 나누었다:

알렉산더 : 나는 알렉산더 대왕이다.

디오게네스 : 나는 디오게네스라고 하는 개다.

알렉산더 : 내가 무섭지 않은가? 그대는 선한 자인가?

디오게네스 : 그렇다.

알렉산더 : 그렇다면 뭣 때문에 선한 자를 두려워하겠는가?

이어 알렉산더 대왕이 소원이 있으면 말하라고 하자, 디오게네스는 자신 앞의 '햇빛'을 가리지 말아 달라고 부탁했다. 이처럼 무례한 자를 당장 처형해야 된다고 부하들이 나서자 대왕은 그들을 만류하며, "내가 만약 왕이 되지 않았다면 나도 그처럼 되었을 것이네!"라고 말한 것으로 전해진다.

세상의 모든 것을 누렸던 알렉산더 대왕이 찾고 있던 것이 무엇이었을까? 그 후 디오게네스는 그리스 시민에게 각자의 우주를 가슴에 품고 살아가라고 하는 행복론을 가르쳤다. 디오게네스가 가르치고 다녔던 '행복'은 어디에 있는 걸까? 이 행복의 길을 찾아가 보자!

23.

뉴질랜드 일상

우리 가족이 대한항공에 몸을 싣고 한국에서 9,946㎞ 떨어진 호모사피엔스의 마지막 낙원에 도착한 지 30년이란 시간이 흘렀다. 지난 날 내가 가졌던 그 꿈을 이루었다고 할 수 있을까? 아니면 아직도 그 꿈을 좇아 가고 있는 중일까?

미국 극작가 존 하워드 페인이 1823년에 쓴 《즐거운 나의 집》 가사를 시작으로 나의 행복한 뉴질랜드 일상으로 여행을 떠나 보자.

즐거운 곳에서는 날 오라 하여도 쉴 곳은 작은 내 집뿐이리

내 나라 내 기쁨 길이 쉴 곳도 꽃 피고 새 우는 집, 내 집뿐이리

오~~~~ 사랑하는 나의 집 즐거운 나의 벗 집, 내 집뿐이리

고요한 밤 달빛도 창 앞에 흐르면 내 푸른 꿈길도 내 잊지 못하리

저 맑은 바람아 가을이 어디뇨 벌레 우는 곳에 아기별 눈 뜨네

오~~~~ 사랑하는 나의 집 즐거운 나의 벗 집, 내 집뿐이리

이처럼 즐거운 나의 집을 노래한 페인은 정작 집도 없이 유럽, 아프리카 및 프랑스를 방황하며 떠돌아다녔다. 말년에 튀니지 영사로 살다 60세에 세상을 떠났다고 한다. 페인이 노래한 꽃 피고 새 우는 행복한 뉴질랜드 일상은 어떨까?

우리 가족이 처음 정착한 곳은 오클랜드 북쪽 글렌필드에 있는 방 3개, 화장실 1개의 목조주택. 당시 시세로 12만 불(1억 수준). 이 집이 2020년 1월에 $906,000(7억 2천 5백만 원)에 팔렸다. 28년 사이에 7배로 뛰었다. 다른 물가도 비슷한 수준으로 올랐다고 할 수 있다.

이때 우리가 대형 매장에서 장을 볼 때, 물가는 한국에 비해 저렴하다고 느꼈다. 특히 고기류, 과일, 채소류 등이 저렴했다. 대신 공산품은 수입에 의존하고 있었기 때문에 비싸게 보였다. 대중교통이 뒤쳐져 있어 엥겔계수 중 교통비 비중이 높았다. 지금은 고기류와 과일까지도 많이 올라 다른 선진국들의 물가와 비슷해져 간다.

최근 외국에서 이주자들이 급증하게 되자 집값이 폭등하고 있다. 소득 대비 주거부담비율이 떨어져 주택보유 기회가 멀어지고 있다. 통계에 따르면 2020년 3분기에 뉴질랜드의 연간 집값 상승이 15.4%나 된다. 조사 대상 56개국 중 터키 27.3%보다 낮지만 물가를 감안해 세계 집값 상승 1위 국가라고 지적했다.

일부에서 뉴질랜드 집값 상승도 언젠가는 하락세로 돌아설 수 있다는 전망을 내놓고 있다. 주택공급 확대, 대출 제한, 금리의 상승 등에 근거를

둔다. 한 경제전문가는 다르게 설명한다. 뉴질랜드는 이주대상 선망국이기 때문에 가격이 일시 상승하지만 언젠가 그 상승은 멈추게 된다. 부동산 가격이 지나치게 오르면 구매자들이 주택을 구입할 수 없기 때문에 시간이 지나면 가격이 내려갈 수밖에 없다는 이유다.

이 집으로 이사한 후 큰애는 한국의 중학교에 해당하는 Intermediate에 입학, 작은애는 초등학교인 Primary에 입학했다. 큰애는 입학 첫날부터 친구를 집에 데리고 올 정도로 적응이 빨랐다. 작은애는 첫날부터 학교에 가지 않겠다고 떼를 썼다. 겨우 달래서 보냈다. 다행히 먼저 입학한 한국형의 도움으로 하루하루를 버텨 갔다. 담임이 은퇴 나이에 가까운 여선생님. 영어를 ABC도 모른다는 데 신경 쓰기보다 자신을 보살피기에도 힘겨운 노인이었다.

이곳은 아이들 교육이 일찍 시작되는 편이다. 5세가 되기 전에 유치원, 놀이방에 보낸다. 만 5세가 되면 초등학교 1학년으로 들어가 6학년(Year1~Year6)을 마친다. 중학교는 2년 과정으로 11세에서 12세까지다(Year7~Year8). 고등학교는 13세에서 시작되어 17세(Year9~Year13)에 마친다.

일부 학교에는 초등 과정이 중학 과정과 겹치기도 하고, 중등 과정이 고등 과정과 겹치기도 한다. 5세부터 19세까지 교육은 무료이며, 6세에서 16세까지는 의무교육이다. 하지만 연 3백 불의 기부금을 낸다. 사립학교는 1만 5천 불~3만 불의 수준으로 학교마다 차이가 난다.

수업 시간은 오전 9시부터 오후 3시까지이고, 연간 4학기로 운영된다. 고등학교 졸업을 증명하는 NCEA제도는 2002년부터 도입. 불합격, 합격, 우수 및 탁월의 4등급으로 구분된다. 이 NCEA제도는 뉴질랜드는 물론 호주, 영국 등 다른 나라의 대학 입시에도 활용되고 있다.

뉴질랜드는 25개의 전문대학 Polytechnic과 8개의 종합대학 University 가 있다. 수업료는 시민권자와 영주권자는 연간 7천 불이고, 유학생은 3만 불이다. 개인적으로 지불할 능력이 안 될 경우, 우선 정부에서 학자금 대출을 받지만 졸업 후 취업했을 경우 이자와 함께 원금을 갚아야 한다.

여기서 일 년이 지나 렌트 계약기간이 만료돼 북서쪽에 위치한 Green-hithe(그린하이츠)로 집을 구입해 이사를 했다. 작은애가 입학한 초등학교는 개교 50년 만에 동양인이 처음일 정도로 한적한 곳이다. 여기로 이사를 가면서 큰애와 작은애가 동네 또래들과 우리 집에 설치된 농구대에서 하루 종일 뛰놀면서 영어를 자연스럽게 익혀 갔다. 학교를 마치면 우리 집이 아이들의 놀이터가 된다. 영어를 가르치지 않아도 눈에 띄게 숙달되었다. 어른들 눈에는 신기하기만 했다. 어릴수록 외국어의 습득은 더 빨라진다는 것도 이때 알았다.

큰애가 이 곳에서 낚시에 흥미를 갖기 시작했다. 농구를 하는 시간 외에는 시골동네 선착장에 낚싯대를 들고 나갔다. 하루는 작은애가 형을 따라다니다, 아킬레스건 부근에 낚싯바늘이 끼는 사고가 발생했다. 병원 응급실에 도착 후 담당의사와 100kg이 넘는 보조원이 절단기로 낚시바늘을 자르고자 시도했지만 둘 다 실패했다. 왜소한 내가 그 바늘을 절단했다. 만약 아버지인 내가 자르지 못하면 내 자식이 불구가 된다는 우려 때문에 바늘을 잘라야만 했다.

이러한 사고가 발생할 경우 치료비는 무료다. 뉴질랜드에 거주하고 있는 모든 시민권자, 영주권자, 관광객까지도 뉴질랜드 정부가 제공하는 ACC에 의해 무료로 치료를 받을 수 있다. 여기에 소요되는 자금은 취업자들이 내는 세금을 통해 조달된다. 사고로 일주일 이상 일할 수 없을 경우 ACC에 의해 평균 급여의 80%까지 보상받는다.

누구나 불편한 곳이 생기면 일차적으로 GP(가정의)를 먼저 찾는다. 그가 진단을 해 보고 전문의가 필요하다고 판단되면 전문의에게 소견서(Referral)를 보낸다. 개인에 따라서는 가정의가 써 주는 소견서를 들고 종합병원을 찾지만 대기자가 많기 때문에 개인보험을 통해 전문의로 직접 가는 경우가 많다. 이 경우 비용이 상당하다.

내가 설립한 부동산회사의 운영이 힘들게 되면서 살던 집을 처분하고 포레스트 힐로 렌트를 옮겼다. 이곳에서 힘든 하루하루를 보내고, 아내의 지난밤 꿈을 믿고 찾아간 곳이 타카푸나였다.

이사를 가면서 일들이 잘 풀려 나갔다. 큰애는 오클랜드대학 미대에 들어가고 작은애는 청소년 축구 대표로 선발되었다. 하지만 큰애의 학자금을 댈 수가 없어 정부로부터 학자금을 신청했다. 용돈은 그가 신문을 돌리거나 골프장에서 공을 줍는 것으로 충당했다. 골프 이야기가 나온 김에 이 나라 사람들이 즐기는 스포츠에 대해 알아보는 시간을 가져 보자.

골프는 뉴질랜드인이 격식을 차리지 않고 동네 어디서나 즐기는 대중 스포츠이다. 자신에게 맞는 아이언 채만 몇 개 들고 가면 된다. 뉴질랜드 전역에 400여 개 이상의 골프장이 있다. 캐디도 필요 없고 이용료가 저렴해 몇십 불 내고 언제나 칠 수 있다.

하지만 나는 도착하면서 부동산을 바로 시작하여 골프장에 드나들 수 있는 시간이 별로 없었다. 비록 시간이 있었더라도 나 스스로 이곳에서 정착했다고 생각되기 전까지 골프는 치지 않겠다는 각오로 일을 했다.

골프 외에도 이들의 생활에 상당한 비중을 차지하는 스포츠가 몇 가지 있다. 첫 번째로 꼽을 수 있는 건 럭비다. 럭비는 이들에게 종교와도 같은 것이다. 럭비가 처음 영국인에 의해 도입된 이래 뉴질랜드인의 국민스포츠다. 올블랙스가 경기에 지면 나라를 잃은 것처럼 슬퍼한다. 조나 로무는 그들에게 신화 같은 존재로 통한다. 럭비 경기가 있으면 경기장은 온통 만석이 되고 운동장 안팎으로 소동이 일어나게 된다.

여기에 못지않게 인기 있는 스포츠가 요트경기이다. 바다로 둘러싸여 있는 나라이다 보니 자연스럽게 그들은 요트를 즐기게 되었다. 뉴질랜드는 지금까지 아메리카컵 요트경기에서 호주, 스위스를 제외하고 유일하게 4번씩이나 미국을 이긴 나라다. 1995년(30회), 2000년(31회), 2017년(35회), 2021년(36회)에 우승했다.

2000년 31회 아메리카컵의 우승을 이끌었던 러셀 쿠츠는 1년 뒤 엄청난 돈을 받고 스위스팀으로 이적해 2003년도에 스위스를 우승시켰다. 그 후 그는 뉴질랜드인들에게 배신자로 낙인찍혀 있다.

지난 8월 8일에 폐막한 2020 도쿄올림픽에서 뉴질랜드는 종합순위 13위에 올랐다. 뉴질랜드 선수들은 정부의 지원 없이 자비와 주변 사람들의 후원으로 출전하는 걸 감안하면 비록 규모는 작지만 스포츠 강국임을 유감없이 보여 주고 있다.

타카푸나로 이사한 후 아내는 한국에서 온 자매를 유학원에서 소개받고 하숙을 치기 시작했다. 두 남매에게 받았던 하숙비는 모두 합해(가디언, 생활비, 주에 3번 학원을 데리고 다닌 비용을 포함) 주당 1천 불이었다. 일 년이면 5만 2천 불($500×2명×52주)로 뉴질랜드 달러 대비 800원을 기준할 경우 한국 돈으로 4천 1백 60만 원이다. 하지만 반년 안에 부동산 경기가 살아나고 하던 일이 순조롭게 풀리면서 아이들을 내보냈다.

만약 12세 난 아이가 뉴질랜드로 유학 올 경우 비용이 얼마나 들까? 유학 전문가가 작성한 비용을 참고해 보자. 12세 아이가 학생비자로 유학을 올 경우 부모 한 명이 가디언으로 동반해야 한다. 학업 성취도에 따라 다시 1년짜리 비자를 연장할 수 있다.

공립학교의 경우 약간의 차이는 있지만 학비가 일 년에 $15,000. 방 2개를 렌트할 때 연간 $26,000($500×52주). 생활비는 개인차가 있지만 연 $41,600($800×52주)이 소요된다. 생활비에는 식품비, 인터넷, 교통비를 포함. 이를 합치면 연간 $82,600이 소요된다. 환율을 달러 대비 800원을 기준할 경우 연간 6,600만 원을 준비해야 한다. 웬만한 가정에선 조기 유학을 보내기 어려울 정도의 비용이 든다.

우리 가족은 타카푸나에서 사는 동안 경제 사정이 나아지고 안정을 되찾아 갔다. 인간은 누구나 여건이 조금 좋아지게 되면 지나간 과거는 깡그리 잊어버리고 또 다른 세계를 꿈꾸게 되는 습성이 있는가 보다.

아내와 나는 좋은 집에 대한 환상을 가지게 되었다. 어느 날 식사 후 바다를 끼고 요트 정박소가 있는 환상의 궁전을 찾아 나섰다. 큰애가 오랫동안 매물로 나왔으나 팔리지 않고 있는 아름다운 집이 있다고 알려 준 곳을 어슬렁거렸다. 때마침 집주인을 만나 집 안으로 안내를 받았다. 문을 열고 들어서는 순간, 눈 앞에 펼쳐진 광경은 우리 부부의 눈을 단번에 멀게 만들었다.

집 안으로 흘러오는 찰랑찰랑한 월경과 오클랜드시내 전경을 한눈에 볼 수 있는 전망은 환상적이었다. 그 자리에서 한두 번의 구두협상을 거치고 집주인이 원하는 금액에 계약했다.

우리 가족은 2004년 6월에 여기로 이사를 하고 아내와 작은애는 독일로 축구를 위해 떠났다. 여기에서 큰애와 그의 일본 친구를 키우면서 행복한 나날들을 보냈다. 이때 우리 집에서 성장한 야수는 고등학교와 대학을 마치고 영주권까지 취득했다. 지금도 야수와 큰애는 제일 친한 친구로 우리 팀의 일원으로 열심히 살고 있다.

5 Princes Street에 위치한 환상의 궁전.
베란다에서 밑으로 내려가면 전용 선박장과 낚시장이 있다.

이 집으로 이사를 하면서 마음의 여유를 뽐내기 위해 옆집 키위들과 어울리기 시작했다. 주변 이웃들은 대부분 은퇴를 했거나 일하지 않는 여유 있는 사람들이었다. 매주 돌아가며 이웃들을 집으로 초대하여 자신의 취향에 맞게 칵테일 파티를 벌인다. 초대받은 이웃들은 집에서 만든 음식과 자신이 마실 술을 들고 초대된 집으로 모여 밤늦게까지 논다.

허물없이 이렇게 몇 년을 지내다 보면 이웃집의 숟가락 젓가락 개수까지도 알게 된다. 이들과 교류하면서 뉴질랜드인의 타인에 대한 태도를 파악할 수 있었다. 그들은 대개 조용하면서 겸손하다. 타고난 조심성을 가지고 외국인에 대해 천천히 다가선다. 그래서 이쪽에서 너무 성급하게 다가가면 오히려 경계심을 가진다. 격식을 차리지 않고 모든 사람들을 동등하게 대접하길 좋아한다.

그들의 근성에는 평화와 평등을 원하는 게 기본적인 국민성으로 깔려 있다. 다른 나라에 전쟁이 터지면 평화를 지키기 위해 앞장서 군대를 파견한다. 한국전쟁이 일어났을 때도 그랬고, 2000년대 동티모르 사태가 발생했을 때도 제일 먼저 군대를 파견하여 자신들의 목숨을 던지는 용감한 국민들이다. 세계의 핵실험에 반기를 들고 포경선 반대 운동의 최전방에 앞장선다.

2006년이 되자 작은애와 같이 독일서 돌아온 아내가 집에서 야채를 재배하기 시작했다. 재배 공간이 부족하다는 걸 느끼면서 외곽지의 전원주택에 눈길을 보냈다. 현재 우리가 살고 있는 집은 100년 가까이 된 집을 이 자리로 옮겨와 리모델링한 영국식 컨트리 빌라이다.

아내가 독일에 있을 때 이 집을 사고 싶어 했지만 확인할 수 없어 기회를 놓치고 말았다. 귀국한 다음 해 이 집이 다시 시장에 나온 걸 알았다.

주말에 집을 보고 아내와 나는 더 이상 머뭇거릴 이유가 없다고 생각하고 바닷가 집을 팔기 전인 2010년 11월에 구입했다. 우리는 살 집을 구입할 때 살기에 적합한가를 보고 결정한다. 몇 년 후 팔았을 때 얼마를 남길 것인가를 생각하지 않는다.

여기로 이사를 한 다음 해부터 매년 Street Party를 열고 있다. 이 행사도 바닷가 집에서 했던 거와 마찬가지로 자신이 마실 술과 집에서 준비한 음식을 들고 모인다. 이를 두고 Bring Plate라 한다.

현재 우리가 사는 곳은, 오클랜드 시내에서 33㎞ 정도 떨어진 라이프스타일 주거지다. 여기서 가까운 알바니 버스 정류소까지는 10분 거리. 약 8천 6백 평 대지, 방 4개 화장실 3개 딸린 본채. 수영장에 방 1개짜리 별채가 있다. 야간 조명시설을 갖춘 올림픽 규모의 승마장. 농기구를 보관하는 대형 창고와 마구간이 별도로 구비돼 있다.

철 따라 각종 과일이 나오며 야채 밭에서 나는 각종 채소로 풍성한 식단을 꾸밀 수 있다. 노지에서 나는 오가닉 채소는 우리의 건강을 책임지는 보고다. 집 둘레의 약식 트랙킹 코스는 시간이 날 때마다 요긴하게 사용된다.

나의 하루는 7시에 눈뜨면서 시작된다. 한 시간 반 동안 책 읽고 간단한 아침을 먹는다. 8시 반에 집을 나서 버스가 오는 길까지 걸어서 20분. 거기서 골드카드로 버스를 타고 10시경에 시내 사무실에 도착. 사무실에서 우리 팀의 일을 돕기도 하고 개인 일을 본다. 책 읽고 글 쓰는 것이 나의 주된 일이다.

대개 점심을 먹고 시내를 약 1시간 이상 산책을 한다. 이 시간은 사색을 하거나 이 나라 사람들의 실상을 들여다볼 수 있는 중요한 시간이다.

퇴근은 4시에 사무실을 떠나 버스 타고 반대 방향으로 집에 돌아온다. 집에 도착해서는 아내와 하루 동안 일어난 이야기를 주고받는다. 아내는 집에서 유튜브를 보고나 뜰에 나가 야채 밭을 돌보는 게 일상이다. 식물을 재배하면서 느끼는 개인적인 생각과 동물들의 움직임 등을 놓고 서로의 의견을 나눈다. 그러다 간단한 저녁 식사와 함께 와인 한두 잔을 들고 잠자리에 든다.

65 Green Road, Dairy Flat 현재 우리 부부가 살고 있는 라이프스타일 주택 앞마당.

주말이면 오전에는 아내와 함께 집 안의 야채 밭을 가꾸는 데 힘을 보탠다. 일주일에 주말 이틀로는 집 전체를 관리하기 힘들지만 그럭저럭 꾸려갈 수 있다. 오후면 알바니 쇼핑몰에 들러 일주일 치 장을 본다. 두 사람이 먹을 수 있는 정도의 장을 보지만 식료품이 주류를 이룬다.

뉴질랜드는 섬나라이기 때문에 날씨를 예측하기 어렵다. 우스갯소리로 하루에 사계절을 모두 경험할 수 있다고 말한다. 한국과는 정반대이기 때문에 이곳의 겨울을 피해 6개월간은 한국을 방문한다.

뉴질랜드는 형식적으로 봄, 여름, 가을, 겨울이 있지만 크게 보면 여름과 겨울 두 계절만 있는 것 같다. 봄과 가을은 잠시 중간에 지나가는 느낌이 들 정도로 짧다. 여름은 넓게 보면 10월에 시작되어 4월에 끝난다. 여행자들에게 뉴질랜드 여름은 지상의 낙원이라고 극찬을 해도 아깝지 않다. 외국에서 느껴보지 못한 눈 없는 크리스마스를 만끽하며 국내 여행을 즐긴다.

타는 듯한 여름 햇살에도 그늘에 들어서면 시원해진다. 반대로 겨울이면 우기가 시작돼 하루 종일 비가 내린다. 이 때문에 습도가 높아 호흡기 질환이 많이 발생한다. 그래서 식당에서 옆자리에 앉아 있는 사람들이 코를 팽 하고 푸는 걸 대수롭지 않게 여긴다. 이러한 기후에 맞춰 잘 적응해가는 게 인간인 것 같다는 생각이 든다.

24.

행복을 찾아서

아리스토텔레스가 인생의 목적이 행복 추구라고 했다. 한때 그의 제자였던 알렉산더 대왕이 그렇게도 부러워했던 디오게네스가 남루한 옷을 걸치고 그리스 시민들에게 가르쳤던 인생의 목적은 어디에 있는 걸까? 나의 행복을 찾아가기 전에 사람들이 행복을 어떻게 이해하는가를 알아보자.

뜰에 피는 장미를 이해하려고 눈으로 보고 냄새를 맡으면서 장미를 알게 된다. 하지만 보지도 못하고 냄새를 맡지도 못하는 사람은 장미를 어떻게 이해하게 될까? 미술 시간 학생들에게 행복을 그려 보라고 주문해 보면 어떨까? 처음엔 학생들이 서로 얼굴을 마주 보며 난감한 표정을 지을 것이다. 시간이 지나자 아이들이 행복을 그리기 시작한다. 엄마가 아이들을 학교에 등교시키는 그림. 예쁜 표정을 짓는 동생 모습. 할아버지가 손녀들과 손잡고 산책하는 그림. 그중 한 아이는 아무것도 그리지 못하고 멍하니 허공만 바라보고 있다. 한 번도 본 적이 없는 행복을 그릴 수 없다. 그가 옳을지도 모른다.

그런데 어른들은 행복을 어떻게 그리게 될까? 영국의 제레미 벤덤은 '행복이란 최대 다수의 최대 행복'이라고 했다. 쾌락과 고통을 수치로 나타낼 수 있다고 한다. 이들 수치를 합치면 행복의 정도를 알 수 있다고 설명한다.

경제학자 새무엘슨은 '행복=소비/욕망'이라는 방정식을 내놓았다. 행복을 높이려면 소비를 늘리면 된다. 아니면 욕망을 줄여서 한정된 자원으로 얼마든지 행복해질 수 있다고 하였다.

얼마 전 구글X 공학도 모가 댓이 17살 난 아들을 떠나보내며 행복 방정식을 풀었다. '일어난 사건이 기대치와 일치하거나 기대치를 넘어서면 행복해진다'고 한다. 단지 이때 행복과 불행은 개인의 생각에 따라 다를 수 있다는 단서를 붙였다.

행복은 이처럼 쉽게 알 수도 없고 잡을 수도 없는 아지랑이 같다. 하지만 우리는 때때로 행복을 느낀다. 따스한 봄날 아이들을 학교에 보내고 베란다에 앉아 커피를 마시며 음악을 듣고 있으면 행복해진다. 아이들의 미소, 남편의 승진 소식, 친구 이야기, 복권 당첨, 그동안 잊고 지냈던 친구를 길에서 만난 일 등 행복의 순간들을 일일이 다 나열하기조차 힘들다.

행복에는 몇 가지 특징이 있어 보인다. 혼자만이 느낄 수 있고, 다른 사람이 아무리 소리쳐도 남들은 알 수 없는 것. 이는 의식이 만들어 낸 환상이다. 그렇다고 행복은 오래 머물지도 않는다. 손을 뻗으면 도망가는 나비와 같다. 하지만 행복은 가만히 내버려 두면 살포시 우리 곁에 다가와

앉는다. 그래서 행복에 대한 정의를 이렇게 내릴까 한다:

"행복은 우리의 일상에서 작은 것에 만족하고 기쁨을 느끼는 편
안한 마음의 현재 상태."

우리는 어떻게 하면 더 많은 행복감을 느낄 수 있을까? 흔히 행복에 관
한 전문가들이 성공, 부, 명예, 권력, 화려한 치장, 으리으리한 집, 낭만적
인 사랑 등을 행복에 이르는 부수적 가치로 들먹이고 있다. 그런데 과연
이들이 행복을 전해줄 수 있을까? 모두 잠시 행복감을 느끼게 할 수 있겠
지만 진정한 행복이라고 보기는 어렵다.

무엇보다 행복은 물질적 풍요보다는 각자 내면의 평화로운 마음의 상
태에서 찾아오는 것이라 했다. 한국을 떠나 우리 가족을 이끌고 뉴질랜
드까지 와서 내 나름대로 찾아낸 행복에 이르는 다섯 가지 길을 여러분과
공유할까 한다. ① 인생의 주인공은 나다. ② 건강은 행복의 첫걸음. ③
일과 행복의 함수관계. ④ 가족이 바로 행복이다. ⑤ 배움은 행복의 밀도
를 높여 준다.

그럼 '인생의 주인공은 나다'라는 이야기를 〈당나귀와 어리석은 두 부
자〉 우화로부터 시작해 보자:

당나귀에 아버지를 태우고 아들이 길을 걷고 있었다. 지나는 행
인이 이 광경을 보고 "못된 아비 같으니! 어떻게 어린 아이를 걷
게 하고 자신은 편하게 타고 갈 수 있을까?" 하고 아비를 나무랐
다. 이 말을 들은 아비는 자리를 바꾸어 아들을 태우고 자신이

걸어서 길을 가고 있었다. 이번에는 지나가는 행인이 "천하에 버릇없는 놈! 세상이 어찌 되려고 젊은 놈이 타고 늙은 아비는 걷게 한단 말인가?"라고 호통을 쳤다. 그렇게 되자 이번에는 아들과 아비가 함께 당나귀를 타고 길을 재촉했다. 한참을 가다가 다른 행인이 이를 보고 "천지개벽이 생기려나? 불쌍한 당나귀를 부자가 타다니? 인정머리 없는 인간들." 하고 화를 버럭 냈다. 이 말을 들은 부자는 막대기에 당나귀를 거꾸로 매달아 시장까지 가고 있었다. 이를 본 또 다른 행인이 웃음을 터뜨리는 바람에 당나귀는 놀라서 도망가고 말았다.

자신의 인생을 살아가는데 지나가는 행인들의 생각은 그들 몫으로 남겨 두면 된다. 남이 뭐라든 아버지와 아들은 자신들의 길을 묵묵히 걸어야 한다. 마음 깊숙한 곳에서 나오는 소명에 따라 자신의 인생을 살아가면 자신도 모르는 사이 행복이 우리 곁을 찾아와 살포시 앉는다. 인간이 태어나 성장하고 늙고 죽어 가는 모든 과정, 위기와 어려움도 내가 겪어야 하고, 즐거움과 행복도 스스로 맞이하게 된다. 이 모두는 남이 대신해 줄 수 없는 나 혼자만이 겪는 삶에 대한 의무요 책임이다.

부동산회사를 설립해 난관을 겪으면서 알게 된 사실이다. 사무실 운영비 및 임대료가 밀려서 건물주로부터 독촉을 받을 때마다 알고 지내는 분들에게 도움을 청했지만 아무도 도와주는 사람이 없었다. 좁은 바닥의 교민사회에서 도움을 주기도 어렵겠지만 도움을 받기도 어렵다는 걸 알게 되었다.

여기에 대해 어떠한 경우도 비난하거나 실망할 일이 아니다. 나 스스로 시작한 사업이고 스스로 자초한 일이다. 이때 터득한 것이 바로 우리가 살아가면서 어떠한 어려움과 난관에 부딪혀도 헤쳐 나가야 하는 사람은 나밖에 없다는 사실이다.

회사를 상대로 2004년부터 2년 동안 커미션 반환청구소송을 하는 동안에 누구 하나 법정에 증인으로 나서 주는 사람이 없었다. 현지 회사 직원들은 상사의 위력(H회장)이 두려워 증인으로 서는 걸 두려워했다. 계약 당사자 DJ회장 본인은 말할 것도 없고, 사무실 직속상관인 매니저조차도 회사의 회장 눈이 두려워 증인대에 서길 거부했다.

결국 이러한 불리한 입장에도 불구하고, 이 모두를 극복하고 끝까지 밀고 나가 원하는 커미션을 받아 냈다. 만약 그때 포기하고 말았다면 나는 내 인생의 패배자가 되었을 것이다.

이처럼 내 인생의 주인공이 나라는 걸, 중국 출신 교육학자 스웨이는 《인생은 지름길이 없다》에서 우리에게 이렇게 설명해 준다. "스스로 자기 인생의 설계자가 되어라. 내 미래를 결정할 수 있는 유일한 사람은 바로 나 자신이다. 다른 사람의 말이나 판단에 흔들리는 사람에겐 무미건조하고 볼 것 없는 인생만이 기다리고 있다. 자신의 삶에 대한 열정과 꿈을 가진 사람만이 더 높이 올라갈 수 있으며 빛나는 인생을 누릴 수 있다."

한국보건사회연구원이 5,020명을 대상으로 한 '한국인의 행복과 삶의 질'에 관한 연구조사(2019년 5월 8일~6월 13일)에 따르면 응답자의 31%가 행복한 가정을 행복의 첫 번째 조건으로 꼽았다. 두 번째가 건강하게 사는 것(26.3%). 세 번째는 돈과 명성을 얻는 것(12.7%). 네 번째는 소질과 적성에 맞는 일을 하는 것(10.4%)을 꼽았다. 이처럼 건강을 행복의 중요한 조건으로 여기고 있다.

행복하기 위해서는 건강해야 한다. 건강하면 행복해진다. 행복과 건강은 어느 것이 먼저라고 보기 어려울 정도로 서로가 영향을 주고받으며 밀접하게 연관되어 있다.

우리가 행복해지면 머리 뒷부분에서 엔도르핀이 분비된다고 한다. 이는 우리 일상생활에 중요한 역할을 한다. 엔도르핀이 나오려면 우리가 행복해져야 한다. '닭이 먼저냐, 달걀이 먼저냐'이다. 우리가 행복을 위해 노력한다면 엔도르핀 문이 열릴 것이다.

맛있는 음식을 먹을 경우, 사랑하는 가족과 친구를 만날 경우, 좋아하는 운동경기를 관람할 경우 엔도르핀이 돈다. 즐겨 하는 음악을 들으며 커피를 마실 경우도 마찬가지다. 아름다운 곳을 여행하고, 재미난 소설을 읽으면 엔도르핀을 자극하여 우리를 행복하게 만든다.

살아오는 동안 건강 때문에 내가 놓친 것이 몇 가지 있다. 고시 공부를 하면서 치아 때문에 고생을 하다가 결국 고시를 포기하고 말았다. 그리고 뉴질랜드로 이민을 오고 한동안 별 탈 없이 잘 지냈다. 잠잠하던 왼쪽 무릎에 어느 날부터 통증이 오기 시작했다. 그것도 비즈니스가 문제없이 굴러갈 때는 별다른 징후가 없다. 비즈니스에 빨간 불이 들어올 때면 틀림없이 이상증세가 나타나기 시작한다.

젊은 시절에 다친 왼쪽 무릎에 철심이 몇 개 박혀 있다. 중개업은 걷는 직업이다. 하는 수 없이 왼쪽 무릎 인대 수술을 두 번씩 했다. 처음에는 재활 운동을 소홀히 하여 실패하고 두 번째는 의사 지시대로 열심히 노력한 덕택에 별 탈 없이 지내게 되었다.

또 우리가 즐기고 있는 좋은 환경이 오히려 우리의 건강을 해치는 원인이 되고 있다. 영양가가 높은 풍족한 음식과 짧은 거리에도 자동차를 이용하는 습관은 노화를 촉진하는 요인으로 작용한다. 건강은 잃기 전에 사전에 준비를 해야 한다. 한 번 잃은 건강은 되찾기가 어렵다는 걸 명심해야 한다.

뒤늦은 감은 있지만 건강 유지를 위해 몇 가지 규칙을 지키고 있다. 소식과 규칙적인 운동. 또 몇 가지 건강보조 식품을 챙겨 먹고 있다. 오래도록 이러한 규칙을 지키다 보면 젊을 때 망가진 몸이 회복되는 것을 알 수 있다. 심하게 빠졌던 머리가 조금 되살아나고 기억력도 좋아지고 있는 걸 느낀다. 잃었던 자신감이 생기고 어느새 행복이 슬며시 찾아든다.

행복은 자신이 좋아하는 일에 몰입할 때 찾아온다. 인류 역사에 이러한 모습을 우리에게 보여 주었던 한 물리학자가 있다. 뉴턴의 어머니는 "늘 식사도 하면서 연구에 몰두하라."고 아들에게 잔소리를 했다고 한다.

뉴턴이 하루는 어떤 학자와 식사 약속을 잡았다. 그동안 풀리지 않던 문제를 골똘히 생각하면서 잠시 밖으로 바람 쐬기 위해 나갔다. 약속을 깜빡한 그가 집으로 와 보니 그 학자는 혼자 식사를 마치고 가고 없었다. 뉴턴이 이처럼 일에 몰두한 결과, 인류에게 '만유인력'이라는 고전물리학의 정수를 선사했다. 그는 성질이 괴팍한 것으로 알려져 있지만 연구에 몰두할 땐 무엇보다 행복했다고 한다.

내가 좋아하고 천직으로 생각한 것은 부동산중개일이다. 앞으로 가도 부동산이고 뒤로 가도 부동산이다. 다시 태어난다 해도 부동산중개사다. 이러한 각오로 일에 몰두할 수 있었기 때문에 부동산회사를 설립한 후 많은 어려움과 역경을 극복하고 지금처럼 굳건하게 일어설 수 있었다.

하지만 좋아하는 일을 하는 경우에도 주인으로 임하느냐, 아니면 고용인이냐에 따라 만족도에 차이가 난다. 고용인은 주어진 일만 하면 되지만, 주인은 일을 끝까지 챙겨야 한다. 그래서 남은 일을 소극적으로 대하지만, 주인은 일을 적극적이고 긍정적으로 임한다. 거기에 따라 일의 질과 성취도가 달라진다. 좋아하는 일을 주인으로 임할 때 행복과 즐거움이 더해질 수 있다.

어릴 때 우리 집에 머슴이 둘 있었다. 비가 오면 논에 물고를 대고 비가 그치면 물을 뺀다. 어머니는 비가 와도 걱정이고 비가 안 와도 걱정이다. 머슴은 오로지 날씨가 허락될 때만 주어진 일만 하고 배고픔만 챙기면 된다. 하지만 어머니는 한 해의 농사를 걱정하고 그들의 먹거리까지 신경을 써야 한다. 그것이 주인이다.

내가 뉴질랜드까지 와서 부동산중개업에 몰두할 수 있었던 것은, 바로 새한자동차 입사 시 김우중 회장이 한 말에 있다. 구멍가게도 주인 정신으로 임하다 보면 대기업으로 성장시킬 수 있다고 한 말.

남들이 아무리 일을 잘 끝냈다 하더라도, 결국 마지막 마무리는 주인 손을 거쳐야 한다. 내가 아직도 사무실에 나가는 이유는, 우리 '팀신'이 해 놓은 일의 마무리를 감시도 하고, 간혹 잔소리를 하기 위해서다. 이변이 없는 한 죽는 그날까지 현재 나의 자리를 지키면서 행복한 나날을 보낼 것이다.

어릴 때 우리 집 문지방 위에 '가화만사성'이란 문구가 붙어 있었다. 방을 드나들면서 음악처럼 보고 들었다. 시대가 변해도 그 말뜻은 변하지 않고 있다. 가정의 화목이 모든 것의 근원이다(영어에도 'Family is

Everything'이라는 말이 있다). 가정이란 울타리는 아이들에겐 배움의 장소요, 어른들에게는 에너지충전소가 된다.

화목한 가정을 위해 약간의 부는 필요하지만 필수조건은 아니다. 가난하지만 사랑이 넘치고 웃음소리가 끊이지 않는 가정도 많다. 나는 행복한 가정을 이처럼 요약해 볼까 한다.

사랑이 넘치는 가정 : 감사할 줄 아는 마음이 가난 속에서도 행복을 찾을 수 있는 비결이다. 사랑은 서로 양보하고 배려하며 헌신할 줄 아는 것이다.

대화가 넘치는 가정 : 어느 가정이나 크고 작은 갈등이 생기게 마련이다. 그러한 문제가 발생할 때 서로 대화하고 상의하며 풀어 나가는 게 중요하다.

같은 배를 탄 가정 : 가족은 같은 배를 탄 사람이다. 가족들이 공유할 수 있는 공통관심사가 있어야 한다. 한 가지로 된 틀은 가족을 단단하게 엮어 주고, 서로를 아끼며 결속시켜 준다.

웃음이 넘치는 가정 : 유머는 마음의 문을 열어 주는 열쇠다. 유머의 출발은 가족에서 시작된다. 가족을 즐겁게 해 주려는 노력이야말로 가족 구성원의 행복을 부르는 신호탄이다.

위와 같은 행복의 조건을 맞추기 위해 우리 가족은 무얼 하고 있을까? 한마디로 가족 전통을 쌓기 위해 최선을 다하고 있다. 어릴 적 어머니로부터 선대의 가족 전통에 대한 이야기를 들어왔다. 할아버지의 주자학에 대한 깊은 관심. 일본으로 유학을 떠났지만 뜻을 이루지 못하고 이름 없이 세상을 떠나게 된 삼촌에 관한 얘기를 자주 들려주셨다.

가족의 생일, 결혼기념일, 다른 대사가 있을 때마다 가족끼리 모여서 같이 의논하고 즐거운 시간을 보낸다. 집에 가족들이 모이게 되면 서로가 자신의 이야기를 하고 싶어 들을 시간이 없을 정도다. 서로 간에 격의 없는 대화는 웃음꽃을 피운다.

아이들이 어릴 때 여기서 알게 된 유대인 크룩지너 가족의 성공스토리를 그들에게 자주 들려주었다. 우리 애들과 다른 집 아이들을 비교하지 않는다. 그들을 하나의 독립된 인격체로 대하려고 노력한다.

가족 행사가 끝나면 두 아들이 앞장서 설거지를 맡는다. 가족 구성원이 각자 맡은 바의 임무를 스스로 수행해 갈 때 가정의 행복이 절로 열린다는 걸 우리는 체험해 간다.

행복을 찾아가는 마지막 길에 독서라는 특효약이 있다. 얼굴에 활기찬 모습으로 당당하게 자신의 길을 걸어가고 있는 나의 모습을 그려 본다.

우리가 숲속에서 두 길을 만났을 때 어떤 길을 택하게 될까? 용감한 사람은 아무도 가지 않는 인적이 뜸한 길을 택한다. 우리는 미지의 세계를 여행할 때 그 전에 익숙하지 않은 위험한 길을 선택할 용기가 필요하다.

인생은 새로운 세계를 향해 또 다른 발자국을 내딛는 모험이다. 모험 없이는 성장할 수 없다. 성장하기 위해 배움이 최고라고 누군가 노래한 것 같다. 노년기 배움은 실질적인 행위보다 남이 닦아 놓은 길을 탐색해 보는 것도 좋을 듯싶다. 새로운 것을 탐색하는 덴 책을 통하는 것이 도움이 된다.

안중근 의사가 죽기 전, 사형집행인이 마지막 소원을 물었다. 5분간 시간을 달라고 했다. 그 마지막 5분을 이전에 끝내지 못했던 책을 다 읽고 고맙다는 인사와 함께 형장으로 사라졌다고 한다. 평소에 그는 "하루라도 책을 읽지 않으면 입안에 가시가 돋는다."고 하며 독서를 생활철학으로 삼았다.

세종대왕을 위시해 정치인들과 사업가들은 독서를 일상의 생활로 삼았다. 빌 게이츠, 정약용, 김대중, 노무현 등이 지독한 애독가였다는 건 누구나 알고 있는 사실이다. 이렇게 독서는 부족한 자신을 돌아보게 하고 또 남들과 대화를 통해 자신의 지혜를 넓혀 나갈 수 있는 좋은 방법이다. 2021년 1월 31일 아침 6시 반에 눈을 떴다. 간밤에 대통령 글쓰기로 유명한 강원국 선생님의 유튜브 강의를 보고 잠자리에 들었다:

> 내가 어느 공원을 산책하고 있었다. 강원국 선생님이 여학생들을 인솔하고 소풍을 가는 중이다. 그래서 내가 그 옆을 지나가야 할 텐데 소변이 마려워 옷에 약간 지리고 말았다. 창피해 어쩔 수 없이 주변에 있는 화장실에 들렀다. 변을 보면서 앞쪽에 있는 기왓장이 밑으로 자꾸만 내려오길래 만지자, 그냥 스르르 무너져 내려왔다. 손으로 받쳐도 다시 내려오고 올려도 내려오고 계속해 반복하고 있었다. 어느 순간 강원국 선생이 내 오른편에 서서 다른 분하고 이야기를 주고받고 있었다. 김대중 대통령의 책 읽는 습관에 관한 이야기였다. "아 글쎄, 김 대통령은 꼭 가운뎃 손가락 하나로 책장을 넘기는 버릇이 있단 말이야!"라고 옆 사람에게 설명했다. 옆에서 그 말을 듣고 하도 궁금해 기왓장을 받치던 행동을 멈추고, 그 이야기에 귀를 기울이다 잠에서 깨어났다.

김대중 대통령을 한 번도 만난 적이 없는데, 그의 책 읽는 습관을 알아낼 수 있다면 뇌가 내가 잠자는 동안에 스스로 활동을 하고 있다는 증거가 될 수 있지 않을까?

영국 격언에 "책 없는 궁전보다 책 있는 마구간에 사는 것이 낫다."라는 말이 있다. 데카르트는 "좋은 책을 읽는 것은 과거의 가장 훌륭한 사람들과 대화하는 것이다."라고 설파했다. 책은 저자가 죽고 없어도 그의 생각과 사상은 살아 있다. 우리는 책을 통해 과거의 현인들과 대화를 하며 행복한 시간을 보낼 수 있다.

25.

노년기 인생 계획

　3모작 인생 이야기가 심심찮게 등장하고 있다. 어원상으로 3모작 인생은 1973년 프랑스에서 제3기 인생 대학이 설립되면서부터 우리에게 회자되기 시작했다. 하지만 한국 사회에 이 말이 등장한 것은 한국인의 평균 수명이 늘어나면서부터다.

　설명의 차이는 있지만 대부분 우리 인생을 크게 3단계로 구분하고 있다. 학교에서 교육을 받고 직장에서 퇴직하는 50세까지를 인생 1모작으로 보고. 직장에서 퇴직 후 재취업하는 약 10년간을 인생 2모작으로 본다. 마지막 직업 전선에서 은퇴 후 노년 생활을 3모작 인생이라고 보고 있다. 평균 수명이 80세일 때, 2모작 인생이라고 했던 개념을, 90세까지 늘어난 수명을 감당하기 위해 흔히 인생 3모작이라 부르게 된다.

　나는 우리 인생을 이렇게 구분할까 한다. 30대 이전까지 학교에서 공부하는 기간을 인생의 청년기로 보고, 그 후 직장에서 가족의 생계를 위해 일하는 60대까지를 인생의 활동기라 할 수 있다. 마지막 직장에서 은퇴 후 죽기 전까지를 노년기 인생이라고 본다.

우리의 수명이 90세이든 100세이든 늘어난 수명에 대해 대비를 해야 하는 차원에서 직장에서 은퇴 후 노년기 인생 계획이 그만큼 중요하다고 할 수 있다.

영양학과 생명공학의 발전 추세를 감안하면, 인간의 평균수명은 조만간 100세를 향해 달려가게 될 것이다. 이러한 추세에 대비해 정부 및 민간 단체들이 적극적으로 노후설계에 관심을 가지고 있다. 여기에 맞춰 개인도 자기가 원하는 노년기 인생 계획을 세울 필요가 있다고 생각한다.

흔히 인생을 항해에 비유한다. 나아가고자 하는 인생 목적지를 정하고 그 목적지에 도달하기 위한 항로를 선택해야 한다. 인생이라는 배의 선장인 우리는 자신의 노년기 인생 계획을 수립해 그쪽으로 나아가야 한다. 여기에 맞춰 나의 노년기 인생을 경제적 자립, 건강, 친구 및 노후의 취미 생활에 두고 그 방향으로 배를 운전해 가 볼까 한다.

경제자립

내가 우선 경제적 자립을 내세울 수 있는 것은, 뉴질랜드 정부에서 제공하는 연금이다. 뉴질랜드 연금은 1938년 사회보장법에 따라 일괄적으로 지급한다. 20세 이후 10년 이상 뉴질랜드에 거주하고 그중 절반인 5년을 50세 이후에 거주했다면 누구나 대상이 된다. 65세부터 가구 형태에 따라 정해진 연금을 받을 수 있다. 지급액은 매년 물가상승률 등에 따라 뉴질랜드 가구 평균 수입의 65% 수준으로 정해진다. 독신 노인의 경우 한 달에 약 150만 원(2020년 기준)을 지급받는다. 뉴질랜드는 노령연금 덕분에 65세 이상 인구의 빈곤율이 젊은 세대에 비해 오히려 떨어지는 세계적으로 매우 예외적인 나라라 할 수 있다. 빈곤율은 가구 중위소득의 50% 미만을 버는 가구의 비율을 뜻한다.

정부에서 막대한 재원이 소요되는 보편적 노령연금에 대한 부담이 크다. 이 때문에 뉴질랜드 정부는 한국의 국민연금과 같은 사회보험 방식이 아니라 세금에서 별도 항목을 통해 재원을 조달한다. 지금까지 노령연금 지급액이 국내총생산의 5% 수준이었다. 베이비부머 세대들의 은퇴가 본격화된 2020년 이후에는 그 비중이 어느 정도 늘어난 상태다. 하지만 앤드루 콜맨 오타고대학교 교수는 "뉴질랜드는 이전부터 꾸준히 소득세율을 올리고 있어 노인인구 증가에 따른 미래의 세대가 감당할 자금부담을 이전부터 전 세대가 나눠 부담을 안고 있다."고 미래 세대의 부담에 대한 우려는 그렇게 심각하지 않음을 전했다.

그리고 뉴질랜드에서 경제적 자립을 생각할 수 있는 건 어느 사회나 마찬가지로 자가주택 보유에 있다. 최근에는 뉴질랜드의 부동산 가격이 치솟고 있는 바람에 월급으로는 평생을 모아도 자신의 힘으로는 자가주택을 보유하기가 점점 더 어려워져 가는 건 사실이다. 그래서 부모의 의존도가 높아져 가고 있는 것 또한 심각한 현상이다.

뉴질랜드 노령연금은 일반인이 65세가 될 때까지 평균임금으로 집 한 채는 은행 부채 없이 소유하고 있는 걸 기준으로 삼고 있다. 이는 65세 이후 집 한 채를 보유한 독신일 경우, 과거 평균 소득의 65% 수준이면 노령기를 편안하게 맞이할 수 있다는 계산이 나온다. 거기에다 별도의 소득이 나올 수 있는 렌트 하우스가 있으면 약간의 여유로운 생활이 가능하다.

우리가 거주하고 있는 집은 주택개발지로 지정을 받아 있는 곳이다. 판매할 경우 아이들에게도 자금 지원을 할 수 있다. 그리고 렌트용으로 추가 부동산을 구입할 여력까지 생긴다. 현재 별채에 딸린 곳을 임차해 생활에 도움을 받고 있다.

건강관리

나이가 들면서 길에서 만난 친구 이름이 잘 떠오르지 않는다. 드라마를 보다가 갑자기 주인공 이름이 생각나지 않는 경우도 있다. 오늘 아침 목욕을 하다 미끄러져 병원에 다녀왔다. 이는 모두 나이를 먹으면서 일어나게 되는 노화현상이라고 볼 수 있다. 노화는 시간이 흐르면서 생체의 변화가 축적되어 나타나는 현상이다. 이는 유전적 요인, 환경적 요인, 생활습관 요인 등으로 인해 일어난다고 본다.

이러한 요인들이 우리 몸에서 일어나게 되는 노화의 직접적인 과정은 이렇다. 우리는 음식물을 섭취하여 활동에 필요한 에너지를 얻는다. 이과정에서 어쩔 수 없이 유해산소가 생겨나 DNA나 불포화 지방산, 단백질 등을 공격한다. 이를 막기 위해 세포 내의 항산화 효소가 작동하지만, 힘이 부족하여 우리 몸은 노화현상이 일어난다.

우리 몸의 세포는 분열할 때마다 염색체의 끝부분 텔로미어가 점점 짧아져 어느 만큼 분열하면 세포는 더 이상 분열하지 못하고 죽게 된다. 이로 인해 우리의 인체는 피할 수 없는 노화라는 불청객을 맞게 된다. 그러면 이러한 불청객을 피하여 행복하고 건강한 노년기를 보내기 위해서는 어떻게 하면 좋을까?

나이를 먹으면서 제일 흔하게 나타나는 치매를 어떻게 예방할 것인가? 치매는 증상이 악화되는 진행성 질환으로 취급된다. 기억력 및 다른 인지기능의 저하가 시간이 흐를수록 악화된다. 아직까지 치매를 완치할 수 있는 치료제나 예방하는 특효약은 없다. 따라서 증상이 악화되기 전 조기진단과 약물치료를 통해 증상을 줄이고 그 악화를 지연시켜야 한다.

또 노인들에게 흔히 일어나는 근력 감소증을 막으려면 적절한 영양 섭취와 근력운동을 하는 게 중요하다. 우리 말에 '밥이 보약이다'라는 말이 있다. 생로병사의 근원이 음식에서 시작된다. 영양이 풍부한 채소와 잡곡밥의 섭취를 통해 몸의 면역력을 키워야 한다. 부족한 영양분은 칼슘, 비타민 A, B, C, D, 단백질, 필수아미노산을 추가로 섭취해 줘야 한다. 근력강화를 위해 꾸준한 걷기, 조깅, 계단 오르기 등과 같은 운동을 실시해야한다.

세 번째는 충분한 휴식을 취해야 한다. 잠자는 시간은 사람에 따라 차이가 있지만 하루에 7~8시간 잠을 자는 것이 좋다. 개인에 따라서 6시간의 숙면을 해도 충분하다고 할 수 있다.

건강관리에서 무엇보다 중요한 것은 규칙적인 생활을 하는 것이라고 강조하고 싶다. 가능하면 하루에 한두 끼로 소식하고 꾸준하게 근력운동을 하는 것이다. 인간은 어차피 어느 순간 죽는다. 죽음은 피할 수 없는 운명이다. 사는 동안에 병 없이 건강하게 오래 사는 게 모두의 바람이다. 우리 모두 세계의 장수촌 마을 사람들이 어떻게 생활하는가를 눈여겨볼 필요가 있다. 이들이야말로 무병장수의 귀감이라고 할 수 있다.

친구관리

세 번째 노년기 계획은, 가까운 친구와 함께 살아가는 재미. 그리스 델포이 아폴론 신전에 새겨져 있는 아름다운 글귀가 하나 있다. "너 자신을 알라." 인간이 가진 지혜는 보잘것없으니 겸손한 자세로 자신을 낮추고 살아야 한다는 것을 가르치고 있다. 우리는 나이를 먹으면 고집이 생기고 남의 말을 잘 듣지 않으려 한다.

하지만 우리는 다른 동물과 달리 자신을 뒤돌아보고 과거의 잘못을 반성하고 뉘우칠 수 있는 능력을 갖췄다. 승철 스님도 입적하기 전, 우리는 마음의 눈을 바로 뜨고 자신의 실상을 바로 볼 줄 알아야 한다고 강조했다.

이제 생전 장례식까지 치른 마당에 내가 과연 누구인가를 새삼스럽게 뒤돌아봐야 할 것 같다. 팔만대장경도 마음 심(心)자 하나로 담을 수 있다고 했다. 천국도 지옥도 오로지 내 마음 하나에 달렸다.

우리는 흔히 자신은 그렇지 않으면서 남들이 선한 일을 할 것이라고 생각한다. 그래서 세상은 잘 돌아갈 것이라 믿는다. 모두가 그렇게 생각하기 때문에 세상은 결코 잘 돌아갈 리 없다. 누구나 남의 실수와 과오에는 민감하다. 과오를 바로잡기 위해 세상에 온갖 계율과 도덕이 만연해 있다. 하지만 정작 자신에게는 너무 관대하다. 자신은 특권을 가진 것처럼 여긴다.

우리는 어떻게 하면 좋을까? 타인과 관계를 맺으면서 자신을 비판하고 나부터 제일 먼저 계몽해야 한다. 그전에는 세상이 잘 돌아갈 리가 없다. 어차피 인간은 삶을 영위하기 위해서 타인과 관계를 맺어야 한다. 친구를 사귈 바에는 서로가 사랑과 신뢰로 맺어져야 한다. 그래야 생명의 기본조건인 생존을 위해 유리한 고지를 점할 수 있다.

친구는 나를 버리고 우리를 목표로 삼을 때 서로가 즐거움을 얻을 수 있다. 나이 들면서 가까운 친구들과 만나 나의 입은 닫고 귀와 지갑을 열면서 살아가기로 마음먹었다. 인간은 태생적 - 입은 한 개고 귀는 두 개다 - 으로 태어났지만 나이가 들며 자신의 이야기를 먼저 많이 하려고 하다 보니 남의 말은 들으려고 하지 않는다.

얼마 전 시내서 자주 보는 친구한테서 K씨에 대한 이야기를 들었다. K씨는 나이 80을 넘긴 분인데, 그분과 만나는 사람마다 곁을 떠난다는 것이다. 그는 여유가 있기 때문에 만나는 자리마다 본인이 계산을 한다고 한다. 문제는 만나는 자리에서 자신의 과거 이야기를 한다는 것이다.

꽃노래도 한두 번이지 자주 들으면 싫증 나기 십상이다. 이 이야기가 나에 대한 경고로 들리면서 정신이 확 들었다. 다시는 내 이야기를 하지 않겠다고 마음을 다져 먹었다:

> 친구 A : 그 칠삼이가 나를 만나면 자네 욕을 막 하고 다닌다.
>
> 친구 B : 그럴 리가 있나! 그럴 리가 없는데!
>
> 친구 A : (자리에서 일어나면서 몇 번씩 같은 말을 되풀이했다.)
> 아니야! 정말이다. 내 귀로 똑똑히 들었다.
>
> 친구 B : (지지 않고 목소리를 높이면서) 그건 네가 지어낸 말이지. 자네하고 있으면 칠삼이가 한마디도 말할 틈이 없었을 텐데 무슨 소리야!

이런 일이 계속 있게 되면 친구 B도 어느 날 친구 A를 떠나게 된다. 그를 만나면 남이 말할 기회를 주지 않고 자신 말만 해 댄다. 이들의 얘기를 듣고 나 자신을 뒤돌아보는 계기를 맞았다. 아무리 입이 간질거려도 세 마디를 한 마디로 줄이고, 지갑은 서로 먹은 만큼 내기로 작정을 한다.

취미생활

나이를 먹고 시간이 많아질 때 할 수 있는 게 없을까? 골프를 치거나 낚시를 갈 수 있다. 읽고 싶은 책을 마음대로 읽는 것도 또 하나의 길이다. 그러다 갑갑하면 부부가 훌쩍 여행을 떠나면 된다.

뉴질랜드는 인구 대비 골프장이 두 번째로 많은 나라다. 골프는 뉴질랜드인의 일상생활이라고 한다. 전국에 400개가 넘는 골프장에서 마음만 먹으면 언제나 즐길 수 있다. 특히 골프를 좋아하는 교민들은 이 천혜의 혜택을 쉽게 누리고 있다. 그래서 세계적인 교민 골퍼 데니 리와 리디아 고와 같은 선수들이 탄생할 수 있는 여건이 마련되었다.

낚싯대를 들고 동네 선착장만 가도 고기는 올라온다. 심지어 아이들이 손가락을 물에 담그기만 해도 물고기는 딸려 온다고 농담한다. 교민들이 두 번째로 많이 즐기는 것이 낚시라 한다. 요즘에는 취미생활 동호회가 결성되어 등산 및 트래킹도 하나의 취미생활로 자리를 잡아가고 있는 모습이다.

하지만 나는 약간 정적인 취미에 빠져 있다. 독서와 여행. 독서에 대한 갈증은 유년기부터 도사리고 있었다. 형들이 읽던 책이란 책은 소설, 잡지, 야한 책 등을 구별하지 않고 닥치는 대로 마구 섭렵했다.

요즘은 누구나 원하는 책을 언제 어디서나 구입해 읽을 수 있는 시대가 되었다. 더구나 유튜버, 인터넷 등 디지털 문화가 발달하여 읽고 싶은 것은 무한대로 접근이 가능하다.

나에게는 유별난 독서 습관이 있다. 책을 읽으면서 생각나는 대로 빈칸에 낙서를 한다. 그래야 책 읽는 기분이 든다. 그래서 책방에 갈 때는 조심을 하지만 간혹 실수로 본의 아니게 낙서를 하는 바람에 어쩔 수 없이 책을 사야 하는 불상사도 생긴다.

내가 요즘 관심을 가지고 있는 화두는 '생명'에 관한 것이다. 생명현상에 관한 책이면 영어로 된 것이든 우리말로 된 것이든 구별하지 않고 구입해 읽는다. 이렇게 생명에 대한 보편적인 지식에 매료되어 작년 말에 4년 이상 읽고 수집한 자료를 모아 《생명현상》을 출간했다.

인간은 갇혀서 살 수 없다. 필요할 때 훌훌 털고 떠날 수 있어야 한다. 죽을 때가 다 되어 가는데 무슨 여행이냐고? 젊을 때는 돈 버느라 가지 못하고 나이 들어서는 집 장만하느라 여행을 못 했다. 이제 겨우 한숨 돌린 시간이다. 이때 여행을 하지 못하면 언제 여행을 갈 수 있겠는가?

죽기 전에 아내와 같이 여행을 하다 죽을까 한다. 몇 년 전부터 아내와 나는 한국을 일 년에 6개월 정도 들락거린다. 그동안 한국이 너무나 많이 변해 있고 또 가 보지 못했던 아름다운 여행지가 너무 많아졌다. 우리가 좋아하는 곳은 소박한 서민들의 시장이다. 전통시장에서 국밥도 사 먹고, 살아가는 시장 사람들의 애환을 보고 싶은 것이다. 또 소박한 어촌의 풍경을 좋아한다.

코로나 현상이 잠잠해지면 이러한 곳을 찾아 소박한 여행을 할까 한다. 가까운 친구를 초청하고 사돈 내외도 초청하여 시냇물이 졸졸 흐르는 골짜기로 재미나는 여행을 할 걸 생각하니 벌써 가슴이 뛴다.

그러다 우주행복선을 타고 시간여행을 떠나는 게 나의 마지막 꿈이다. 버진블루 리차드 브론슨 회장이 며칠 전 지구 상공 100㎞까지 민간인 최초 우주여행에 성공한 셈이다. 곧 우주여행 시대가 도래할 것으로 기대해 본다.

어릴 적 어머니가 들려주시던 선녀와 나무꾼 이야기가 실현될 날이 가까이 오고 있다. 동생 순이(아내)와 나는 어머니 겨드랑이에 끼어 우주정거장에 도착. 거기서 행복우주선으로 갈아타고 화성으로 여행을 다녀오는 노년기 꿈이 실현되려나?

7장

아름다운 마무리

한세상을 굴렸다 간다
잘살았다 못살았다 말들을 마라
내가 태어난 곳이 운명이더라
개천은 좁아서 용이 못 나고
메뚜기가 한철이라도 뛰어야 한자
되는 대로 살았다 말들을 마라!
이래 봬도 성실하게 잘만 살았다
아! 인생은 잡초처럼 연명하는 것
세월을 원망 마라 바보 같은 짓

한 인생을 걸쭉하게 살다 간다
잘났었다 못났었다 떠들지 마라!
사자 밥에 짚신 몇 짝 모두 같은데
죽어져서 호화 분묘 무슨 소용 있나
내 마누라 내 자식 호강 못 시켜도
밥 한 숟갈 입성하나 거른 적 없다
물려줄 재산 없어 형제 우애 좋고
따질 조상 없어 체면 구길 일 없다
아! 인생은 구름 같이 흘러가는 것
세상을 질타 마라 허망한 짓
잡초같이 잘만 살다 간다

– 임인규, 〈잡초같이 살다 간다〉

26.

생전 장례식

죽음은 누구에게나 예고 없이 찾아온다. 일본의 작가 모리 다쓰야가 어릴 적 부모님과 함께 잠자리에 들었다. 하지만 죽고 난 후 어디로 사라지고 없어진다는 두려움에 잠을 잘 수 없었다고 한다. 부모님을 깨워 "죽음이란 무엇인가?" 물었다. 부모님은 "죽음은 자는 거와 같다." 하고 대답해 주셨다.

그는 이불을 뒤집어쓰고 잠을 청했지만 도저히 잠을 잘 수 없었다. 어쩌다 잠이 들어 다음 날 아침에 일어났다고 한다. 우리의 인과관계는 죽은 후에도 계속된다. 가족은 유전으로, 친구는 추억으로 이어진다.

몇 년 전 함안에 있는 큰누나, 조카들, 아내와 함께 고향에서 70년 이상 잠들어 계시는 아버지 산소를 마지막으로 뵈러 갔다. 곧 일대가 공장지로 바뀌기 때문에 주변의 묘지를 모두 이장해야 한다는 통보를 받았다. 산소에 절을 마치고 가져간 소주와 안주를 뿌리고 왔다. 내 머리에 이름만 새겨져 있는 아버지 신유성에 대한 마지막 작별 인사였다.

사람이 죽으면 시신을 처리하는 방법에는 땅에 묻는 매장과 시신을 태우는 화장이 있다. 또 풍장과 수장도 있었지만, 이 둘은 사라진 지 오래다. 매장은 시대에 따라 여러 가지 변화를 거치면서 발전해 왔다. 선사시대부터 고려시대까지는 불교의 영향으로 화장이 주를 이루었다. 조선시대에는 유학의 영향을 받아 매장이 제도화되었다.

떠난 사람을 보내는 장례식은 망자를 보다 아름답고 편안하게 보내기 위한 의식이다. 동시에 인간 존엄성을 유지하며 한 개인의 평생 공적을 기리는 의식이라 볼 수 있다.

주자학의 영향을 받아 부모가 죽으면 정성을 다해 장례를 지내는 게 자식 된 도리로 여겼다. 그래서 삼년상을 그 예로 삼았다. 하지만 시대의 흐름에 따라 이러한 효심은 점점 변화를 맞이하고 있다.

나는 어릴 적에 동네에서 꽃상여 나가는 걸 자주 봤다. 초상집에는 동네 사람들이 모여 불을 피워 놓고 유족들과 같이 망인을 기리며 밤샘을 한다. 유족은 밤새 찾아오는 손님을 대접하기 위해 술과 음식 내기가 바쁘다. 다음 날 동네 청년이 상여를 어깨에 메고 인도자의 꽹과리에 맞춰 노래를 부르면서 매장지로 향한다. 삼베옷을 입은 유족들이 곡을 하며 꽃상여를 뒤따랐다.

시대가 바뀌면서 장례문화도 변해 가고 있다. 과거의 주자가례에서 유래한 3일장 또는 5일장 장례식 문화가 사라지고 있다. 자식들에게 부담을 줄이고 자연환경 보호차원에서도 전통적인 의식은 사라지고 간편한 장례식을 치르는 쪽으로 바뀌어 간다. 나도 이러한 추세에 맞춰 조만간 가족과 친구들을 초청해 조촐한 생전 장례식을 먼저 치를 생각이다.

오늘날 전반적인 추세는 간소한 가족장으로 바뀌고 있다. 과거와 같은 엄숙하고 장엄한 장례식 문화는 차츰 사라지고 대신 망자를 위해 경쾌하고 간소한 가족과 친구 중심의 장례식 문화로 바뀌어 가는 경향이다.

최근 일본에서 친인척만이 조촐하게 모여 가족장을 치르는 것이 늘어나고 있는 추세다.

한국 장례식에도 시대 흐름에 따라 변화의 물결이 불고 있다. 이러한 변화의 흐름에는 우선 유족들이 감당하기 어려운 높은 비용에 있다. 그리고 자식들의 선친들에 대한 효심이 옅어지고 있는 데에 그 원인이 있다고 할 수 있다. 친환경보호 차원에서도 그 원인을 찾아볼 수 있다. 변화의 물결은 비단 한국만이 아니고 세계적인 공통 추세이다.

여기에 따라 시민들도 자신의 죽음을 아름답고 품위 있게 장식하려는 생각이 크게 늘고 있다. 1970~1980년대만 해도 대부분 매장을 선호했지만, 날이 갈수록 화장이 늘고 있다. 최근 조사에 따르면 10명 중 8명 이상이 화장을 원한다. 화장문화가 보편화되면서 정부에서는 친자연장 활성화를 위해 공설 자연장지를 조성하고 있다. 자연장은 화장한 골분을 수목, 화초, 잔디와 주변에 뿌리는 것이다.

2018년 8월에 치른 김병국 선생님의 생전 장례식을 찾아가 보자. 그는 85세로 전립선암 말기 판정을 받았다. 그는 '나의 판타스틱 장례식'이라 쓰인 입간판을 들고 자신이 입원하고 있는 병원에서 손님을 맞았다. 평소 장례식을 하지 않고 화장하길 원했다. 지인들에게 '죽은 다음 장례는 아무 의미 없다. 임종 전 지인과 함께 이별 인사를 나누고 싶다. 검은 옷 대신 밝고 예쁜 옷을 입고 함께 춤추고 노래 부릅시다.'라고 적힌 자신의 부고장을 보냈다. 양희은의 '아침이슬'과 산이슬의 '이사 가던 날'을 불렀다. 참석자들은 아픈 이별보다 좋아하는 사람들과 함께 모여 아름답게 이별하며 죽음을 긍정적으로 생각하는 의미 있는 시간이었다고 말했다.

뉴질랜드의 경우, 한 신문사 조사에 의하면 48.8%가 화장을 원하고, 매장은 32.7%가 원하는 것으로 나타났다. 연구기관에 기증하겠다는 응답자도 12.1%나 된다. 비용 측면에서 화장을 할 경우 529달러(45만 원)가 소요. 매장은 땅값과 매장 비용으로 6,934달러(590만 원)가 든다고 한다. 화장을 선호하는 다른 이유는, 요즘 세대는 조상의 묘를 잘 찾지 않는다는 데 있다고 덧붙였다.

나는 오늘 생전 장례식을 생각하고 알바니에 있는 공동묘지를 다녀왔다. 묘지를 관리하는 직원들과 둘러보면서 사진도 찍었다. 다들 아름다운 자리에 편안하게 지내고 있다는 느낌을 받았다. 나도 이 자리에 조만간 돌아올 것이라는 생각을 마음속에 그리며 책상에 앉아 비문을 작성해 본다. 〈여기, 신한옥이 영원히 머무는 곳〉

"아들아, 아버지가 죽게 되면 알바니 메모리얼 파크에 가면 내 이름으로 묘지를 하나 구해 놓았다. 이미 비석이 이처럼 세워져 있을 것이다. 내가 죽게 되면 화장을 해 여기에 묻어 주길 희망한다. 내가 묘지를 구한 이유는 엄마와 아빠가 너희들을 데리고 뉴질랜드에 와서 새롭게 우리의 뿌리를 틀게 되었다는 걸 너희들에게 남기기 위해서이다.

이제는 너희들이 우리 대를 이어 가족 진동을 이어 주길 바라는 마음에 비록 화장은 하지만 묘지는 구한다. 세월이 지나도 너희들이 묘지를 찾아올 것이라는 기대를 하면서 이 자리를 잡는다."

"이제 아버지와 어머니의 매장에 관해 이야기를 해 보마. 너희 어머니는 평생을 두려움 때문에 잠을 제대로 이루지 못하고 있는 분이다. 그래서 우선 어머니가 먼저 돌아가시게 되면 화장해 시신 보관함을 아버지 곁에 두고 지낼 것이다. 돌아가신 후라도 어머니는 평안하게 내 곁에서 잠을 잘 수 있다. 그러다가 아버지가 죽게 되면, 그제서야 위의 준비해 둔 묘지에 화장해 같이 묻으면 된다. 만약 아버지가 먼저 죽게 되면, 이 자리에 나를 먼저 묻고, 기다렸다가 어머니가 돌아가시면 나와 같이 묻으면 된다."

나는 조만간 생전 장례식을 할 생각이다. 내가 살아오는 동안 나와 같이 동고동락했던 사람들과 우리 가족만 초청하여 간단한 행사를 치를 것이다. 생전 장례식을 치른 후 실제 죽었을 때 하는 실 장례식은 집에서 간단히 가족끼리 인사를 나누고 화장 후 위에서 준비한 곳에 나를 묻어 주면 된다. 다른 행사는 일절 없이 화장해 묻어 달라는 게 나의 바람이다.

27.

생의 마지막 선택

요즘 어깨에 통증이 생겨 3달째 침과 물리치료를 받고 있지만, 아직 쉽게 나을 기미를 보이지 않는다. 나이를 먹으면서 성하던 몸이 조금씩 탈나기 시작하고, 거리에서 만나는 사람 이름이 가물거린다. 사람들은 하나씩 곁을 떠나고 있다. 이제는 다가오는 죽음을 곱게 맞이할 준비를 해야 할 것 같다.

우리는 살아오는 동안 수많은 두려움을 맞게 된다. 가족의 죽음, 실직, 건강, 주식, 자연재해, 낙선, 어두움, 주삿바늘 등 일일이 나열할 수 없을 정도로 많다. 그중에서 자신이 이 세상에 홀로 남겨진다는 외로움에 대한 두려움이 가장 클지도 모른다.

40년 이상 같이 살아온 아내는 밤이 두려워 잠을 편안하게 자지 못하고 살아왔다. 이러한 아내의 두려움은 생각조차도 못하고 나는 직장 동료들과 매일 밤 술에 빠져 있을 때였다.

그날도 여느 때처럼 1차는 강남에서 소주를 거나하게 마시고, 2차는 강 건너 화양리 조약돌이란 술집으로 갔다. 부어라 마셔라, 술이 거나하게 된 순간 맥주가 내 머리 위에서 철철 흐르고 있었다. 반쯤 맛이 간 눈으로 얼굴을 드는 순간 나는 까무러치고 말았다. 아내가 맥주를 내 머리에 붓고 있는 게 아닌가? 그리곤 말도 없이 사라졌다. 택시를 타고 쏜살같이 집에 도착 후 아무 말 없이 그날 밤을 보냈다. 다음 날 집에 도착해 나는 자초지종을 물었다.

전날 밤 아내가 아이들을 재우고 잠자리에 누웠다고 한다. 그때 마침 전화벨이 울리길래 남편인 줄 알고 전화를 받았다. 웬 미친놈이 전화를 돌리는데 집사람이 걸려든 것이다. 전화로 사랑을 나누는 놈이다. 순진한 색시가 코드를 뽑을 줄도 모르고, 끊으면 또 걸려 와서 분통이 터져 술자리까지 왔던 것이다.

취중에 하던 나의 소리를 기억해 내고, 술집 위치를 택시 기사에게 알려주었다고 한다. 아내가 도착했을 때 술판을 벌이고 있었기에 망정이지. 그때 다른 짓을 하고 있었더라면 상상도 하기 싫은 순간이 될 뻔했다.

2004년부터 작은애와 같이 독일에 있을 때, 혼자서 밤을 꼬빡 새웠다. 잠 못 자고 학원 수업을 겨우 버텨 가면서 지냈던 세월은 아내에게 악몽 같은 세월이었다고 회고한다. 2년 동안 남편 없이 외국 생활을 즐기지도 못하고 아들 뒷바라지하느라 고생이 많았다.

수업을 마치고 백화점에 들렀던 어느 날, 잘생긴 이태리 신사가 조심스럽게 아내에게 인사하며 접근했다고 한다. 그동안 유심히 지켜보았는데, 매일 혼자 장을 보길래 인사를 올린다고 하여, 아내가 남편이 있다고 하자 두말없이 자리를 떴다고 한다. 순진한 놈! 혼자 있는 여편네 좀 즐겁게 해 주면 어디 덧나나? 나만 모르면 그만인데 즐겁게 해 주지?

사람은 본능적으로 밤이 되면 긴장도와 경계심이 높아지며 작은 것에도 예민해진다고 한다. 중국 시난대학이 120명의 여성 실험참가자를 대상으로 조사해 흥미로운 결과가 나왔다. 캄캄한 어두움보다 밤이 두려운 것이었다. 연구진은 다양한 연구환경을 만들어 참가자 그룹에 적용해 보았다.

참가자가 낮과 밤을 구분할 수 없는 상황에서 자연의 이미지와 소리를 듣고 낮과 밤에 따른 반응 차이가 없었다고 한다. 반면 무서운 이미지와 소리를 들었을 때, 낮보다 밤에 더 두려움을 느끼는 것으로 나타났다. 밤에 더 두려움을 느끼는 것은 24시간 주기로 돌아가는 생체리듬 때문이라고 분석했다.

이처럼 밤의 두려움을 안고 사는 아내와 나는 우리의 죽음에 관한 이야기를 자주 한다. 만약 아내가 먼저 죽을 경우 시신을 화장해 유골함에 넣어서 내 잠자리에 보관했다가 내가 죽는 날 같이 묻히는 것이다.

내가 먼저 죽게 되면 사전에 준비해 둔 묘지에 먼저 간다. 아내는 사람들의 왕래가 비교적 잦고 밤에도 사람들 소리가 들릴 수 있는 곳으로 이사를 하기로. 그 후 먼저 가 있는 내 묘지로 올 생각이다. 이는 우리 둘 간에 삶의 기술이요 우리만의 약속이다.

죽음은 인간이 삶을 시작하면서부터 시작된다고 할 수 있다. 전에는 사람들이 죽음에 관한 이야기는 금기사항으로 여기고 입에 담질 않았다. 최근에는 죽음에 대한 사람들의 관심도가 높아졌고 죽음을 대하는 사람들의 태도가 보다 긍정적으로 변하고 있다.

인간은 탄생 → 성장 → 노화 → 죽음의 방향으로 시간의 화살처럼 나아가고 있다. 우리가 사는 동안 신진대사를 통해 섭취한 음식물을 분해하여 에너지를 획득하고 인체의 항상성을 유지해 생명현상을 이어 간다. 모든 생명의 마지막 순간에는 반드시 죽음을 맞이하게 된다. 인간도 이 죽음의 굴레에서 예외일 수 없다.

과연 죽음이란 무엇일까? 살다가 자연사를 맞이할 수도 있고 교통사고로 죽는 수도 있다. 삶이 달갑지 않아 스스로 생을 마감하는 경우도 있다. 이처럼 죽는 방법은 다양하다. 하지만 죽음에 도달하는 과정은 모두 동일하다. 탁상강의로 유명한 예일대 셸리 케이건 교수는 《죽음이란 무엇인가》에서 죽음은 뇌 기능이 멈추면서 일어나게 되는 물리적 현상이라고 한다:

> 인체의 혈액 순환이 멈추면서 산소 공급이 중단된다. 이어 뇌의 산소 포화도가 떨어진다. 산소 결핍으로 인해 세포들이 신진대사를 하지 못한다. 이로 인해 세포에는 손상이 일어나고, 아미노산과 단백질 공급이 중단된다. 이렇게 해 부패가 시작되면 모든 세포조직이 무너진다. 이어 주요 기관이 파괴되고 뇌 기능이 멈추게 되면 최종적으로 죽음에 도달하게 된다.

이때 우리는 이런 질문을 던질 수 있다. "우리가 죽은 후 영혼이 존재할까?" 여기에 대한 논쟁은 영혼을 육체와 별개로 인정하느냐 않느냐 문제로 비약할 수 있다. 인간의 영혼을 육체와는 별개로 인정을 하고 있는 이원론과 육체와 별개의 영혼을 인정하지 않고 물질적인 육체만을 인정하는 일원론으로 대별된다.

일원론자들은 육체의 죽음이 끝이라고 본다. 영혼이라는 현상을 의식의 일종으로 단지 육체의 특수한 기능의 일부로 간주하기 때문에 육체적 죽음과 함께 의식세계도 끝나게 된다. 따로 영혼의 존재를 인정하지 않는다. 나도 여기에 동의하는 편이다. 우리의 의식은 세포들 사이에 있는 시냅스의 전기작용에 의해 생성된다. 전기작용은 세포가 무너지게 되면 그 활동을 멈추게 된다.

　반면 이원론자들은 육체와는 별도로 비물질적 존재를 인정하고 있다. 그 비물질적 존재가 바로 영혼이라고 본다. 비물질적 존재가 머무를 수 있는 장소가 필요하다. 육체의 어딘가에 머무르고 있다고 본다. 그러다가 육체의 죽음이 가까이 오면 영혼은 육체에서 분리되어 어디론가 떠난다고 한다. 사람들은 이것을 흔히 '유체이탈'이라는 현상으로 경험한다고 주장하고 있다.

　그런데 이원론자들이 주장하는 영혼을 어떻게 증명할 수 있을까? 케이건 교수는 이렇게 설명한다. 물리학에서 물질의 최소 단위로 원자와 분자의 존재를 의심 없이 받아들인다. 그런데 이것들조차도 보지도 만지지도 맛보지도 못하는 존재임에는 마찬가지다. 원자의 존재는 워낙 작아서 눈으로 확인할 수 없다. 하지만 그들이 작용하는 기능은 우리의 눈으로 확인할 수 있다. 우리가 병원에서 사용하는 X-Ray는 보지도 만지지도 못하는데, 그의 작용을 통해서 우리의 뼈와 몸의 내부를 볼 수가 있다. 그래서 그 존재를 믿는다. 이처럼 이원론자들은 육체와 다른 비물질적 초월적 존재를 가상하고 인정하고 있다.

　하마터면 이 죽음이 나의 모든 가치를 박탈해 갈 뻔한 사건이 아내에게 있었다. 아내가 새벽이 되자 소란을 피우고 새벽기도를 떠났다. 몸을 뒤

척이고 있는데 핸드폰이 울렸다. 시계를 보니 2015년 4월 5일 새벽 4시 50분. 직감으로 아내라는 걸 알았다. "여보, 나 차 사고 났어요!"라는 아내의 다 죽어 가는 목소리가 들렸다. 바지 단추를 제대로 채우지도 못하고, 현장에 도착했을 때 벌써 경찰이 조사를 하고 있었다.

그 새벽에 키위 노인네가 빨간 신호를 무시하고 직진하다 아내 차를 들이받았다. 차 앞쪽이 전부 날아가고 없었다. 그 순간 수십 초분의 1이라도 빨랐거나 늦었으면 아내는 이 세상 사람이 아니다. 키위 노인네가 자신의 과실을 모두 인정하고, 사고는 잘 수습되었다. 아내가 타던 차는 폐차시키고, 다른 차로 교체해 지금까지 안전하게 다닌다.

다행히 전혀 다치지 않았고, 운전에 대한 트라우마도 생기지 않았다. 아내가 며칠 뒤 사고 순간을 회상하면서 나에게 긴 터널을 지나온 것 같다고 설명했다. 이후 자신에게 죽음의 순간이 아직 오지 않았나 보다 하고 웃으면서 농담하고 지내고 있다.

내 경우 1997년 9월 3일, 1번 국도에서 일어났던 사고와 함께 우리 부부가 차 사고로 죽을 뻔한 경우를 각각 당했다. 죽을 뻔하다 살았으니 명은 길겠다 하는 친구들의 농담처럼 웃음으로 죽음을 둘 다 스쳐 보냈다.

내가 이 세상에 태어나게 된 것은 지극히 우연(400조분의 1 확률)에 의한 것이라 본다. 그리고 사는 동안 자유의지에 따라 행복과 삶의 가치를 나 스스로 결정하고 유지해 가길 좋아한다. 이제 죽음도 그렇게 마무리할까 한다. 우리 부부가 나이를 먹어 가면서 자연스럽게 죽음을 맞이하면 제일 좋겠는데, 만약 그렇지 않을 경우도 생각하고 있다. 둘 중에 누구 하나가 심각한 지병을 앓게 될 경우 어떻게 할 것인가?

스위스에 가기로 마음먹었다. 그 당시만 해도 스위스는 안락사를 인정하는 몇 안 되는 나라 중의 하나였다. 2018년 5월에 호주의 최고령 과학자 구달 박사는, 고령으로 삶의 질이 떨어져 안락사를 선택하고, 스위스 바젤 병원에서 베토벤 교향곡을 들으면서 조용히 생을 마감했다.

그가 이렇게 생을 마감하기로 결심한 이유는, 질병으로 인한 고통이 아니라 건강이 악화되면 지금보다 더 불행해질 것이라고 생각했기 때문이다. 남에게 의존하지 않고 자력으로 삶과 죽음을 선택할 수 있는 의지를 보이고자 한 것이다.

다행히 뉴질랜드도 소생 불가능한 환자에게 약물을 주입해 사망에 이르는 안락사를 2021년 11월 7일부터 발효하고 있다. 이로써 우리가 스위스에 가기로 했던 당초의 생각을 이곳에서 실행할 수 있게 되었다. 죽고 난 후의 절차는, 이미 책에서 계획한 대로 아이들에게 남겨 놓는다.

혹시 오래 살게 돼 삶이 지겹고 남에게 신세를 지면서 살게 되면, 안락사를 시도할 필요 없이 자연사를 택할 것이다. 스콧 니어링 박사가 100살이 넘은 지 3일 뒤, 음식을 거부하고 조용히 생을 마감했다. 나도 그처럼 조용히 떠날까 한다. 아내와 내가 몹쓸 병에 걸려서 회복이 불가능하다는 의사의 진단이 나올 경우, 돈을 써 가면서 치료를 위한 노력을 하지 않을 생각이다. 치료 없이 병마와 싸우다 그대로 떠나거나, 아니면 그때 안락사를 맞이할 생각이다.

28.

손녀들에게 남기는 편지

사춘기에 들어선 손녀 둘이 할머니와 이것저것 세상 돌아가는 이야기를 하고 있다. 화제는 공부에서 시작돼 음식 만드는 법, 용돈 버는 문제를 거쳐 남자친구 사귀는 문제로까지 확대되고 있다:

손녀 : 할머니, 다시 태어난다면 할아버지와 다시 결혼하실 거예요?

할머니 : 그렇게 생각해 본 적이 없다. 그런데 한 가지 단서가 있다.

손녀 : 무엇인데요?

할머니 : 할아버지는 지금까지 나하고 살면서 돈 때문에 속을 많이 썩였다. 남자는 뭐니 뭐니 해도 돈 잘 버는 놈이 최고여! 지갑이 든든해야 언제나 자신감이 생기는 법이다. 그런데 다음 생애에 할아버지가 돈 잘 번다는 소

문이 있으면 그때는 다시 할 거다.

손녀 : 할머니, 실은 저도 요즘 남자 친구를 만나고 있는데요. 어떤 친구를 사귈까 하고 결정을 못 하고 있어요. 그래서 오늘 할머니께 여쭈어보는 거예요.

할머니 : 오냐? 잘 물어봤다. 남자는 돈이 좀 있어야 힘깨나 쓴다. 그래야 너희들도 어깨가 절로 올라갈 수 있고, 한평생을 편하게 살 수 있다. 살아 보니까 그게 제일 실속 있더라!

손녀 : 우리도 그렇게 생각하고 있어요. 집안이 좋고 돈의 소중함을 아는 친구를 사귈까 하고 생각 중이에요. 할머니 말을 듣고 나니 우리도 마음을 어느 정도 정할 수 있겠네요. 할머니, 그렇게 말씀해 주셔서 감사합니다.

대부분의 사람이 아무 생각 없이 그날그날을 살아간다. 옆집 영란이 언니는 여왕처럼 살면서 음악을 즐기며 살고 있다. 앞집 동현은 친구와 예술을 얘기하며 그림으로 만족한 삶을 살아간다. 뒷집 제시카는 돈을 낭비하면서 루이뷔통과 같은 고급 물건을 사는 데 만족을 느끼며 살고 있다. 그런데 한 집 건너 한 집들이 하루하루의 노동으로 겨우 먹고살아 간다.

이처럼 자신의 하루를 보낼 수 있게 되는 건 무엇이 있기 때문일까? 돈이다. 우리는 돈의 필요성을 체감하지만 어떻게 벌어야 하고 어떻게 써야 할지를 모른다.

돈은 부모 품에서 떠나면서 겪게 되는 어려움 중의 하나다. 곧 너희들 앞에 닥치게 될 험난한 파도에 대한 준비를 시켜야 하겠다고 생각했다.

할아버지가 세상을 떠나기 전에 그동안 터득한 것을 바탕으로 너희들이 세상을 현명하게 헤쳐 나갈 수 있는 인생 덕목을 가르쳐 놓을 생각이다.

나는 어릴 때 아버지를 모르고 자랐다. 세 살 때 너희 증조할아버지께서 돌아가셨다. 그래서 살아오는 동안 늘 아버지에 대한 그리움으로 가득 차 있었다. 그렇다고 너희 증조할머니 사랑이 부족했다는 건 아니다. 증조할 머니는 혼자 우리 가정을 유지하면서 할아버지 형제를 잘 돌보았다. 나는 이 점에 대해 언제나 어머님께 감사하는 마음을 가지고 있다.

이제 그러한 증조할머니의 가족에 대한 애틋한 사랑의 씨앗을 너희들 에게 남기려 하는 것이 나의 의무라고 생각한다. 그전까지 시대는 모두가 가난과 궁핍으로 하루하루를 겨우 먹고살기에 급급했기 때문에 이러한 가족 전통이나 삶의 실천 덕목을 후세에 남길 여유가 없었다. 더 이상 늦 기 전에 내가 너희들에게 가르칠 필요가 있다고 생각한다.

너희들이 꼭 알아야 할 인생 덕목에는 어떤 것이 있나, 하고 많은 시간 을 두고 탐색했다. 벤자민 프랭클린 자서전, 필립 체스터필드의 아들에게 보낸 편지, 박정기 사장 자서전, 삼성그룹의 임원들 책, 탈무드에 관한 책 등에서 찾으려고 노력했다.

프랭클린은 1706년 1월 17일 보스턴에서 양초와 비누를 만드는 조시아 프랭클린 15번째로 태어났다. 그는 10살 때 가난 때문에 학교를 그만두고 스스로의 노력에 의해 미국사에 가장 뛰어난 정치가, 과학자, 외교관, 문 필가로 칭송을 받는다. 심지어 그는, '국민에 의해 선출되지 않은 미국 대 통령'이란 칭호를 듣고 있다.

그가 20살이 되면서 생활의 13가지 실천 덕목을 정하고 매일 실천하려 고 노력했다. 당시 그가 실천 덕목으로 삼았던 것과 오늘날의 그것과는 차이가 있기 때문에 그의 실천 덕목을 오늘날에 맞춰 새롭게 각색을 했다.

또 한 사람은 18세기 영국의 정치가이자 외교관이었던 필립 체스터필드. 그가 네덜란드 대사로 가 있을 시기에 아들에게 보낸 서간집을 집필한 책,《아들에게 보내는 편지》내용을 많이 참고하였다.

마지막으로 한국전력공사 사장을 역임한 박정기 씨. 내가 이 회사에 재직하고 있을 때 그분을 만났고 나도 아는 사이이기도 하다. 당시 이 책을 구입해 읽었던 기억이 나의 머리에 오랫동안 남아 있다.《어느 할아버지의 평범한 이야기》는 할아버지가 손주들에게 들려주는 인생 이야기. 아이들이 자라면서 겪는 효도, 우애, 학문, 사랑, 또 사회생활을 자상하게 일러 주는 생활의 실천도서이다. 내가 너희들에게 하고 싶은 것을 그가 한 것 같은 느낌이 든다.

이들 세 사람이 내가 너희들에게 남기고자 하는 생활의 실천 덕목을 찾는 데 지대한 역할을 했다. 거기에다 할아버지가 지금까지 살면서 축적한 경험과 지혜를 총동원하여 뽑은 덕목을 여기에 더했다.

이들 외에도 더 많은 것이 있다. 하지만 여기에 등장한 덕목만이라도 착실히 수행하다 보면 다른 덕목들은 자연스럽게 따라올 수 있을 거라고 생각한다. 단지 나의 손녀들이 요조숙녀라는 점을 감안해 너희들에게 맞췄다. 내가 사랑하는 우리 요조숙녀에게 남기고자 하는 인생의 14가지 실천 덕목은 돈, 시간, 건강, 처세술, 친구, 역사 공부, 여행, 품행, 봉사, 절약, 가족, 배움, 노력, 칭찬 등이다.

돈

여러 가지 실천 덕목 중에서 우선 돈부터 시작해 볼까? 돈이 없으면 우리는 잠시도 살아갈 수 없다. 그런데 사람들은 "돈으로 행복을 살 수 있을까?"라는 의문을 제기한다. 많은 사람들이 돈이 최고가 아니다, 돈으로 행복을 살 수 없다, 돈에 대한 부정적인 생각을 하고 있다. 할아버지는 돈이 정말로 소중하다고 생각한다. 돈은 우리가 살아가는 데 꼭 필요한 것이고, 돈이 있으면 없을 때보다 더 행복을 느낄 수 있다.

2016년 박근혜 대통령을 탄핵으로 몰아간 '최순실 국정농단' 조사과정에서 세상을 떠들썩하게 만들었던 정유라(최순실의 딸)의 말을 상기해 보자. "돈도 실력이니 돈 없는 네 부모를 원망하라!"고 한 그는 돈의 위력을 사람들에게 일깨워 주는 무서운 말을 내뱉었다.

너희들이 살아가는 데 필요한 인생 덕목을 시작하면서 돈의 중요성을 강조하는 이유가 여기에 있다. 그만큼 돈의 힘이 크기 때문이다. 너희도 아는 것처럼 돈이 없으면 하루도 편히 살아갈 수 없다. 아침에 학교에 가려면 차를 타야 하고 학교에서는 공부를 하려 해도 돈이 필요하다. 이 모두를 돈만이 해결할 수 있다.

만약 너희들이 생일 초대를 받았을 경우에 무엇이 필요하지? 돈이 있어야 선물도 사고 엽서를 살 수 있지 않나? 생일을 맞아 친구를 초대하려면, 여러 가지 준비해야 할 때도 돈이 있어야만 가능한 것이다. 돈이 없어 초대에 응할 수 없다고 가정할 경우, 너희들이 얼마나 불행해질 것인가를 생각해 보아라.

더구나 오늘날과 같은 다양한 문화와 놀거리가 너희들 주변에 깔려 있는 시대는 돈의 위력이 더욱더 높아지고 있다. 죽어 가는 사람도 돈만 있으면 살아난다. 너희들이 들고 다니는 스마트폰으로 모든 걸 검색할 수 있고, 집에 필요한 모든 걸 주문할 수도 있지 않은가? 심지어 뉴질랜드에 앉아서 유튜브로 세계를 여행까지 할 수 있지 않은가?

돈의 위력은 그토록 크지만 우리는 돈의 노예가 돼서는 안 된다. 돈은 단지 우리의 필요에 의해 발명되어 사용되고 있지만, 인간의 마음까지 지배를 당해서는 안 된다. 너희가 아무리 아름다운 옷을 입고 있더라도 그 옷이 너희의 마음까지 바꿀 수 없는 것이다. 마음을 바꿀 수 있는 것은 오직 너희 자신이라는 걸 명심해야 한다.

문제는 이처럼 큰 힘을 지니고 있는 돈을 어떻게 벌 것인가? 세상에 돈 벌기는 쉽지 않다. 더욱 중요한 것은 돈을 어떻게 쓸 것인가에 달려 있다. 세계에서 제일 돈 많은 부자들을 알아보자! 빌 게이츠와 워런 버핏 같은 부자들이 지니고 있는 공통점이 하나 있다. 어린 시절부터 돈의 가치와 사용법을 배웠다는 점이다.

빌 게이츠는 부모님으로부터 저축과 합리적 소비의 중요성을 배웠다고 한다. 워런 버핏은 스스로 용돈 버는 법과 모은 돈을 불리는 법을 익혔다. 이들 모두 부자의 기초를 이미 어린 시절부터 익혔던 것이다.

네 아버지가 학교 다닐 때 할아버지 밑에서 부동산 일을 도우면서 학비를 벌었다. 그때 네 아버지와 나는 고객들에게 부동산으로 돈 버는 지침을 만들어 그들에게 돌렸다. 당시부터 이대로 실행한 사람들은 많은 돈을 벌었다. 아직도 우리가 만든 〈부자 되는 길〉을 책상에 붙여 놓고 실행하고 있다는 소식을 전해주는 사람들이 있다. 이 소식을 들으면 얼마나 기쁜지 모른다.

그래서 돈을 벌기 위한 몇 가지 기초적인 방법을 알고 넘어 가도록 하자! 돈을 벌기 위해 첫째는 투자할 수 있는 자금을 모아야 한다. 저축을 하기 위해선 경비를 최소한으로 줄여 나가야 한다는 게 첫 번째 과제다. 둘째는 은행의 돈을 최대한 이용해 내일을 위해 투자를 해야 한다. 셋째는 남을 신경 쓰지 말고 자신의 소신에 맞게 투자를 해야 한다. 넷째는 구입한 부동산은 가능한 팔지 않는다는 소신을 가져라. 다섯째는 부동산 투자는 좋을 때 팔고 경기가 나쁠 때 사야 한다. 여섯째, 부자를 평생 직업으로 하라는 것이다. 돈은 넘치지 않은 선에서 균형을 유지할 수 있어야 한다. 많다고 자랑하지 말고 없다고 슬퍼하지 마라. 부족한 것은 자신이 채울 수 있어야 한다.

시간

사랑하는 유린이 유진아, 인간이 살아가는 수명은 한정돼 있다. 이 말은, 인간이 시간을 벗어날 수 없다는 말과 같다. 하지만 시간이 소중하다고 내가 너희들에게 아무리 강조해도 쉽게 받아들이기가 어려울 것이다. 왜냐하면 시간은 우리 눈으로 볼 수 없기 때문이다. 시간은 우리의 의식에서만 존재하는 현상이기 때문에 그것이 짧거나 무한정이라는 걸 인식할 수 없다. 그래서 시간은 우리들의 일상에서 알지도 느끼지도 못하는 사이에 지나가 버린다.

시간은 어떻게 보면 이 세상 어느 것보다 더 중요한 것인지 모른다. 돈은 우리가 만질 수도 있고 볼 수 있기 때문에 시간보다 더 먼저라고 생각하게 된다. 하지만 시간은 우리가 돈을 벌고 있을 때도, 쓰고 있을 때도 말

없이 우리 옆을 스치고 지나간다. 굳이 시간과 돈의 중요성을 비교하자면, 시간을 돈으로 살 수는 없다. 이 말은 시간이 돈보다 더 소중하다고 할 수 있다. 대부분의 사람이 돈을 사용할 때 신중하지만, 시간에 대해서는 별로 신경을 안 쓴다. 왜냐하면 시간은 관리하기가 어렵기 때문이다.

시간에 대한 정의를 내리기보다 시간을 어떻게 사용할 것인가를 이야기하는 게 좋을 것 같다. 할아버지가 시간에 대해 강조하고 싶은 것이 있다. '젊은 날의 소중한 시간은 다시 돌아오지 않는다'는 점이다. 이 말은 아무리 강조해도 지나침이 없을 정도로 중요한 인생의 지표다.

오늘의 시간을 어떻게 현명하게 사용하는가에 따라 내일의 운명이 결정된다. 너희들도 기억하고 있겠지? 어릴 때 우리 집에 오게 되면 할아버지 할머니와 함께 고스톱을 치던 때를. 이때를 기억할 때마다 얼마나 신나고 즐거웠던 시간이었는가? 하지만 이젠 그때의 시간은 영영 다시 돌아오지 않는다.

마찬가지로 너희가 지금 학교에서 배우고 있는 공부시기도 마냥 있는 게 아니다. 몇 년이 지나게 되면 학교를 졸업하고 직장을 잡아서 일터로 나가게 된다. 그러기 위해서는 앞으로의 몇 년간이 너희들 인생에 소중한 시간들이다.

네 부모와 학교 선생님들이 시간에 대한 중요성을 강조할 것이다. 너희들이 보면 괜한 어른들의 잔소리같이 늘릴 수 있다. 하지만 분명한 건 지나간 시간은 다시 돌아오지 않는다는 사실이다. 할 수 있을 때 그 시간을 최대한 잘 이용해야 한다.

아주 사소한 것 같지만 시간 절약에 관해 할아버지가 팁을 가르쳐 줄게. 너희들이 친구와 12시에 만나기로 한 약속이 있다고 하자. 그런데 12시가 되어도 친구가 나타나지 않는다. 이때 기다리는 시간을 어떻게 활용하면 좋을까? 여기에 대비해 책을 한 권 준비하면 최상일 것이다. 이때 준비하는 책은 가볍게 읽을 수 있는 책이 좋다. 깊은 생각과 사고를 요하는 책은 적합하지 않다.

시간을 아끼는 또 다른 방법이 있다. 네 아버지의 화장실 습관에 관한 것이다. 화장실에 가면 20분은 예사로 보내지? 그런데 이 시간에 책을 읽는다고 가정하자. 하루에 1번을 화장실에 간다면, 1년이면 121시간(반드시 직접 계산해 보아라)이 된다. 이 동안 책을 읽을 경우 많은 양의 독서를 할 수 있게 된다.

또 버스를 타고 이동할 때도 사람들이 그 시간을 허비하고 있다. 이 시간에 독서하거나 숙제를 할 수 있다. 그러한 시간이 모이게 되면 많은 양의 독서나 공부를 할 수 있게 된다.

인간은 오로지 공부나 일에만 매달릴 수 없다. 쉴 때는 쉬고 놀 때는 놀 수 있어야 내일 일을 능률적으로 해 나갈 수 있다. 놀 때는 자신에게 적합한 놀이를 찾아서 즐길 줄 알아야 한다. 놀이는 공부와 일보다 주가 돼서는 안 된다. 놀이는 단지 일의 능률을 올리기 위한 휴식이라고 생각해야 한다.

현대를 살아가고 있는 너희들 세대는 공부와 놀이를 구분하기 어려운 시대에 살고 있다는 건 이 할아버지도 알고 있다. 눈만 뜨면 어디서든 인터넷에 접속해 공부를 할 수도 있고, 놀이를 할 수도 있다. 단지 이를 통제하고 적당히 안배를 할 수 있는 사람은 오로지 너희 자신이다. 너희들 스스로 공부와 놀이를 구별할 수 있는 규칙을 정해서 거기에 맞추어 행동을 할 수 있어야 한다. 그것이 할아버지가 이 책을 쓰는 이유다. 시간을 통제하고 관리할 수 있는 사람만이 내일을 행복하게 맞이할 수 있다.

건강

　너희들 인생의 안내 역할을 하게 될 세 번째 덕목은 건강에 관한 것이다. 건강은 한 번 무너지게 되면 되찾기가 어렵다. 그래서 옛사람들은 건강은 돈 주고도 못 산다고 했던 것 같다.

　할아버지 눈에 우리 손녀들이 그렇게 건강한 체질을 타고난 것 같지는 않아 보인다. 그나마 너희들이 달리기, 수영 등 운동을 좋아하고 그에 대한 소질을 갖고 태어났으니 얼마나 다행인가?

　너희들이 어릴 적부터 주에 몇 번씩 엄마 손잡고 수영장에 간다는 것도 할아버지가 알고 있다. 참, 얼마 전 유진이가 학교를 대표해 수영대회 참가했다는 반가운 소식을 들었다. 한 가지 주의해야 할 점은, 건강을 절대로 과신해서도 안 된다.

　건강하다는 것은 그 자체만으로도 중요하지만, 건강한 체력을 갖게 되면 매사에 자신감이 생길 수 있다. 만약 그렇지 않을 경우, 어떻게 다른 사람과 경쟁에 설 수 있겠는가를 스스로에게 질문을 던져 보아라. 그때 건강이 너희들의 삶에 있어 얼마나 중요한가를 알게 될 것이다.

　오늘을 사는 현대인은 누구나 바쁜 나날을 보내고 있다. 자신도 모르는 사이에 건강이 나빠져 모든 삶이 송두리째 흔들리는 일이 간혹 일어나게 된다. 의사로부터 지난달에 검진받아야 하는 것을 차일피일 미루다 오늘 검진받았다. 그 결과 암 선고를 받았다고 생각해 보자. 이미 치료 시기를 놓치고 말았다. 불행을 자초한 엄청난 실수를 통탄해도 소용없다. '건강은 건강할 때 지켜야 한다'는 말이 여기서 유래된 것이다.

　문제는 현대 과학기술의 발전과 풍부한 음식문화가 오히려 우리들의 건강에 악영향을 끼치고 있다는 점이다. 열악한 환경, 과도한 식생활, 운동 기피 현상, 짧은 거리에도 자동차 이용, 스트레스 등이 그 예다. 지나친 일회용 음식, 커피 및 운동 부족 등은 너희들의 건강을 갉아먹고 있다는 걸 명심해야 한다.

　젊은이들은 밤을 새워 가며 놀고 술을 마시고 호기심으로 담배도 피운다. 학생들은 돈을 아끼기 위해 라면이나 패스트푸드를 즐겨 먹는다. 그리고 달콤한 것을 많이 먹으면 여러 가지 병에 걸릴 확률이 높아진다. 이들 모두에 길들여지고 나면 젊을 때는 모르지만 나이가 들면서 갖가지 병에 대한 징후가 서서히 나타나기 시작한다. 건강은 절대로 타고나는 게 아니다.

　건강은 단지 너희들의 노력의 결과일 뿐이다. 내가 지금까지 건강하게 살 수 있었던 그 비법을 너희들에게 알려 줄까 한다.

　첫째, 건강을 지키기 위해 소식하고 규칙적인 운동을 해야 한다. 소식과 규칙적인 운동은 세계의 장수촌에서 건강유지법으로 이미 검증된 생활방식이다.

　둘째, 돈을 벌기 위한 작업은 규칙에 따라 하고, 일정하게 쉬어야 한다. 예외 없이 하루에 8시간씩 잠자기를 권장한다. 일찍이 잠자리에 들어 충분한 휴식은 내일을 위한 촉매 역할을 하게 된다.

　셋째, 일상의 스트레스 해소를 위해 친구를 만나거나 음악을 듣는다. 때로는 여행을 떠날 수도 있다. 담배는 절대적으로 피해야 한다. 할아버지는 평생 한 번도 담배를 피운 적이 없다. 그래서 지금같이 좋은 건강상태를 유지할 수 있었다.

넷째, 과식을 피하고 잡곡밥을 먹어라. 야채와 함께 푸른 생선을 자주 먹는 걸 습관처럼 해라. 후식으로 따끈한 차와 과일을 많이 먹는다. 우리 몸은 평상시에도 일정한 온도를 유지해 줘야 내장에 있는 기생충이 활성화돼 소화를 도와주게 된다. 그래서 따끈한 물에 반신욕을 즐기는 것이 한 가지 방법일 수 있다.

다섯째, 옛날 내가 어릴 땐 어디에서 보조식품을 구할 수 있었겠냐? 이제는 돈만 있으면 어디에서도 쉽게 구할 수 있다. 음식으로 부족한 영양분은 보조식품을 챙겨 먹는 것이 우리 손녀들의 건강을 유지하는 지름길이라는 것을 명심하거라!

처세술

인간의 삶은 태어나서 죽을 때까지 배우는 과정이다. 이 과정을 완성하기 전에 우리는 죽어 간다. 처세술은 우리가 지상에 살아남을 수 있는 방법이라고 보면 된다. 지구상에서 가장 어려운 환경에도 살아남은 민족이 유대인들이다. 그들이 그렇게 살아남을 수 있게 만든 처세술이 《탈무드》에 수록돼 있다.

우리는 어차피 혼자가 아니고 공동체를 이루고 살게끔 생겨났다. 그에 따라서 사람과 사람끼리 부대끼면서 살아갈 수밖에 없는 것이 우리의 운명이다. 이렇게 타고난 운명을 어떻게 하면 극복할 수 있을까 하고 그 방법을 찾아가는 길이 처세술이다.

처세술은 바로 다른 사람과의 관계로부터 출발한다. 세상에는 수없이 많은 사람들이 살고 있지만 누구 하나 같은 사람은 없다. 심지어 한 부모로부터 태어난 일란성 쌍둥이도 각각 다르게 태어난다. 이런 조건을 지니고 있기 때문에 다른 사람들과 어울려 살아가기 위해 유연성을 지니지 않으면 안 된다. 혼자서는 세상을 헤쳐 나갈 수 없는 것이다.

갈대는 어느 방향에서 바람이 불어와도 쓰러지지 않는다. 그만큼 유연하게 움직일 수 있기 때문이다. 하물며 인간은 한쪽으로 치우치지 않은 균형감각을 지니도록 예부터 가르쳐 왔다. 그래서 할아버지가 살아오면서 터득한 처세술에 대한 몇 가지 방향을 너희들에게 제시해 볼까 한다.

첫째, 다양한 부류의 사람을 접하게 되면 자신에게 부족한 점을 보완할 수 있고 본인의 견문도 넓혀 갈 수 있다. 친구를 사귈 때 자신의 개성과 성격이 비슷한 사람들을 찾는 게 일반적이다. 그러다 보면 세상을 편협하고 좁게 보는 경향으로 기울어지게 된다.

둘째, 사람들과 대화를 할 때 자신의 말을 앞세우지 말고 가능한 한 상대방의 이야기를 끝까지 듣고 자신의 의견을 전달하는 습관을 지니도록 해라. 이를 위해 언제나 책을 읽고 공부를 해야 한다. 대화를 할 때 적절한 순간에 농담과 재치를 섞을 줄 알면 금상첨화다.

셋째, 비록 작고 사소한 일이라도 능숙하게 처리할 수 있어야 나중에 큰 일을 처리할 수 있게 된다. 그래서 너희들이 젊을 때 작은 일을 처리하는 습관을 미리 배양해 두는 것이 좋다. 언젠가는 너희들에게 큰일이 맡겨질 수 있다는 점을 명심하거라!

넷째, 너희가 성공한 삶을 살아가려면 누구에게나 호감을 주는 태도를 갖는 게 중요하다. 호감을 주는 처세술을 가지려면 개인적으로 많은 노력이 필요하다. 매일 아침 거울 앞에서 '나는 할 수 있다'라는 마인드 컨트롤

하는 연습을 게을리해선 안 된다.

한 유대인 부자에게 죽음이 가까이 오고 있었다. 그는 자신이 죽고 난 후의 재산에 대한 유언을 남겼다. "내가 죽거든 이 유서를 아들에게 가져다줄 충실한 노예에게 전 재산을 남긴다. 아들에게는 내가 가진 모든 것 중에 하나만 고르도록 하겠다."

이윽고 그가 죽자 노예는 유서를 랍비에게 전달했다. 랍비는 노예와 함께 아들을 찾아가, "당신의 아버지는 당신에게 전 재산 중 단 한 가지만 가지도록 유언하셨다. 나머지는 노예에게 모두 돌아간다. 당신은 무엇을 선택하겠느냐?" 묻자, 아들은 즉시 "나는 이 노예를 상속받겠다."고 선택했다.

유린이 유진아, 부유한 유대인 아버지의 상속은 어떻게 되었을까? 여기에 대한 답은 내가 내놓지 않겠다. 너희들이 대화를 통해 서로의 생각과 의견을 주고받기를 바란다. 유대인들은 일상에서 자신들의 처세술에 관한 이야기를 항상 주고받는다는 걸 너희들에게 알리고 싶은 것이 나의 생각이다.

친구

유린이가 학교를 카디마에서 마치고 글렌도위 칼리지로 옮겨 보니까 그동안의 친구들이 매우 그립지? 친구는 오래될수록 좋다고 한다. 오래된 친구는 서로를 잘 이해하고 정이 두텁고 깊이가 있게 마련이다. 유진이는 카디마에 있을 동안 오래도록 사귀었던 친구들을 잘 관리해서 비록 학교를 떠나더라도 그들과 계속 관계를 유지하도록 해라.

유린이 유진아, 인생에 있어 친구는 매우 소중한 존재다. 항상 내 곁을 지켜 주고 이해해 주는 친구가 있다는 것은 살아가는 커다란 기쁨이다. 그만큼 소중하기 때문에 친구는 항상 가까이 지내고 싶고 그들의 부탁이라면 뭐든지 들어주고 싶은 것이 우리 모두의 심성이다.

힘들 때 기대고, 생각을 공유하고, 즐거울 때 함께 웃을 수 있는 친구를 가졌다는 건 인간만이 가질 수 있는 축복이고 행운이다.

너희들이 살아가는 동안 주변에 얼마나 좋은 친구들이 모여드는가에 따라 너희들 미래가 풍성해질 수 있느냐가 결정된다. 친구는 보통 세 종류가 있다고들 한다. 우리가 늘 먹는 밥과 같은 친구는 항상 필요하다. 약과 같은 친구가 있다. 이들은 아플 때만 필요하다. 그러나 질병과 같은 친구가 있다. 이러한 친구는 피하는 것이 좋다. 질병은 누구에게나 해를 입히게 된다.

친구를 사귈 때 나와 다른 성격의 친구도 사귈 준비가 돼 있어야 한다. 같은 취향의 친구만을 사귀는 것은 편견에 갇혀 버릴 수 있다. 실제 연구에서 다양한 사람들과 교류하는 것은 다양한 의견을 존중할 수 있도록 돕고 조직의 창의성도 극대화된다고 나타나고 있다.

친구와 오래도록 지속하기 위해서 내가 먼저 양보하는 미덕을 지녀라. 언제나 자신에게 이득이 되는 것만을 고집하게 되면 친구는 스스로 나로부터 멀어지게 된다. 그래서 어느 정도의 희생과 양보하는 미덕을 가져야 친구 관계를 오래 지속할 수 있다.

친구를 사귈 때 주의해야 할 점이 있다. 친구 간에는 금전 거래가 있으면 안 된다. 만일에 돈을 빌려 간 친구가 그 돈을 갚질 못할 경우 쉽게 우정에 금이 가게 마련이다.

또 한 가지 명심할 것은 정의롭지 못한 친구를 사귀게 되면 주변 사람들이 너희들도 그들과 같이 취급하게 된다. 그래서 인간은 어떠한 친구를 사귀는가에 따라서 그 사람이 평가될 수 있다. 그렇더라도 그들을 적으로 만들 필요는 없다. 만약 그들이 적의를 품게 되면 너희들에게 이익이 되진 않는다. 적당하게 중간자 입장을 취하는 것이 좋다고 본다.

그래서 친구와 술은 오래될수록 좋다고들 한다. 좋은 친구를 만나게 되면 그를 모방하게 된다. 모방은 창조의 어머니다. 아무리 훌륭한 예술가도 처음에는 모방을 하면서 배우게 된다. 또 친구는 꿀 같아 몽땅 핥으려 해서는 안 된다. 친구는 달콤하다고 해서 함부로 대해서도 안 된다. 우리가 향수가게에 들르면 향수를 사지 않아도 몸에 좋은 향수 냄새가 밴다. 좋은 친구를 만나면 이처럼 친구의 향기가 내 몸에 배게 된다.

역사 공부

너희들이 지켜야 할 인생 덕목에 역사 공부를 포함시켰다. 그런데 우리 손녀들이 "할아버지, 역사를 왜 배워야 해요?" 하고 의문을 가질 수 있다. 한마디로 역사 공부는 너희들에게 세상 보는 눈을 키워 준다고 답한다. 역사를 통해 우리가 살고 있는 사회와 국가 정체성에 대한 이해를 높여 주게 된다. 사회제도, 사고방식, 민족의 문화와 관습 그리고 나의 가족 뿌리 등을 이해함으로써 너희가 어떤 삶을 살아가야 하는지에 대한 비판적 사고와 판단력을 길러 준다.

역사를 모르는 민족은 미래가 없다. 쉬운 예로 너희들이 다니고 있는 카디마의 역사를 보아라. 카디마는 유대인들이 세운 학교다. 유대인들은 세계 어디에서도 자신의 역사를 자랑스럽게 여기고 그 역사를 가르치고 있는 민족이다.

그들은 기원전 18세기경 가나안과 그 주변 지역에 살다가 이집트로 이주했다. 그 후 후손들이 이집트의 노예로 전락했지만 모세의 지도하에 이집트를 탈출하게 된다. 구약에 의하면 이 시기를 기원전 13세기로 보고 있다. 그 후 로마제국의 지배(B.C. 63년~A.D. 135년)를 받아 오다가 전 세계로 흩어져 박해받으며 살았지만 자신들의 약속된 예루살렘에 돌아오기 위한 꿈은 잃지 않고 있다.

오늘날 유대인은 세계 140국에 약 2,050만 명 정도가 살고 있다. 미국에 약 580만 명 이상, 이스라엘 본국에 약 680만 명, 프랑스 60만 명, 캐나다 55만 명, 영국 35만 명 등 전 세계로 퍼져 있다. 전 세계에 살고 있는 유대인이 오늘날 세계를 좌지우지하고 있다는 건 너희들도 알고 있는 사실이다.

이곳 뉴질랜드 땅에서도 유대인 학교(정식 학교)를 운영하고 있을 정도로 그들의 역사는 세계 어디에서도 인정을 받고 있다. 우리가 그들을 부러워하고 배워야 할 점이다.

이것이 바로 내가 너희들에게 말하고 싶은 역사 공부의 필요성이다. 자신의 역사를 모르는 민족은 언젠가 지구상에 사라지고 만다. 오늘을 살고 있는 우리는 선조들의 삶의 총화다. 우리가 말하고 듣고 배우고 생활하는 모든 것은 선조들의 피와 땀의 결실이다. 우리가 누리는 자유, 평등, 민주주의 및 행복은 선조들이 싸워 얻어 낸 결과다.

그러면 우리 민족의 역사는 어떠한가? 단군이 기원전 2333년 왕검성에 고조선을 세운 게 시초이다. 고조선을 거치고 신라, 고구려, 백제 삼국시

대가 탄생했다. 신라는 백제와 고구려를 멸망시키고 3국을 통일했다. 통일 3국이 해체되고 새로 들어선 고려말, 1392년에 태조 이성계는 새로운 조선을 한반도에 세웠다.

우리의 위대한 한글은 조선 4대 왕인 세종대왕이 1446년 집현전 학자들 힘을 모아 창제하셨다. 세종대왕이 한글을 창제하지 않았다면 내가 쓰고 있는 이 회고록을 쓸 수도 없었을 것이다.

하지만 조선의 세력이 약해진 틈을 타 일본은 1910년에 우리나라를 강압적으로 예속시켰다. 36년간 일본 밑에 우리 조상들의 아픈 고난사를 모르고 어찌 우리 역사를 제대로 이해했다고 할 수 있겠는가?

유린이 유진아, 어디 이뿐인가? 박정희와 전두환의 두 군사정권하에 선량한 시민과 학생들이 흘린 피는 어떻게 되었을까? 그들이 흘린 피의 대가로 오늘을 사는 우리가 있게 된 것이다.

최근 뉴질랜드 교육부에서 그동안 논란이 있었던 초·중·고의 교육과정에 역사교육을 의무적으로 편성하겠다는 발표가 있었다. 늦은 감이 있지만 얼마나 다행인지 모르겠다. 여기에 대한 많은 토론과 검증이 있어야 할 것으로 생각된다.

우리 손녀들이 역사 공부를 해야 할 국가가 하나 더 추가된 셈이다. 세계사, 한국사, 뉴질랜드사 그리고 우리 가족의 뿌리를 공부해야 될 것이다.

역사는 결국 과거 선조들의 삶과 지혜에 관한 것이지 않겠느냐? 그래서 역사를 많이 안다는 건 선조들의 과거 실패와 성공에 대해 알게 되는 것이다. 과거를 알아야 현재와 미래를 현명하게 대처해 나갈 수 있는 지혜를 얻을 수 있게 된다.

너희가 비록 뉴질랜드에 살고 있지만 너희들 뿌리가 한국인이라는 걸 절대로 잊어서는 안 된다. 내가 우리 가족의 역사를 남기기 위해 자서전을 쓰고 있는 걸 너희도 짐작은 하고 있을 것이다. 이 자서전이 너희들 자손들에게도 좋은 역사로 남길 바라는 게 나의 희망이다.

여행

한국에서 청소년과 대학생을 대상으로 설문조사를 한 적이 있다. 돈이 있을 때 무엇이 제일 하고 싶은가? 많은 사람이 여행이라고 답하고 있다. 그만큼 여행은 젊은이들을 사로잡는 매력이 있다.

이번에 할아버지가 여행을 많이 하라는 주제는 앞서 언급한 시간과 돈을 아끼라는 것과 상충하는 덕목이기도 하다. 여행은 너희들이 다녀보지 않으면 그 말을 쉽게 수긍하기 어려울 것이다. 여행을 막상 가 보면 내가 왜 이렇게 여행에 인색했을까 하고 스스로 반문을 하게 된다. 그러한 후회를 줄이기 위해서라도 여행은 꼭 많이 다니길 권장한다.

할아버지가 젊은 시절에 여행을 많이 다니지 못한 것에 대한 후회 때문에 이처럼 너희들에게 강조를 하는 것이라는 점을 이해해 주기 바란다. 젊은 시절에 여행을 많이 하라는 나의 요구는 세상에 할 일들이 너무나 많다는 데 그 이유가 있을 수 있다. 우리는 그 모든 일들을 해 보기도 전에 죽게 된다.

간접적으로 그러한 경험을 대신해 줄 수 있는 좋은 방법이 바로 여행이다. 젊은 시절에 여행을 많이 하라는 것은 나이가 들고 힘이 없게 되면 여행을 하고 싶어도 갈 수 없기 때문이다. 시간이 있고 능력이 될 때 여행을 떠나라. 미루다 보면 영원히 여행 한번 제대로 가 보지 못하고 죽게 되는 것이 우리네 인생이다. 그래서 여행을 내일로 미루지 말고 지금 바로 전화를 돌려 비행기 티켓을 예약하라고 요구한다. 오늘 너희들이 그 자리를 비워도 세상은 얼마든지 돌아가게 돼 있다.

오늘날에는 여행 전문가들도 많고 안내하는 책들도 너무나 많은 것 같구나! 오히려 자신이 계획을 세워 차분하게 여행을 떠나게 되는 데 방해가 될 정도라는 걸 알았다. 아무튼 너희들 20대야말로 아무런 걱정 없이 훌쩍 여행을 떠날 수 있는 나이다. 회사에 입사를 하게 되면 오히려 시간이 지날수록 여행을 가기가 어렵다고 말한다. 때로는 시간이 나질 않아서 그렇고, 각자 맡고 있는 일에 대한 책임감 때문에 여행을 떠나지 못하는 직장인이 많다. 이런저런 조건을 붙이지 말고 여행 계획을 세워 떠나라.

내가 너희들처럼 20대에 여행을 떠나라고 권장하는 이유는, 단지 사회 생활을 시작하면 시간이 없다는 것 때문은 아니다. 여행을 통해 너희들이 배우는 것이 많기 때문에 일단 떠나라는 것이다. 여행에서 너희들이 견문과 다양한 경험을 얻을 수 있다. 이것이 너희가 살아가는 데 피와 살이 되고, 삶의 지혜를 가져다줄 수 있다.

여행에는 여러 가지가 있을 수 있다. 혼자 훌쩍 떠나거나 친구들과 단체를 이루어 갈 수도 있다. 가족과 같이 가는 것도 하나의 좋은 방법이 된다. 여행은 순수하게 너희들 형편에 맞춰 결정할 문제다. 단지 여행을 떠날 때는 그 효과를 극대화하기 위해 사전에 많은 정보를 모으고 철저한 계획을 세우고 떠나는 게 제일 좋다. 형편이 여의찮으면 생각나자마자 즉석에서 바로 떠나는 여행도 좋다.

여행에서 남겼던 기록은 후에 훌륭한 추억거리가 될 수도 있다. 너희들이 나중에 나이를 먹게 되면 여행지에서 있었던 소중한 추억들은 돈을 주고도 살 수 없는 가치를 지닌다. 부모님과 너희가 앞으로의 세월에서 가장 젊은 오늘, 부모님의 모습과 목소리가 담긴 사진과 영상은 최대한 많이 남겨라.

품행

이 덕목은 특히 너희 같은 여성에게 더욱 중요한 것이다. 사람은 자신이 행하는 처신과 행동에 따라 자신의 가치가 결정된다. 우리가 오늘 무엇을 먹느냐에 따라 내일의 우리 건강이 유지되는 것과 같은 원리이다.

한 개인의 인격을 완성하는 것은 집 짓는 것과 같다고 볼 수 있다. 집을 지을 때 우선 외부의 골조를 먼저 세우고 내장재를 넣어 집을 마무리한다. 마찬가지로 인간의 인격을 완성하기 위해서는 부모로부터 받는 몸에다 교육, 독서, 우아한 교양을 쌓는 등 마음의 마무리 작업이 필요하다.

이렇게 인격을 도양하고 수양을 거쳐야 비로소 우리는 원만한 인격을 갖추고 사람들과 일상의 생활을 꾸려 갈 수 있다. 특히 너희들처럼 여자의 몸으로 사회에 나가 사람들과 경쟁하려면 마음 수업 쌓기가 중요하다는 걸 나는 강조한다.

유린이 유진아, 만약 너희가 회사의 사장이 되어 직원들을 뽑는다고 가정해 보자. 비록 나의 가정이지만 그렇게 되지 않으리라는 법은 없다. 당연히 그렇게 될 수 있을 것이다. 너희가 뽑으려는 지원자 중 A라고 하는 사람은 지식, 교양, 품행, 언행이 단정하고, 친근감을 주는 인품이 있어 보인다. 또 한 사람 B는 앞사람과 비교해 품행이 단정치 못하고 경박해 보인다고 할 경우 너희는 누굴 뽑을까? 누가 봐도 A를 뽑게 돼 있다. 이처럼 그 사람이 갖추고 있는 몸과 마음가짐에 따라 자신의 일생이 달라질 수 있다.

과연 어떻게 하면 사람들의 마음을 사로잡을 수 있을까? 여기에 대한 몇 가지 팁을 할아버지가 알려 주마.

인간은 처음부터 정중하고 품행이 단정한 상태로 타고나지 않는다. 우선은 훌륭한 사람의 태도를 모방하는 것이다. 타고나지 않을 때, 남의 장점을 모방하는 것이 그들을 닮아 가는 쉬운 방법이다. 그래서 너희가 선망하는 롤모델을 정하고 그들을 따라 해 보는 것이다. 이렇게 하다 보면 자신도 모르는 새 그들을 능가할 수 있는 위치에 도달해 있게 된다.

항상 표정을 밝게 하면 어떨까? 아침에 일어나서 학교나 회사에 출근할 때 거울 앞에서 너희를 비추어 봐라. 그러면 너희 모습을 볼 수 있을 것이다. 한번 싱긋 웃음을 지어 보자! 어떨까? 너희도 네 모습이 좋아 보이지? 이제는 됐다. 이러한 너희들 모습을 사람들이 보고 싶어 하고 즐거워하게 되는 것이다.

옷차림은 어떨까? 거울 앞에 다시 네 모습을 비춰 봐라. 꼭 브랜드 있는 옷을 차려입을 필요는 없다. 단정하고 세탁이 된 빳빳한 보통의 옷감이 만인의 시선을 끌게 된다. 말끔하고 단정한 옷차림이 너희들 품격을 말해 줄 수 있다고 본다.

말과 행동은 부드럽고 예의를 갖춘 표현을 할 줄 알아야 한다. 천박한 언어를 써서는 안 되고, 너희가 여자라는 것을 언제나 마음속에 간직하고 살아라. 여자라고 숨을 죽이고 살아가라는 뜻은 아니다. 남들 앞에 당당하면서 신체적으로 여자의 신분이라는 점을 간직하라는 뜻이다.

봉사

이 덕목은 너희들의 모든 인격을 포괄하게 되는 큰 도덕적 명제다. 일종의 한 개인의 삶을 집약하는 문제와 결부될 수 있다. 자신이 한평생을 열심히 사는 것도 버거운데 남들에게 봉사를 하라는 주문은 어떻게 보면 할아버지의 지나친 요구일 수 있다.

하지만 내가 여태껏 살아오면서 나보다 못하고 더 나약한 사람들이 많다는 걸 늦게서야 깨닫게 되었다. 비록 나는 남에게 크게 봉사를 못 했지만 이제라도 깨닫게 된 것으로 만족할 테니 실천은 너희들이 나 대신 해주길 바란다. 나도 물론 죽기 전까지 남을 위해 봉사할 수 있는 길을 찾고 있다. 남을 위해 봉사한다는 것은 쉬운 결정은 아니지만, 일단 그렇게 결정을 하고 나면 그 방법은 많을 것으로 생각된다.

할아버지와 같이 지금부터 그 봉사에 대한 구체적인 방안을 찾아보도록 하자! 한 가지 너희에게 알리고 싶은 것이 있다. 얼마 전부터 할머니가 나에게 유언처럼 반복하는 말이 있다. '내가 죽으면 몸의 일부를 연구소에 기증을 하고 싶다'는 생각을 강조하고 있다. 여기에 대한 대답을 지금까지 할머니에게 못 하고 있다. 너희들 생각은 어떠하냐? 어차피 죽으면 자연으로 돌아갈 몸. 남을 위해 자신을 희생하겠다는 생각은 너무 훌륭한 생각이 아니냐?

너희도 이제 사회에 진출하기 위해서 사회인으로서 남에게 봉사하는 것이 무엇인가를 알 때가 되었다. 고등학생이 되면 학교에서 봉사활동을 인격 성장의 중요한 요소로 취급하고 있는 것 같더군!

유린이 유진아, 인간으로 태어나 살아간다는 것은 타인의 도움 없이는 혼자서 살아갈 수 없다는 것을 의미한다. 그래서 조금 더 있는 사람이 없는 사람들을 도와주고 이끌어 주는 것이 당연한 의무라고 생각한다. 너희들도 나의 생각과 같기를 희망한다.

문제는 봉사활동이란 머리로만 하는 것이 아니다. 우선은 남을 돕겠다는 마음이 앞서야 한다. 그리고 몸으로 실천을 해야 하는 것이 순서다. 누구나 처음부터 이러한 봉사활동에 타고난 사람은 없다. 자꾸 하다 보면 봉사정신이 깊어지게 되는 것이다.

너희도 알고 있는 테레사 수녀는 1910년 8월 2일 인도에서 태어나 87살로 죽을 때까지 평생을 가난한 사람, 병자, 고아들을 돌보며 살았다. 내가 너희들이 테레사 수녀처럼 되라는 것은 아니다. 단지 남을 위해 이처럼 자신을 희생해 가면서 봉사활동을 하고 있다는 예를 든 것이다.

이러한 봉사활동은 다양한 방법으로 베풀 수 있다. 개인의 노력으로 봉사활동을 할 수 있고, 비영리재단에 소속되어 사회봉사 활동에 참여하는 것도 그 방법이다. 왜냐하면 그러한 단체는 이미 여러 가지 봉사활동 방법을 다양한 수단을 통해 알고 있는 장점이 있다. 오늘날에는 봉사활동을 위해 꼭 외국으로 나가야 하는 것만은 아니다. 인터넷 기술이 발달해 있어 뉴질랜드 내에서 얼마든지 이러한 사회봉사 활동을 할 수 있다는 점을 알았으면 한다.

절약

현대를 살고 있는 너희는 사고 싶은 것도 많고 쓰고 싶은 것도 많을 시기다. 동시에 경험적 소비를 가장 여유 있게 할 수 있는 때이기도 하다. 이때 합리적 소비 습관과 경험을 통해 좋은 소비법을 미리 배워 놓아야 한다. 그렇지 않을 경우 인생 후반기에 고생하게 되지만 그때 후회해도 소용없다.

용돈을 받게 되면, 너희도 용돈 기입장에 기록하는 걸 습관화하고 있겠지? 처음에는 생각처럼 쉽게 되지 않지만, 꾸준히 하다 보면 어느 날 습관이 된다. 은행의 저축통장을 만들어 적립해 가다 보면 내 이름으로 통장에서 돈이 불어나는 걸 보면 가슴이 뿌듯해진다. 그래서 돈이 생기면 아까워서 못 쓰고 자연스럽게 절약하고 저축하는 습관이 생긴다.

요즘 세대는 과거보다 저축을 하지 않는 경향이 짙다. 하루 벌어서 하루 써 버리는 습관 때문이다. 만약 내일 병이 나서 일을 할 수 없을 경우 대비를 해 놓아야 한다. 소위 '소 잃고 외양간 고치는 일'은 없어야 한다. 그래서 미리 대비를 하라는 뜻이다.

하지만 한 가지 명심할 것은 너희들의 학업에 필요한 지출은 아끼지 말아야 한다. 공부에 필요한 책, 공책, 기타 용품을 구입하는 것. 또 과외 수업을 받는 것 등에도 아끼지 않아야 한다. 너희들이 발레 댄스를 하거나 수영을 배우는 것도 여기에 포함된다. 피아노 교습도 필수비용이다.

한 가지 중요한 점은, 너희들의 교재비를 낭비되지 않는 수준에서 적절히 사용해야 한다. 만약 이것을 옹색하게 아끼게 되면 너희들의 품위가 떨어질 수가 있다. 현명한 사람은 자신의 외부를 화려하게 치장을 하는 데 돈을 허비하지 않는다. 오히려 자신의 내적인 아름다움에 더 많은 투자를 한다. 그림을 배우거나 독서를 위한 모임을 갖거나 음악회에 참석하는 일에 투자를 아끼지 않아야 한다는 사실을 명심해라.

그래서 돈이 생기면 돈에 대한 확실한 사용계획과 철학을 가져라. 불필요한 물건을 사는 데 허비하다 보면 정작 나중에 꼭 필요한 물품을 구입하려고 할 땐 돈이 없게 된다. 이처럼 어리석은 자가 되지 않길 바란다.

정말 어찌할 수 없는 경우를 제외하고는 남에게 돈을 빌리지 않는 것이 좋다. 왜냐하면 만약 돈을 빌려서 사정이 생겨 약속한 기간 내에 갚지 못할 경우, 그동안 쌓아 놓았던 신뢰 관계가 하루아침에 무너져 버린다. 이처럼 안타까운 모습이 어디 있겠느냐?

내가 권장하는 현명한 지출은 구두쇠 전략이다. 현대 생활은 과소비를 조장하는 광고매체가 너무 범람하고 있기 때문에 잘못하면 여기에 끌려가 자신도 모르게 충동구매를 하기 일쑤다. 정신을 바짝 차리고 살아야 한다.

첫째, 매달 지출계획을 세워 충동구매를 최대한 줄여라. 둘째, 지난 몇 개월의 수입과 지출을 비교 분석해 보아야 한다. 셋째, 자신이 할 수 있는 것은 DIY(do it yourself)로 해결해 들어가는 비용을 최소로 줄여라. 넷째, 세일한다고 해서 필요하지 않은 물건을 구매하지 않는 습관을 길러야 한다. 특히 여성들은 상점에서 내거는 세일의 유혹에 빠지기 쉽다. 다섯째, 신용카드 사용은 철저하게 금기로 삼아라. 카드 사용은 결국 이자와 함께 사용료까지 지불해야 하는 아픔을 감수해야 하기 때문이다. 마지막으로 외식은 최대한 줄이고 집에서 식사하고 학교와 회사 갈 때도 도시락을 준비해라.

가족

유린이가 얼마 전 학교에서 가족 뿌리(Family Roots)에 대해서 공부하는 동안 많은 것을 배웠지? 그때 우리 가족의 내력을 어느 정도 알았을 것으로 짐작한다. 그렇게 대단한 가족 족보는 아니지만 선조 대에 좋은 가족 가풍을 가지고 있다. 우리 손녀가 거기에 대해 자부심을 가졌으면 하는 것이 나의 솔직한 바람이다. 선조들에 대한 자부심을 가질 때 너희들 스스로의 앞날을 개척해 나갈 수 있는 자긍심이 생긴다.

그래서 서양 사람들은 회사, 상품 및 건물의 이름에 가족 이름을 사용하는 경우가 많이 있다. 단적으로 네 아버지, 삼촌 그리고 할아버지가 근무하고 있는 바풋앤톰슨만 보아도 알 수 있다. 바풋 가족과 톰슨 가족이 합작해 세운 100년의 전통을 지니고 있다. 이 회사가 바로 가족의 자부심과 명예를 상징한다.

내가 이 회사에 처음 입사할 때 가스 바풋 회장과 인터뷰를 하고 들어갔다. 이 회장은 85세인 현재도 간혹 회사를 나오고 있다. 가스는 현재 뉴질랜드에서 부자 순위 50등 안에 드는 등 손꼽히는 부자 대열에 속한다. 그러한 재산을 가지고 있어도 그의 할아버지 때부터 살았던 동네에 아직도 85년간 살아가고 있다. 동네가 그렇게 좋지 않은데도 가족의 전통을 지키기 위해서라고 볼 수 있다.

현대를 살아가는 우리는 누구나 바쁘고 힘든 경우가 많다. 그러다 보면 함께 살아가는 가족들과 보내는 시간이 줄어든다. 이렇게 바쁜 삶의 현장 속에서도 부모와 자녀 간의 든든한 유대감의 결속은, 오늘을 살아가는 모두의 성공과 행복감을 높여 준다.

내가 더 말하지 않아도 너희들이 잘 기억하고 알고 있을 것이다. 크리스마스, 신년, 추석과 가족들의 생일이 되면 너희가 우리 집에 모두 모여 행사를 해 오고 있지 않으냐? 이 모두는 내가 생각하는 가족 전통을 지키기 위한 것이다. 그것이 바로 카디마에서 너희들에게 Family Roots를 가르치고 있는 이유이기도 하다.

안타까운 것은 이러한 전통이 점점 희미해져 가고 있다는 점이다. 하지만 할아버지는 너희들에게 다시 한번 가족 전통을 지킬 것을 요구하고 싶다. 그것이 내가 할머니와 함께 이민 1세대로서 너희 아버지와 삼촌을 데리고 뉴질랜드까지 온 이유이고 목적임을 알아주었으면 한다.

이러한 가족 전통을 어떻게 지킬 것인가? 그렇게 대단하지도 어렵지도 않다. 현재 우리가 해 오고 있는 방식대로 계속 유지해 가면 된다. 가족의 생일이 되면 온 가족이 모여 이야기하고 노래 부르고 마지막에는 생일 케이크 불면 된다. 명절이 되면 지금처럼 약간의 음식을 장만해 절을 한 후에 앉아서 서로 나눠 먹고 남으면 너희들이 집으로 싸 가면 된다. 현재의 우리 방식대로 지켜나가기만 해도 충분히 좋은 방법이라고 생각한다. 중요한 것은 잊지 않고 계속해 나가야 한다는 점이다.

배움

유린이 유진아, 배움에는 나이가 많고 적음이 문제 되지 않는다. 배우고자 하는 의지가 중요하다. 인간은 태어나 죽기 전까지 늘 배우며 살아야 한다. 그래서 동서양을 막론하고 배움에 관한 고사성어가 많이 있다. "배움에는 왕도가 없다.", "사흘 책을 안 읽으면 머리에 곰팡이가 슨다.", "젊었을 때 열심히 배우지 않으면 늙어서 후회한다." 무릇 나열하기가 어려울 정도이다.

나는 지금도 시간이 나면 책을 읽고 있다. 나에게 아무도 그렇게 강요하는 사람은 없다. 할머니는 "나이가 있는데 왜 그렇게 공부를 하려고 하느냐?"고 나의 건강을 생각해 오히려 말리고 있다.

나는 공부하는 게 즐겁다. 공부는 누가 강요하지 않고 스스로 할 때 즐거운 것이다. 이젠 너희도 남이 독촉한다고 해 공부가 잘되질 않는다는 걸 알 나이가 되었다. 오직 자신만을 위해 스스로 공부해야 한다는 걸 명심하거라.

최근 어느 책에서 '배움은 꿀처럼 단 것'이라는 걸 어릴 때부터 가르친다는 말을 들었다. 배움이 꿀처럼 단 것이라는 것을 입학을 하는 첫날 아이들의 머릿속에 남기기 위해 케이크를 달게 만들어 그들이 먹어 보게끔 한다. 선생님이 손가락을 꿀에 담가 꿀이 묻은 손으로 알파벳을 써 보인다. 학생들에게 달콤한 꿀이 묻은 케이크를 나눠 준다고 들었다. 이처럼 '배움이란 꿀처럼 달다'는 걸 가르쳐 주는 의식을 하는 것이다.

공부를 꿀처럼 하는 방법은 이렇다. 공부는 우선 짧고 집중적으로 하는 게 좋다. 인간의 집중력은 짧기 때문에 공부하는 것을 30분 정도로 맞추는 것이 효과적이다. 우리 뇌는 더 많은 정보를 흡수하기 위하여 빠르게 작동하게 돼 있다. 오랫동안 공부하는 것보다 짧게 자주 공부를 하는 것이 좋다.

공부는 지속적으로 해야 한다. 예를 들면 학교에서 돌아와 저녁 식사 후 30분씩 3번을 하면 하루에 1시간 반을 공부하게 된다. 이렇게 목표를 세워서 하다 보면 밤늦게, 또 아침 일찍 공부를 하지 않아도 된다. 수면이 부족하면 집중력이 떨어지고 같은 정보를 습득하기 위하여 3배의 시간이 더 걸릴 수 있다.

공부는 습관적으로 해야 한다. 체육관에 매일 일정한 시간에 가는 사람이 일주일에 한 번 긴 시간 가는 사람보다 훨씬 유리하다는 통계가 있다. 그래서 벼락치기 공부는 위험하기도 하고 효과를 거두기 어렵다. 공부할 때는 항상 노트를 준비해 생각나면 기록하고 자주 들여다보면 학습효과를 높일 수 있다.

그리고 공부할 때 방해되는 요소는 최대한 줄여라. 스마트폰, 텔레비전, 대화 등 공부 시간에 방해되는 건 가능한 한 중단해야 한다. 전화기는 밖에 두고 공부가 끝나고 사용하는 게 좋다.

이처럼 꾸준히 공부하다 보면 좋은 결과를 맞게 된다는 걸 할아버지가 맹세할 수 있다. 인류 과학사를 빛내고 있는 아인슈타인이 이런 말을 한 적이 있다. "공부를 의무로 생각하지 말고 놀라운 지식을 습득할 수 있는 기회라고 여겨라."

노력

토마스 에디슨은 인류에게 많은 발명품을 남겼다. 1847년 미국 오하이오주에서 태어나 무려 1,000개 이상의 발명품을 남겼다. 그때 건립한 GE 회사는 오늘날까지 성공한 기업으로 건재하고 있다. 그는 또 수많은 명언을 남기기로 유명하다. 그중에 "천재는 1% 영감과 99% 노력으로 이루어진다."란 명언은 모두에게 귀감이 되고 있다. 이처럼 한 사람이 남긴 명언이 인류 발전에 큰 공헌을 할 수 있다.

인간 두뇌는 개발하고 학습을 하지 않으면 금방 녹슬고 망가진다. 그래서 너희들이 학교에서 공부를 하고 사회에 나와서 계속 자신의 역량을 개발하여 더 나은 지식과 지혜를 가지려고 노력하는 것이다.

세상 사람들이 자신의 위치에 안주하고 더 이상 노력하지 않았다면, 오늘날 인류가 구가하고 있는 문명은 진작 끝이 나고 말았을 것이다. 지금도 수많은 발명가, 과학자, 학자들 및 개인들이 인류 발전과 행복을 위해 헌신적으로 노력하고 있다. 그들의 희생과 노력의 대가로 우리는 현재 즐기고 살아가고 있다.

내가 고등학교 다닐 때 뛰어난 천재들을 많이 보았다. 나와 가깝던 최성현은 수업 시간에 공부하는 모든 내용이 필름처럼 머리에 찍힌다는 것을 알았다. 그는 큰 노력 없이 서울 공대에 거뜬히 합격했다. 그 후 미국으로 유학을 떠나 세상 어딘가에서 인류 발전을 위해 연구에 매진하고 있을 것이다.

하지만 세상의 발전과 진보는 이들 천재보다 일반인들의 피와 땀으로 이루어진다는 사실을 너희들이 알았으면 한다. 만약 천재들도 조금 더 노력을 기울인다면 사회는 더 많은 발전이 있을 것이다.

유린이 유진아, 네 자신을 한번 되돌아보아라! 너희들 앞날은 무한한 가능성이 놓여 있지 않은가? 우리 사회의 미래는 오로지 너희들 같은 젊은이들의 어깨와 노력에 달려 있다. 인류의 발전을 위해 나의 손녀들이 한번 힘껏 도전해 보고 싶지 않으냐?

이러한 불평을 늘어놓는 사람이 있다. "뛰어난 인재들만 있다면 우리 같은 보통 사람들은 사회가 무시하고 인정해 주지 않는다." 그러한 걱정을 앞세우지 말고 우선 너희부터 앞장서서 자신의 노력을 기울여 보아라! 사회는 반드시 너희들 같은 보통 사람의 노력과 결과에 대해 인정을 해 주고 가치를 칭찬해 줄 것이다. 너희들 노력으로 더 많은 발전이 있었다는 걸 할아버지는 확신한다.

인간의 두뇌는 사용하면 할수록 더 개발될 수 있게 돼 있다. 사용하지 않으면 금방 녹슬게 된다. 너희들이 알고 있는 라마르크의 '용불용설(theory of use and disuse)'을 통해 알려진 사실이다. 기린은 일생 동안 높은 가지에 있는 잎을 먹기 위해서 목을 늘이는 행동을 반복해 왔다. 이러한 과정을 오랜 기간 지속한 결과, 기린의 목은 점점 늘어나게 되어 지금과 같은 모습을 갖게 된 것이다.

인간의 두뇌도 환경의 변화에 적응하기 위해 꾸준히 노력을 거듭해 온 결과, 오늘의 크기와 지능을 갖게 된 것이다. 그래서 1%의 천재보다는 99%의 보통 사람들의 노력에 의해서 사회가 발전되고 있다고 할 수 있다.

칭찬

나의 요조숙녀들아, 인간은 누구나 마음속에 남으로부터 칭찬을 받고자 하는 심리가 도사리고 있다. 너희들도 엄마 아빠가 꾸짖는 것보다 칭찬해 주는 걸 좋아하지? 이는 모든 사람들의 공통된 심리다. 고래 조련사를 통해 《칭찬은 고래도 춤추게 한다》가 한국에 2003년에 발간된 적이 있다.

주인공 웨스 킹슬리는 회사의 중역으로 회사에서 인간관계에 대해 고민을 하고 있을 때였다. 우연하게 플로리다에 출장을 가 있는 동안 그는 범고래 쇼를 보게 되었다. 거기서 무려 무게가 3톤이 넘는 범고래의 멋진 쇼를 보면서 '어떻게 하면 저렇게 큰 고래가 멋진 쇼를 할 수 있을까?' 하고 궁금했다. 조련사를 통해 그 비결이 상대방을 칭찬해 주는 것이란 걸 알았다.

이것을 통해 웨스는 가정에서는 사랑받는 가장이 되고 직장에서는 존경받는 상사가 되었다. 칭찬을 통해 상대방은 할 수 있다는 긍정적인 태도를 갖게 된다는 점이다. 이 긍정적인 태도는 우리들의 인생을 바꿔 놓게 된다.

어느 옛날 덴마크에 한 소년이 있었다. 아버지는 자그마한 양복점을 운영하면서 밤마다 아들에게 〈아라비안나이트〉와 같은 이야기를 들려주었다. 소년은 이야기를 들으며 작가가 되는 꿈을 갖게 되었다. 하지만 친구와 선생님은 "넌 글재주가 없는 것 같다."라고 하며 그를 비판만 했다.

소년은 낙담했지만, 그의 어머니는 늘 이렇게 말했다. "아들아, 저기 핀 아름다운 꽃들을 봐라. 이름을 몰라도 그 꽃이 아름답기는 마찬가지지 않느냐? 네가 쓴 글도 저 들꽃처럼 아름답기는 마찬가지다. 너도 분명히 훌륭한 작가가 될 수 있다."

이렇게 어머니 칭찬을 받고 자란 소년은 훗날 세계적인 작가가 되었다. 그가 바로 동화작가 안데르센이다.

하지만 사람은 저마다 생각과 감정이 다르기 때문에 칭찬도 여기에 맞추는 게 효과적이다. 수줍음을 타는 사람은 남 앞에 칭찬받는 걸 부끄러워한다. 칭찬은 무조건 좋고 누구에게나 통할 것이라고 생각하여 상대를 고려하지 않은 칭찬은 역효과를 낸다는 점을 알아야 한다.

내성적인 사람에겐 은밀하게 하는 게 효과적이다. 여러 사람 앞에서 과장되게 칭찬을 하게 되면 그 사람은 당황하고 부끄러워한다. 그래서 칭찬은 재능을 보고 칭찬해야 한다. 칭찬은 미루지 말고 보는 즉시 해야 한다. 또 칭찬은 결과가 아닌 과정을 칭찬해라. 그래서 칭찬을 할 때는 구체적이고 상황에 맞게 공개적으로 하게 되면 그 효과가 커진다.

유린이 유진아, 이들 외에도 너희들이 살아가는 데 인생의 지침이 될 만한 덕목이 많이 있다. 하지만 내가 가르쳐 준 것이라도 잘 지켜 주면 너희들이 훌륭하게 성장해 사회생활을 해 나가는 데 도움이 될 것을 확신한다. 할아버지는 이제 너희들까지 훌륭하게 자라 가는 걸 보고 떠날 수 있으니 행복하다.

　내가 한 생명으로 이 세상에 태어나 지금까지 행복한 삶을 살았다고 자부할 수 있을까?

　돈은 제아무리 많아도 허무한 것이다. 내가 하고 싶은 것을 하고 살아야 한다. 자신과 가족 그리고 친구를 소중히 여기면서 사는 게 행복이다.

　다른 사람의 눈에 내 삶이 성공적으로 보일지라도 그건 모두 허상이다. 우리는 모두 일을 통해서 자신의 기쁨을 느낀다. 그 결과 얻어진 부는 그저 내 삶의 일부이다. 이 순간, 지난 생을 뒤돌아보면 그토록 많이 받았던 갈채와 부는 큰 의미가 없는 것 같다.

　우리는 돈 버는 일 외에도 관심을 가져야 한다. 가족과 친구일 수 있고, 예술일 수도 있다. 어린 시절에 가졌던 꿈을 실현하는 일일 수도 있다. 거기에다 남을 돕는 일이면 더 좋다. 우리는 남을 사랑할 수 있는 재능을 갖고 태어난다. 죽은 후에 가져갈 수 있는 건 오직 사랑으로 남겨진 추억이다.

　이것이 진정한 부이고 우리를 동행하며 우리가 갈 길을 안내해 준다. 사랑은 아무리 먼 거리도 전해질 수 있다. 사랑하고 싶은 사람이 있으면 사랑하고, 가고 싶은 곳이 있으면 가 보아라. 오르고 싶은 곳이 있으면 올라가 보라. 모든 것은 우리 마음에 달려 있다. 물건은 잃어도 되찾을 수 있지만 우리의 생은 되찾을 수 없다. 인생은 오직 딱 한 번이다.

137억 년 전 일어났던 빅뱅과 이후 별의 죽음에서 시작된 생명의 조상과 73년 전에 나를 낳아 주신 아버지 신유석과 어머니 주분생께 무한한 감사를 드리면서 이 회고록을 바칩니다.

이 회고록을 마치면서 마지막 고백서: 키 작은 남편을 만나 43년 이상 살면서 굽 높은 신발을 한 번도 신어 보지 못한 당신에게 미안했던 마음을 전하고 싶다.

辛鏡 신경

一世 辛鏡
號嚴谷
高麗睿宗丁亥
生仁宗戊午
七侍郎平章事
及第金紫光
八祿大夫
一一一三
門下迎接郎都事證貞懿
花潭云墓墓開府四城植井發纂縷
一曰肅面禾峰開城山面
祠于迎面禾峰敬齋號今浦項市府西
區曰肅然敬齋教驪九世三敎奉安
祠杞于潭云后享享墓碑江山面
位始享每五九六月十奉五年
後日位平章事祖李植面
一源撰孫鎮銖後孫福碑篆奉
議校一洞建祠後年春詠奉
改之始定典享每一祭十
格行五改之始校議一
祠而位定典享始一源建
十月然三日詠大孫五日

二世 子雲敏 운민
高麗仁宗己酉
生毅宗壬申
及第寶文閣大
修文殿學士左贊相相國長
一一一五一二
作成墓碣溫川按相
舊墓溫川
神位于詠格一祠
一九七年設

三世 子永繼 영계
高麗毅宗戊辰
生明宗甲申
及第修文殿大
提學
一一一四
一九七年設神位于詠
格一祠

四世 子夢森 몽삼
高麗毅宗丙戌
生熙宗己酉
及第寶文閣大提學
一一一六
太師
九生熙宗甲戌及第
六高麗毅宗丙戌
石杞溪師里云
州靈元府院
太師前面一里
杞溪貞夫人太師誌州人
本杞溪谷禾里今谷面禾峰
文縣子一始君禾每峰
洞市景陽北區四日
浦三一項九
年三月九日
神位于詠格祠
書享位詠年並定格每一祠
李塰撰孫廷植五九敦
年年洞市景陽北區堅
日年神位于詠格祠毎
配貞夫人文化柳氏墓祔下

五世 子覺繼

五世 子千繼 천계
高麗熙宗庚午及第
一一八
九生熙宗甲戌及第

五世 子縣繼 현계
高麗明宗己酉

五世 子周繼 주계
高麗明宗癸丑
生熙宗甲戌及第
三一九

夢森 子

覺繼 각계
高麗明宗乙巳
生熙宗戊辰
及第修文殿大提學
西原伯謚文宗益齋李
齊賢曰祖孫同行羅麗間
五五
八一一〇

六世 子百鍊 백연
高麗神宗壬戌
生高宗丙戌
及第寶文閣大提學
門下侍中播城府院君號
莫憂亭在靈山府院南面水號
一二二二

七世 子喜 희
號道川
高麗高宗壬午
生戊申
及第宋理宗朝入宋登
第爲刑部員外郎賜緋御
一二四八一二二

八世 子至和 지화
號道川
高麗高宗辛丑
生戊寅
及第宋登
六入宋登第爲典校
令翰林學士禮部員外郎
賜紫金魚袋宋元朝爲
一二四一二

九世 子蕆 천

九世 子革 혁

九世 子蘊 온

上將軍公派

泳仁 子
守植 수식
13卷 209

三十世

一八九四年生己卯
四月十九日卒墓吉
谷面上吉金窟山考吉
位墓東麓壬坐
婦 裵武善 배무선
盆城人 翊源女
九〇二年生一九七一
四年十二月八日卒
墓乾位雙墳

子 容義 용의
一九二一年生一九
三年二月十一日
卒墓吉谷面上吉東
山先塋亥坐
婦 李末任 이말임
固城人 權基女
九二五年生一九八一
六年六月十三日卒
墓乾位雙墳

三十一世

子 海基 해기
一九四七年六月十
二日生
婦 金点子 김점자
金寧人 珍鏞女一
九五〇年八月十七
日生

子 韓基 한기
一九五二年七月十
三日生
婦 宋明淑 송명숙
龍城人 貴在女一
九五六年十月二十
日生

子 熙基 희기
一九五九年四月十
七日生
婦 鄭順珠 정순주
東萊人 輝淑女一
九六〇年八月二十
二日生

子 鮮基 서기
一九六二年三月二
十八日生
婦 成美淑 성미숙

三十二世

子 鴻準 홍준
一九七九年四月十
八日生
子 承訓 승훈
一九八二年三月十七
日生
女 奈炫 내현
一九七七年二月十三
日生
子 玟奎 민규
一九七九年十月十
二日生
女 受玟 수민
一九八一年六月八
日生

子 垠憁 은총
一九八六年七月二十
七日生
子 承鉉 승현
一九九四年一月二
十八日生

子 知原 지원
一九九二年四月五
日生
子 政煥 정환
一九九四年十月三
十日生

三十三世

三十四世

三十世

允綱　子
景禹 경우
13巻 651
字榮伯
丁巳生乙亥一月十日卒墓思親山子坐
配密陽朴氏正輔女八月二十八日卒墓祔

子
達昊 달호
字文讚
丁未生丁未六月十六日卒墓思親山艮坐
配慶州李氏宗林女丙申生辛丑二月二十

三十一世

女李聖玟　星山人
女周宰八　尚州人　子德會　興會

子
致甲 치갑
字致彦
甲戌頭谷下壬坐
墓元谷一月十七日生
配延安車氏榮玉女癸未生辛墓雙墳

三十二世

子萬益

子
有錫 유석
字有成
辛丑生壬辰十月二十九日卒墓元頭谷艮坐

婦尚州周氏

三十三世

婦金海金氏
一名亨道
一九二三年六月十六日生
在漢女一九三○年生一九七一年五月十五日卒墓坐

子
漢時 한시
一九三八年一月四日生

子
漢局 한국
一九三三年一月四日生

婦盆城裵氏
二郁女一九三八年八月十六日生

三十四世

子相德 상덕
一九五二年三月二日生

子海根 해근
一九五七年十一月二日生

子点根 점근
一九五五年十月二日生

子海根 해근
一九六○年十一月二日生

子相龍 상용
一九六三年六月十八日生

子海龍 해룡
一九六六年二月十一日生

女相今 상금
一九五二年十二月三日生

子英洙 영수
一九六七年七月九日生

女芬錦 분금
一九六一年五月二十九日生

靈山・寧越辛氏大同譜 十五卷

上將軍公

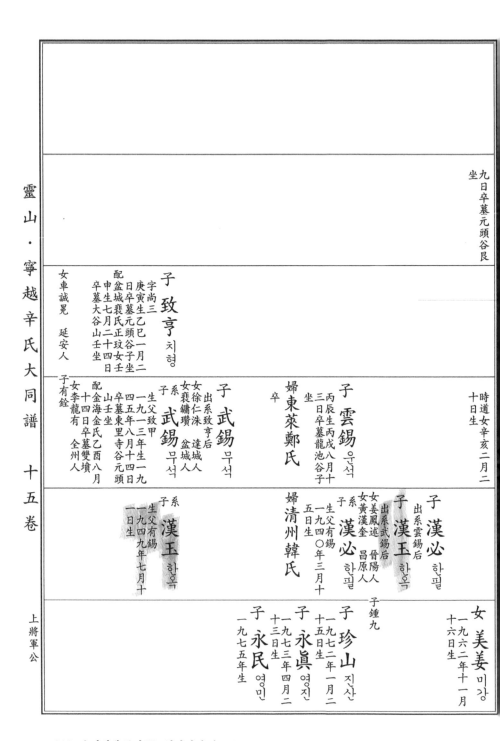

坐
九日卒墓元頭谷艮

時道女辛亥二月二
十日生

子致亨 치형
字尚三
庚寅生乙巳一月二
日卒墓元頭谷子壬
坐
配盆城裵氏
正玟女壬
申生七月二十四日
卒墓大谷山壬坐
女車誠晃　延安人

婦東萊鄭氏
卒

子雲錫 운석
丙辰生丙戌八月十
三日卒墓龍池谷子
坐

子漢必 하필
出系雲錫后

女美姜 미강
一九六二年十一月
十六日生

子武錫 무석
出系致亨后
子有銓
女李龍有　全州人
十四日卒墓雙墳
系
武錫 무석
生父致甲
一九一三年生一九
四五年八月十四日
卒墓東里寺谷元頭
山坐
配金海金氏
壬戌坐
女徐仁洙　達城人
女裵鏞瓘　盆城人

婦清州韓氏

漢必 하필
系
出系武錫后
女姜鳳遮
晉陽人
女黃漢奎
昌原人
生父有錫
一九四○年三月十
五日生
子鍾九

子漢玉 하옥
出系雲錫后

漢玉 하옥
系
生父有錫
一九四九年七月十
日生

子珍山 지산
一九七二年一月二
十五日生

子永眞 영진
一九七三年四月二
十三日生

子永民 영민
一九七五年生

손녀에게 들려주는
할아버지 회고록

ⓒ 신한옥, 2022

초판 1쇄 발행 2022년 3월 29일

지은이   신한옥
펴낸이   이기봉
편집   좋은땅 편집팀
펴낸곳   도서출판 좋은땅
주소   서울특별시 마포구 양화로12길 26 지월드빌딩 (서교동 395-7)
전화   02)374-8616~7
팩스   02)374-8614
이메일   gworldbook@naver.com
홈페이지   www.g-world.co.kr

ISBN   979-11-388-0792-0 (03810)